黒狼とスイーツ子育てしませんか

榛名 悠

幻冬舎ルチル文庫

CONTENTS ✦目次✦

黒狼とスイーツ子育てしませんか

✦カバーデザイン＝齊藤陽子(CoCo. Design)
✦ブックデザイン＝まるか工房

イラスト・三 廼✦

黒狼とスイーツ子育てしませんか

■1■

パティシエを目指そうと思ったのは、祖父母の笑顔が嬉《うれ》しかったからだ。

子どもの頃、電子レンジを使って初めて作ったカップケーキを、洋菓子店を営む祖父母は美味《おい》しい美味しいと言って食べてくれた。その笑顔を見て、夢が目標になった。

祖父は魔法が使えるのだと思っていた。

彼が作ったお菓子を一口頬張《ほおば》れば、たちまちみんな笑顔になる。

物心ついた頃から、お客さんの幸せいっぱいに綻《ほころ》ぶ顔を見るたびに、やはり祖父はすごい魔法使いなのだと尊敬したものだ。

俺もいつか、祖父のようなたくさんのお客さんを幸せにする菓子職人《魔法使い》になってやる。

そうお守りに誓ったのは、十七歳の頃だったと思う。

両親の代わりにずっと傍《そば》で見守ってくれていたお守り《そいつ》が、つぶらな瞳で「がんばれ」と背中を押してくれた。

だが、数年経《た》って思い知る。

現実は――スイーツのように、甘くはない。

■◇■

――最近、この辺りでは不審火が続いているんだよ。志郎《しろう》くんも気をつけて。

祖父、支倉光一郎《はせくらこういちろう》の葬儀後に、そんなふうに教えてくれたのは、祖父と一緒に〈はせくら洋菓子店〉を最後まで支えてくれた古株の従業員だった。

生まれ育ったこの地域に再開発の計画があることを、志郎はつい最近まで知らなかった。

祖父が店の暖簾《のれん》を下ろしたのも、それが原因だった。久々に帰省した志郎はすっかり様変わりした町の風景に愕然《がくぜん》としたのだ。賑《にぎ》わっていた商店街はいまやほとんどの店が立ち退《の》いてシャッター街となり、空き家も急増した。ちょうどその頃から不審火が相次ぎ、問題になっているという。

〈はせくら洋菓子店〉の入り口に、『閉店のお知らせ』と書いた張り紙を見つけて、志郎は何ともいえない気持ちになった。

生まれて間もない頃に事故で両親を亡くした志郎は、祖父母に引き取られた。彼らは小さな洋菓子店を営んでおり、志郎は祖父が作る甘いお菓子とともに育ったのだ。

高校を卒業後、祖父に憧れて製菓の道に進んだ志郎は、進学のために上京し、就職。

地元を離れて七年が経つが、四年前、病を患った祖母が他界し、そして先月、祖父も旅立ってしまった。

祖父が倒れたと知らせを受けた時、志郎は何の冗談だと思った。それくらい元気な人だったからだ。急いで病院に駆けつけた時には、祖父はベッドの上でたくさんの管をつけて横たわっていた。一瞬、目が合って微笑《ほほえ》んでくれたが、そのまま帰らぬ人となってしまった。

実家兼店舗は近々引き払う予定になっていた。すでに諸々《もろもろ》の契約や手続きは祖父本人が業者と済ませていて、志郎は葬儀を終えてからしばらくの間この家に居座り、片付けを行っていた。その片付けも目処《めど》が立ち、明日には引渡しの手続きをしに業者がやって来る。

最後に、祖父が大事にしていた厨房を借りて、シュークリームを作った。

山ほどのシュークリームを仏壇に供えると、志郎は祖父の遺品の中に見つけた自分宛ての手紙を開いた。

もう何度も目を通した祖父からの文。日課のように読み返したそれには志郎が子どもの頃の写真も同封してあって、孫との思い出を懐かしみながら、祖父の話は進んでゆく。

『最後になるが』と、終わりの一枚に記された文言に目を留めた。

志郎は目を皿のようにして、読みこぼしがないか一文字一文字をじっくりと追っていく。

『水槽は中の水ごとすべてを志郎、お前に譲る。首飾りも同様だ。お前にはこの首飾りと水槽を使う権利がある。なぜならお前は、』

手紙はそこで途切れていた。

何度読んでも変わらない。時間差で文字が浮き出てくるという仕掛けはなさそうだ。

おそらく祖父は一旦筆を置き、後から続きを書くつもりでいたのだろう。だが、それももう叶《かな》わない。志郎に中途半端な遺言と謎を残して、祖父はこの世を去ってしまった。

「水槽って、あれのことだよな」

居間の床の間に大きな水槽が据えてあった。

志郎が物心ついた頃からすでにここにあり、祖父がとても大事にしていたものだ。

底には不思議な色をした丸い石が敷き詰めてあったが、この中で生き物を飼っていた記憶はない。いつも静かに水を湛《たた》えているだけだった。

水槽には綺麗《きれい》な水がたっぷりと満ちていた。

遺言を読んでから何度か開けてみたものの、透明な水が濁る様子はまったくなかった。水槽も毎日磨いているかのように汚れ一つ見当たらない。そういえば、志郎は不思議に思って訊《き》いたことがあったのだ。この水槽の水は替えなくてもいいのかと。

――これはこのままでいいんだよ。水を入れ替えたら駄目だ。通れなくなってしまう。

確か、そんなふうに言われた気がする。その言葉がずっと頭の隅に残っていたせいか、志郎はこれまで一度も水槽の水に触れたことはなく、蓋《ふた》を開けたことすらなかった。

まさか遺言と同時にこの水槽まで譲り受けるとは思わなかった。しかも水ごと。

祖父が亡くなった後、水槽のことは気になりつつも、何となく後回しにしていた。だが、そろそろどうするか考えなくてはいけない。水ごと移動させるには重すぎる代物《しろもの》だ。

封筒の中には遺言に書いてあった通りに、首飾りも入っていた。

銀色の鎖に六角柱の透明な石を通したもので、素人目《しろうとめ》に見てもさほど高価なものとは思えない。とはいえ、祖父の形見だ。わざわざ譲ると書いてあるのだから、水槽といい、何か意図があるのだろう。

「じいちゃんは、何でこれを俺に渡したかったのかな……」

畳に寝そべりながら、そんなことを考えつつ、うつらうつらと舟を漕ぐ。

ふと目を開けたら、辺り一面が焦げ臭いにおいと熱気に包まれていた——。


めらめらと赤い炎が燃えていた。

寝ぼけまなこをしきりに擦《こす》って、志郎は無理やり覚醒した。

燃えている。古い日本家屋がみしみしと音を立てて火と煙に呑《の》まれていく。隙間風に煽《あお》られたのか紅蓮《ぐれん》の炎がごおっと膨らんだ。

「ひ……っ」

火事だ！

志郎は我に返り、震える膝を叱咤《しった》して無理やり立ち上がった。仏壇の前に広げていた祖父の手紙や首飾りをチノパンのポケットに捩《ね》じ込むと、部屋の奥へ急いで移動する。

床の間の巨大な水槽の蓋を開けた。

祖父が何を思ってあんな遺言を残したのか理解できなかったが、今初めて、この見るからに重そうな水槽を丸ごと残してくれたことに感謝する。

肌を焼くような熱気と鼻をつくにおいがだんだん強まっているのを感じた。

「とりあえず、この水を被《かぶ》って、縁側まで行こう。そこから外に出れば、助かる……っ」

自分を鼓舞するように大声で独りごち、志郎は躊躇《ためら》いなく水槽に両手を突っ込んだ。

水を掬《すく》ってじゃぶじゃぶ自分にかける。

「もう、直接入った方が早いか……あっ」

足を突っ込もうとしたその時、ポケットから何かが落ちた。ぽちゃんと音を立てて、首飾りが水に沈んでいく。志郎は慌てて足を引き抜いて手を突っ込んだ。敷石をかき混ぜて探していると、今度は反対側のポケットから写真が押し出される。

焦った志郎は床に落ちた写真に手を伸ばす。だが、風圧で写真が畳の上を滑った。

翻《ひるがえ》った写真の裏には、几帳面な祖父の字で『志郎十二歳、剣道地区大会準優勝。よく頑張った』と書いてあった。志郎がこの家で暮らしている間は、居間に飾ってあったものだ。

写真は随分と飛んで、襖《ふすま》の前で止まった。志郎は急いで追いかける。その時、ドオンッと地響きがして廊下から熱風で押された襖が吹っ飛んできた。

直後、目の前に真っ赤な炎が噴き出す。

志郎は畳を転がって脇に避《よ》けた。視界の端で、写真に火の粉が飛び移る。賞状を持ちポーズを取る袴《はかま》姿の志郎と、嬉しそうに微笑む祖父母を、炎が舐《な》めるように呑み込んでゆく。

「何でだよ。何でこんなことに……けほっ、ごほごほっ」

急激に息苦しさが増した。

煙を吸わないように急いでパーカーの袖で口と鼻を覆ったものの、激しく咳《せ》き込む。目の前は火の海だ。意識が朦朧《もうろう》とし始め、四つん這《ば》いを保っていた手足に力が入らなくなる。がくんと肘《ひじ》が折れて畳の上に腹這いになった。必死に手探りで尻ポケットをあさったが、携帯電話を厨房に置き忘れてきたことに気づいていよいよ絶望する。

煙と熱で朦朧とする視線の先、床の間の水槽が見えた。

まるでそこだけが別次元にあるかのように、静かに水を湛えている。

このまま俺は死ぬんだろうか……。

ぞっとした。

意識が混濁し、志郎は半ば無意識にパーカーのポケットを探ってお守りを摑《つか》んだ。

助けて、と呟《つぶや》いた。父さん、母さん、ばあちゃん、そしてじいちゃん。もっと早くに話しておけばよかった。何も成し遂げられず、逃げ出した中途半端な自分はどうしようもないと思っていたけれど、でもまだ死にたくはない。死んじゃダメだ。誰でもいい。誰か――。

「げほっ、だ、誰か、助けて……っ!」

大きな水槽が突然ぐらりと揺れたのは、その時だった。更にもう一度、左右に大きく揺れたかと思った次の瞬間、中から水と一緒に何かが飛び出してきたのだ。

志郎は自分の目を疑った。

まさか、こんなことはどう考えたってありえない。なぜなら、水槽から飛び出してきたそれは、到底その中には収まりきらないほどの大きさの生き物だったからだ。

それは鋭い爪《つめ》で紅蓮の炎を引き裂くようにしてそこに降り立った。まるで炎の方がそれを避けるかの如《ごと》く、火の海が瞬く間に二つに割れる。

炎の中に立ったそれは、金色の眼《め》で畳に這い蹲《つくば》る志郎を一瞥《いちべつ》してきた。

目が合って、ぞくっと背筋が戦慄《わなな》く。

志郎をじっと見つめていたのは、漆黒の美しい毛並みをした大型犬だった。

いや、本当に犬だろうか。

犬よりも大きな頭部に、がっしりとした骨格。太くしっかりとした首や尻尾《しっぽ》。恐ろしいほど鋭く尖《とが》った犬歯。

志郎は思わずごくりと喉を鳴らした。それに呼応するようにして、そいつが大きな口を開け、ぐぅわおおおおんと啼《な》き叫んだ。あまりの轟音《ごうおん》に地響きがし、家が揺れる。

こいつは狼だ――志郎は瞬時に確信した。昨日、たまたまテレビ番組で狼の生態を見たばかりだった。だがしかし、画面越しに見たあの獰猛《どうもう》な生き物が、なぜこんなところにいるのか理解できない。

この巨獣は痩身の志郎など一瞬で踏み潰し、喉笛を食いちぎってしまうだろう。一方で、その堂々とした佇《たたず》まいはいっそ神々《こうごう》しくすらあり、志郎は見入ってしまいそうになる。

遠くで消防のサイレンが聞こえた。

外の様子に気を取られたそこへ、狼がまた啼き叫ぶ。

耳を劈《つんざ》くような声でひとしきり啼くと、再び志郎を睨《にら》み据えてきた。

一歩、狼が踏み出す。我に返った途端、志郎の全身は恐怖に支配された。

炎に囲まれて逃げ場がないこの状況で、どういうわけか大きな狼と対峙《たいじ》している。何が起きているのかさっぱり理解できない。ただ一つ確かなことは、今の自分が絶体絶命の危機に瀕《ひん》しているということだ。

狼がぐわっと大きな口を開けた。

鈍い光を放つ尖った牙《きば》を前にして、志郎は覚悟する。

もうダメだ、喰われる——！

『おい、人間』

唐突に狼が喋《しゃべ》った。

『俺を喚《よ》んだのはお前か』

「……え？」

咄嗟《とっさ》に伏せた顔を撥《は》ね上げる。その時、周囲の炎がぶわっと膨れ上がった。

「ひっ！」と、志郎は喉を引き攣《つ》らせた。同時に煙を吸い込んで激しく咳き込む。

「やだ……やっぱり、まだ……死にたくない……お願い、助けて……うぐっ、げほげほっ」

苦しい。助けを求めて闇雲《やみくも》に手を伸ばした先に、黒狼が立っていた。そいつが再び大きな口を開ける。志郎は目を瞠《みは》る。真っ黒な虚無――。

次の瞬間、志郎はがぶっと頭から飲み込まれた。

■◇■

頭の奥で、癇《かん》に障る厭味《いやみ》たらしい声がわんわんと鳴り響く。

――お前の作るスイーツは、見た目も味も何もかもが平凡すぎるんだよ。センスがない。

うるさい。

――先輩って、パティシエよりも販売員《ヴァンドゥース》の方が向いてるんじゃないですか？　イケメンアイドルみたいな顔してるし、表に立った方がお客さんも喜ぶと思うんですけど。

うるさい、うるさい。

――せっかくのチャンスを棒に振ったこの結果が今のお前のすべてだ。師匠としてはっきり言わせてもらう。お前のスイーツにお客さんを笑顔にする力はない。諦《あきら》めろ。

うるさい、うるさいっ。ああ、うるさい！

――なあ、志郎。

ふいに別の声が聞こえて、志郎ははっとした。耳に馴染《なじ》んだ優しい声が言った。

――今度、お前が作ったシュークリームを食べさせてくれないか。コンテストにも出場したんだろう？　都会の人気店で働くなんてすごいよ。お前は自慢の孫だ。楽しみだなあ。

暗く澱《よど》んだ感情を一掃するようにして、あたたかな光を纏《まと》った影が現れる。じいちゃん、と志郎は叫んだ。ごめん、じいちゃん。俺、何も知らなくて、自分のことばかりで……。

祖父は微笑んでそこに立っていた。

今年七十六歳を迎えるはずだった光一郎が数年前から体調を崩し、定期的に通院していたと古参の従業員から聞いたのは、祖父が息を引き取った病床でのことだった。心臓が悪かったらしい。

更に再開発の計画が持ち上がり、当初は率先して反対していた祖父も、結局は受け入れざるを得なくなったようだ。相手側から執拗な嫌がらせも受けていたそうで、このままでは孫の志郎にまで迷惑がかかるかもしれないと考えたのだろう。

祖母との思い出が詰まった店と住み家を手放すことになり、ただでさえ病を抱えた体に心労が重なって、一気に追い討ちをかけたのではないか。そんなふうに医者は言っていた。

最後に従業員から、光一郎に口止めをされていたことを謝られた。本当にその通り、志郎にはすべての話が寝耳に水だった。

電話で聞く光一郎の声はいつも元気そうだった。こっちのことは心配しなくていい、お前は自分の仕事を一生懸命頑張れ。光一郎は常に志郎を気にかけ、味方でいてくれたのだ。

けれどもそれが志郎には心苦しかった。

七年前に高校を卒業し、製菓の道に進むために上京して以来、志郎は忙しさを理由にしばしば実家から足が遠退いていた。

なかなか思うように技術もセンスも身につかず、周囲からおくれをとってばかりで、同業の大先輩である祖父に合わせる顔がないのも理由の一つだったかもしれない。

祖父にはたくさん嘘をついた。心配させたくなかった。

コンテストにだって、本当は出場していない。出場権をかけた店内コンペであっけなく後輩に負けたのだ。

出来のいい後輩にあっという間に追い抜かれ、師事するシェフからは才能がないと見限られて、とうとう自分の居場所も僅《わず》かに残っていた自信もすべて失った。

結局、志郎は五年間勤めた店を辞めた。

今回の帰郷で、正直にすべてを話すつもりでいたのだ。そして祖父のもとで一から修業し直させてほしいと、頭を下げる決心をしたその矢先に、彼が倒れたことを知らされたのである。まさかそのまま帰らぬ人になるとは思いもしなかった。

「じいちゃん、ごめん」と、志郎は謝った。「じいちゃんとばあちゃんの大切にしてきた店と家を守れなくて。大事に育ててもらったのに、何一つ恩返しができなかった」

『素朴な町のケーキ屋さん』として親しまれていた祖父とは対照的に、世界を渡り歩き、スタイリッシュで斬新なスイーツを生み出す有名シェフに憧れた志郎は、専門学校を卒業後、念願だった彼の店で働かせてもらえることになった。そのことを祖父母に報告すると、二人とも自分のことのように喜んでくれたのだった。

都心の人気店で修業を積んで、ゆくゆくは地元に戻り〈はせくら洋菓子店〉を継ぎたいと思っていた。祖父の味を残しつつ、自分の色も出していけたらいい。〈はせくら洋菓子店〉のケーキを食べたお客さんみんなを笑顔にするのだ。そんな大層な夢は、志郎の挫折と土地開発の波に押しやられてあっけなく散ってしまった。

黙って志郎の話を聞いていた光一郎が、微笑みながらかぶりを振った。

――そんなことは気にしなくていい。お前はお前の道を進めばいいんだ。

陽気な声が言う。

――わしもばあさんも、お前のことをずっと見守っている。それにお前の父親と母親も。ほら、ずっとお前の傍で見守ってくれているだろう?

志郎は急いでポケットに手を突っ込んだ。お守りを引っ張り出す。お守りと言っても神社で頒布しているものとは違い、白い毛糸で作った小さなイヌの編みぐるみだ。

随分と年季が入ったそれは両親の形見だった。赤ん坊の志郎に彼らが与えたものだと祖父母から聞かされた。大人になった今も手放せず、常に持ち歩いている。

少し不恰好《ぶかっこう》なイヌだがそれもまた愛嬌《あいきょう》だ。つぶらな瞳はいつも志郎を勇気づけてくれる。

お守りを見つめていると、光一郎が続けた。

——それに、お前には心強い味方がいるんだよ。

「味方？」

志郎は首を傾《かし》げた。

「何それ、誰のことを言ってるんだよ。俺にはもう、頼れる身内もいないし……」

母方の祖父母は母が亡くなる前にこの世を去っているし、両親とも兄弟はいないと聞いている。光一郎が誰のことを指してそう言っているのかわからなかった。

光一郎が再び口を開く。ところが、急に声が不鮮明になり上手く聞き取れない。

「じいちゃん、何？　ごめん、よく聞こえない。待って、今そっちに行くから——」

志郎は走った。しかしどういうわけか光一郎は遠ざかっていく。必死に走れば走るほど、あたたかい光はどんどん離れていき、ついには消え入りそうなほど小さくなる。

最後の一瞬、陽気で優しい声が脳裏に響いた。

——じいちゃんは志郎に出会えて幸せだった。志郎がどんな選択をしようとも、お前の幸せを心から願ってる。志郎に幸あれ！

一度だけきらっと輝いて、急速に光が消えていく。

「じいちゃん、待って！」

叫んだ瞬間、志郎は足を踏み外した。平面だと思っていたそこでがくっと体が沈み、そのまま真っ逆さまに落下して――。


ドスンと背中から体を打ちつけた。

痛い。志郎の意識は痛覚によって唐突に覚醒した。閉ざした瞼《まぶた》に強い光を感じる。

「……っ、……？」

ゆっくりと目を開けると、眩《まぶ》しいほどに一面の白が飛び込んできた。

それが天井だと気づくまで少し時間がかかった。窓から差し込む光に思わず目を眇《すが》める。

明るさに目が慣れてくると、すぐに違和感を覚えた。

一目見て、ここが実家でないと悟る。古い日本家屋にこんな明るい洋間はない。

ここは一体どこだろうか。

ふいに独特の薬品臭が鼻をついた。消毒薬のにおい。とすると、ここは病院か……？

ああそうだったと、志郎はぼんやりした頭で思った。記憶が徐々に蘇《よみがえ》ってくる。家が火事になったのだ。何かおかしな幻覚を見た気がするが、遠くで消防車のサイレンが聞こえたはずだ。その後、駆けつけた消防団員によって、志郎は無事に救出されたのだろう。

生きていることにひとまずホッとした。

少し顔を動かすと、視界の端に板張りの床が見えた。どうやら床に直《じか》に寝かされているらしい。と思ったら、自分の足が目線より上にあることに気づく。そうして背中の痛み。そこでようやく自分がベッドから転げ落ちたのだと理解した。

「うわ、恥ずかしっ。こんな漫画みたいな落ち方したの初めてなんだけど」

志郎は慌てて上体を起こす。看護師に見つかる前に急いでベッドに戻らなくては。

「それにしても、病院のベッドにしてはやけにふかふかしてるよな。スプリングもきいてるし。何かの間違いで、とんでもない高級病院に連れて来られたわけじゃないよな……」

一瞬入院費の心配が頭を過《よ》ぎったその時、どこからか甲高い叫び声が聞こえてきた。

咄嗟に振り返った志郎はぎょっとする。

いつからそこにいたのか、ベッドの脇に見たことのない幼い少女が立っていた。

年は五、六歳くらい。志郎も生まれつき色素が薄い方だが、その子の肌は透き通るほどに色白だ。淡い栗色のツインテールには可愛らしいリボンの髪飾りをつけている。

彼女は大きな目で志郎をじっと見つめると言った。

「○×%&▼‼」

「え？」

志郎は思わず訊き返した。少女がまた何かを喋る。だが、志郎には彼女が何を言っているのかさっぱり理解できない。明らかに日本語ではなかったからだ。

かといって、発音のニュアンスから英語や仏語、中国語や韓国語などとも違う。

少女の顔の造作は日本人にも見えるが、瞳の色が少し黄色みのかかった淡いグレーをしていた。母国はどこだろう。

彼女がまた何語かわからない言語で喋る。すると今度はベッドの反対側から声がした。

弾《はじ》かれたように首を回すと、そこには白衣を着た男性が立っていた。

医者だろうか。三十歳前後のすらっとした青年だ。青味がかった銀髪は個性的だが、眼鏡《めがね》をかけた顔は人好きのする穏和そのものという印象だった。一見西洋寄りの顔立ちだが、彫りの深い日本人と言われるとそう見えなくもない。

医者がにっこりと微笑んだ。

「××△■◎」

だが、やはり何を言っているのかさっぱりわからない。

「あの、ここって日本の病院ですよね？　俺、日本語しか喋れないんですけど、言葉が通じるお医者さんに代わってもらえませんか」

志郎は身振り手振りでどうにか伝える。医者が首を傾げた。むこうもジェスチャーに切り替えて話しかけてくる。

「頭？　胸？　腹？　……ああ、どこか痛いところはないかってこと？」

志郎は急いで首や腕を回し、体の不具合を確認する。何ともないようだ。

「大丈夫です。どこも問題ないです。えっと、痛いところはありません。とても元気です」

両手で伝えると、医者も理解したように微笑んだ。頭の上の三角耳もひょこっと動く。

ん？　三角耳？

そこで初めて、志郎は彼らの持つ違和感に気がついた。言葉が通じないことに気を取られすぎていたせいか、なぜ最初に疑問を持たなかったのか自分でも不思議だった。

なぜなら、医者と少女の頭には獣の耳が生えていたからだ。

三角耳だけではない。尻には髪の色と同色のふさふさとした立派な尻尾まで生えている。

志郎は自分の目を疑った。

まだ夢の続きでも見ているのだろうか。困惑していると、ノックの音が鳴った。

部屋のドアが開いて、今度は白衣を着た男の子が大きな鞄《かばん》を持って入ってきた。続いてエプロンをした女の子と二人の男の子。どの子も六歳前後の似たような年恰好だが、やはり四人の頭と尻には獣の耳と尻尾が生えている。

今日は何かイベントでもあるのだろうか。医者まで揃《そろ》いのコスプレ姿を、志郎はどう受け止めていいかわからず唖然《あぜん》としていると、医者が白衣の少年に何やら告げた。

少年は頷《うなず》き、鞄から取り出したそれを医者に渡す。志郎はぎょっとした。

医者が手にしたのは注射器だった。中にはいかにも怪しげな紫色の液体が入っている。

「え？　ま、まさかそれを俺に……ってことはないですよね？」

反射的にベッドの上を尻で後退《あとじさ》った志郎は、いきなり背後から両腕を掴まれた。いつの間にかベッドに乗り上げた子どもたちが一斉に志郎を羽交《はが》い絞《じ》めにかかる。

「は？　ちょっ、ちょっと、何やって……いや待っ、何々、やめて、君たち離して……っ」

「△▼……×@％＄＆！」

わけのわからない言葉を喋りながら、医者までベッドに乗り上げてくる。うきうきと楽しそうに笑っているのが恐ろしい。注射針の先端からぴゅっと怪しい液体が飛び散った。

「うわっ、やだ……ちょ、何かわからないものを打つとか、マジでやめて……っ！」

全力で拒絶するも、不敵な笑みを浮かべた医者はまるで獲物を追い詰めるみたいにじりじりとにじり寄ってくる。こうなったら自力で逃げるしかない。しかし、両腕にはぴったりと五人がくっついていて、子どもとはいえさすがにこの人数となると振りほどけない。

眼鏡の奥で医者が目配せをした。すぐさま白衣少年が志郎の左腕を掴んで差し出す。二人がかりで素早く袖を捲《まく》り上げると、注射針の先端が肌に押し当てられた。

「ひっ、嫌だ嫌だ！　誰か助けてっ！　おかしな医者に殺される――っ！」

バーンッと音を立ててドアが開いたのは、その時だった。

一瞬、全員の動きが止まる。直後、一陣の風と共に黒い塊が物凄い勢いで駆けてきた。

それは瞬く間にベッドの上に飛び乗ると、医者を押し退けるようにして志郎の前に立つ。

助かったと胸を撫《な》で下ろすより早く、志郎は別の恐怖に固まった。

鋭い眼光を放って志郎を睨み据えていたのは、夢で見たあの黒狼だったからだ。

巨大な黒狼がくわっと大きな口を開けた。

鋭く尖った牙が物騒な光を放ち、絶句した志郎は卒倒しそうになる。

『おい、人間』

狼が喋った。しかもそれは、志郎が今一番聞きたかった言語だった。つまり日本語だ。

だが、狼が人語を喋っている時点で志郎の脳はもはや混乱の極みにある。

『おい、聞いているのか。お前だ、そこの人間……チッ、この姿だと話が進まないな』

どこからともなくふわっと風が巻き起こったかと思うと、一瞬で黒狼が姿を消した。そして瞬《まばた》き一つした次には、背の高い一人の男がそこに立っていたのである。

首に掛かる程度の少し長めの漆黒の髪に、宝石のような琥珀《こはく》色の双眸《そうぼう》。それより何より、筋骨隆々とした長軀《ちょうく》は何も身につけていなかった。だがそのことを恥じる様子は微塵《みじん》もなく、むしろ堂々とした佇まいは、咎《とが》める方がおかしいのだと錯覚してしまいそうになる。

野性味の強い、どこかエキゾチックな雰囲気のある端整な顔立ち。しなやかな筋肉を覆うなめした皮のような肌。腰の位置が高く、骨格からして日本人離れしている。頭の天辺《てっぺん》から爪先《つまさき》に至るまでむせ返るような男の色香がしたたっていて、その強力なフェロモンには同性でもうっかり当てられそうだ。しかし人間と違うのは、やはりこの男の頭にも黒い三角耳が生えており、逞《たくま》しい腰の向こう側にはふさふさとした尻尾が見え隠れしていることだった。

志郎はぽかんと見上げる。男はちらっと一瞥し、ギリシャ彫刻を思わせる完璧《かんぺき》な体を見せつけながら、颯爽《さっそう》とその場に片膝をついた。

志郎と目の高さを合わせると、高圧的に言った。

「おい、人間。なぜお前がこれを持っている？」

いきなり目の前に手を突き出されて、志郎は反射的にびくっと目を閉じる。

恐る恐る目を開き、それが何かに気づくと声を上げた。

「あっ、じいちゃんの首飾り……！」

咄嗟に手を伸ばす。しかし、指先が触れる寸前で、首飾りはすっと遠退いた。

「じいちゃん？　お前、光一郎の孫か」

「え？」

男の口からその名前が出たことに志郎はひどく驚いた。

「……そ、祖父を、ご存知なんですか？」

おずおずと訊《たず》ね返すと、男が目を瞠った。

「こいつはある人が光一郎に渡したものだ。光一郎はどうした。なぜ孫が持っている」

「祖父は……先月、亡くなりました」

「亡くなった？」男が顔色を変えた。「死んだのか」

「はい、七十五歳でした。心臓を悪くしていて、病院に運ばれてそのまま……」

一瞬の沈黙が落ちた。志郎をきつく睨みつけていた目に、ふと寂しげな色が浮かぶ。

「あ、あの」と、志郎は思い切って訊ねた。

「この首飾りを祖父に渡した方というのは、どなたなんでしょうか」

男が僅かに表情を強張らせた。

「……その人もすでに亡くなっている。その後、光一郎とこの首飾りの約束は俺が引き継いだが、まさか光一郎も亡くなったとはな……。便りがないのは元気な証拠だと思えと、本人は言っていたが、そもそも俺たちと人間とでは寿命の長さが違うことを失念していた」

嘆息すると、すっかり興味が失《う》せたみたいに首飾りを志郎の手に落とした。受け取った志郎は妙な引っかかりを感じて、俄《にわか》に狼狽《うろた》える。

彼は今、『自分たち』と『人間』とを、区別して表現しなかったか。それはつまり、彼らが人間ではないと言っているようなものだ。

実際に、志郎はこの男が狼から人の姿に変化する様子を目の当《ま》たりにしている。彼らの体に当たり前のように生えている獣の耳と尻尾を見つめて、志郎はざわっと全身の産毛が逆立つのを覚えた。

ふいにベッドが大きく軋《きし》んで、男が床に下りた。

待機していたエプロン姿の子どもたちが、すたすたと歩く男の後ろからすぐさまブランケットを持って追いかける。見事な連係プレーでささっと男の腰に巻きつけた。男は何事もなかったかのように歩き続け、窓辺で興味深そうにこちらの様子を見守っていた医者に何やら話しかける。医者の手から注射器は消えていた。

志郎は内心ほっとしながら、窓辺の二人を注視する。時折聞こえてくる会話は、やはりどこの言語圏のものかわからず理解できなかった。

ぎゅっと頬をつねってみる。痛みに思わず顔を顰《しか》めて、今目の前で繰り広げられていることの光景が夢でないことを実感する。だとすると、ここは一体どこなのだろう。病院でもなさそうだし、言葉の通じない彼らは何者だろうか。

その一方で、流暢《りゅうちょう》な日本語を喋っていたあの男の正体が気になった。しかも光一郎の知り合いのようだ。もし、男が人間でないとして、祖父とはどういう関係なのだろう。

会話中、医者が口にした言葉の中に何度か「ガジュ」という響きが聞き取れた。

ふと志郎の中に閃《ひらめ》くものがあった。はっとして急いでポケットを探る。パーカーのポケットにお守りが入っていることを確認した後、チノパンのポケットから光一郎の手紙と共に一通の封筒を取り出した。志郎宛ての封筒に一緒に入っていたものだ。

和紙作りのそれには知らない宛名が書いてあった。祖父の字で『ガジュへ』とある。

やっぱりと、志郎は封筒を見つめた。これは光一郎が彼に宛てて書き残した手紙だ。

二人の会話が途切れた合間を見計らって、志郎は恐る恐る声をかけた。

「あ、あの、ガ……ガジュ、さん……？」

黒い狼耳の男が振り返った。鋭い眼光に睨みつけられて、志郎はびくっと背筋を伸ばす。

ガジュが訝《いぶか》しむように「何だ？」と日本語で訊いてきた。

「えっと、これ、祖父からの手紙です。たぶん、ガジュさん宛てに書いて、俺に託したんだと思うんですけど……」

封筒を差し出すと、ガジュが面食らった顔で目を瞠った。「光一郎からの手紙？」と、戸惑いがちに受け取る。一目で自分宛てのものだと察した様子から、彼は日本語も読めるようだ。

「あの、読む前に教えてもらえませんか」

志郎は思い切って訊ねた。

「俺は火事に巻き込まれたはずなんですけど、途中で記憶が途切れていて――気がついたらそこのベッドに寝かされていました。あなた以外のみんなが何を喋っているのかわからないし、いきなり怪しい注射を打たれそうになるし、自分の身に何が起こっているのかまったく理解できてないんです。ここは一体どこなんですか？　あなたたちは、その、人間じゃないんですか？　だとしたら、一体何者……？」

目が自然と獣の耳と尻尾を追ってしまう。ガジュが怪訝《けげん》そうに言った。

「お前、光一郎から何も聞いてないのか？　その首飾りや、あの水槽のことも？」

「えっ、水槽について何かご存知なんですか？　実はこの首飾りも水槽も、祖父が亡くなった後に遺言と一緒に受け取ったものなんです。手紙にはすべて俺に譲るって書いてありました。でも、祖父からは何も聞かされてないし、どう解釈していいものか困ってて……」

驚いた様子で志郎を見やったガジュがしばし黙考する。

「……なるほど。光一郎とはしばらく連絡が途絶えていたし、シュカが亡くなったことすら知らなかった可能性もあるな」

「シュカ、さん？」

「その首飾りと水槽を光一郎に与えた者だ。狼族と人間だが、二人は友人だった。お前ももうすうす気づいていると思うが、ここは地球ではない。狼族が暮らす世界だ」

「お、狼族？」

「そうだ、お前がさっきからしきりに見ているこの耳と尻尾は狼のものだ。光一郎も、シュカと初めて会った時は、そんな顔をしたのだろう。いくらか前に、次元の狭間《はざま》をすり抜けてやって来た人間の光一郎をシュカが保護したんだ。二人はすぐに意気投合し、交流を深めながら、やがてその首飾りと水槽を利用してあちらとこちらを行き来するようになった」

ガジュの説明はこういうものだった。

まず、ここは日本ではなく、地球とは別次元に存在する狼族が暮らす世界だということ。

狼族とはつまり、ガジュが変化して見せたように、狼と、狼の耳と尻尾を生やしたヒトガタの双方の姿や性質を併せ持つ種族を指す。言語や文化も狼族特有のものだ。

かねてより、人間の世界と狼族の世界は、何らかの条件下で限定的に次元と次元が特殊な作用を起こし、一時的に交錯する事例が報告されてきた。そのため、片方の世界の住人がもう片方の世界に引きずり込まれるといった不可思議な現象が起こるとされる。実際に、こういった事例を記録した文献が、こちらの世界には少なからず残されているそうだ。

だが大前提として、古《いにしえ》より人間は狼族に害を為す忌々《いまいま》しき存在とみなされてきたことを忘れてはならない。更に国はある事件以降、人間の取り締まりを一層強化している。

この国では、かつて民を苦しめた戦《いくさ》も伝染病も飢饉も自然災害も、すべての原因は人間にあると言い伝えられてきた。

悪《あ》しき人間のせいで狼族は度々苦難を強《し》いられ、狼族の平和を守るためには、異世界から落ちてきた悪魔の種を何が何でも刈り取らなくてはならない。よって、人間は衛兵が取り締まる最優先対象として掲げられ、もし見つけたら即座に通報するのが民の義務である。背けば罰せられ、それは王族も例外ではなかった。

光一郎も、次元のいたずらに巻き込まれた被害者の一人だった。

だが、幸運にも彼が無事だったのは、最初に出会ったのがシュカだったからだ。

シュカは身分の高い家系でありながら、いい意味で常識がない男だった。

理不尽《りふじん》なこの国の考え方に反発し、むしろ人間に興味を抱いていたのだ。そのため、光一郎との出会いはシュカにとってこれ以上ない幸運だったのである。

シュカは光一郎を自分の別荘にかくまい、もとの世界に戻る方法を一緒に探した。そうしてついに、とある泉の水が重要な手懸《てがか》りになることを発見したのだ。

かくして、光一郎はその泉の水を介して地球に戻ることができた。しかし、二人の関係はそこで終わることはなかった。特殊な泉の石で作った首飾りを媒介にすることで、いくつかの条件のもと、次元を自由に行き来する方法を編み出したのである。その後も彼らはこっそりと交流を続け、友情を深めていった。

そんな中で、シュカを兄貴分と慕っていたガジュも光一郎と親しくなったという。彼が日本語を喋れるのは、まさに二人の影響だった。

「その首飾りを使って、光一郎は度々こちらへ来ていた。ある時期から、仕事が忙しいようで音信不通になっていたが、便りがないのは元気な証拠だと本人が言っていたから、俺もシュカもそれを信じていた。もし何かあれば、光一郎はその首飾りを使ってシュカを呼び寄せていただろうからな。その首飾りはいわば、召喚具みたいなものだ」

ガジュが志郎の手元を指差して言う。志郎は祖父の形見の首飾りを凝視した。

あの大きな水槽を満たしていたのは、異世界の泉の水と石だったらしい。召喚の条件は、首飾りを泉に浸し、彼らを強く喚《よ》ぶこと。必要な時は友のために必ず駆けつけると、シュカは光一郎と約束を交わしていた。

シュカが亡くなり、彼の意思を汲《く》んで、光一郎との約束はガジュが引き継いだのだ。

「光一郎とはもう何年も連絡をとっておらず、この先も喚《よ》ばれることはないだろうと思っていたが、まさか本人ではなく孫に喚《よ》ばれるとは思わなかった」

「す、すみません」

志郎は咄嗟に謝った。首飾りが召喚の道具だとすれば心当たりは十分にある。志郎は誤って水槽に首飾りを落としてしまったし、火事の混乱の中、無我夢中で誰かに助けを求めたからだ。まさか現れたのが消防隊員や救急隊員ではなく、異世界からやって来た狼だとは、志郎も想像すらしなかったが。

「その上、召喚《ばれ》た先が火の海とは予想外にもほどがある。あと少し遅ければ、今頃焼け崩れた柱の下敷きだ。俺が寸前でこちらに引きずり込まなければ、お前、死んでいたぞ」

低い声で一言一言、脅すように言われる。めらめらと燃え盛る炎の記憶が蘇り、志郎は今更ながらぞっとした。

非現実的な状況は俄に信じがたいが、ガジュに助けられたことだけは理解した。

「……そうか。ガジュさんは、俺の命の恩人なんですね」

志郎は急いでベッドから下りてガジュの前に立つと、姿勢を正した。

「助けていただき、本当にありがとうございました」

深く頭を下げる。向き合ったガジュが心底面食らったような顔をした。

「……お前、本当にあの光一郎の孫か？　それにしては全然似てないな、性格も、顔も」

頭を上げた途端、いきなりガジュの顔が視界いっぱいに広がる。ぎょっとした志郎は反射で数歩後退った。ガジュが更に一歩詰め寄り、まじまじと志郎の顔を覗《のぞ》き込む。うっと表情を引き攣らせた志郎はいたたまれず視線を横にずらした。

確かに、ガジュが言うとおり、志郎と光一郎は顔の造作も性格もあまり似ていない。光一郎はその外見からはとても繊細な菓子の数々を生み出すことが想像できないほど、日に焼けた褐色の肌と野性味の強い顔立ちをしていた。その世代にしては長身で体格もよく、性格は豪快で快活。何事にも物怖《ものお》じせず、人付き合いも上手でご近所さんから頼りにされていた。

対して志郎はというと、全体的に色素が薄く、小柄ではないものの痩身で、光一郎と比べると中性的でやわらかな顔立ちだ。前の職場では技術よりもその容姿をいじられ、もったいないから見た目を活かせと揶揄《からか》われることもあったが、残念ながら性格も奥手で地味だ。

不躾《ぶしつけ》な視線でじろじろと見てくるガジュが何を言いたいのか一目瞭然《いちもくりょうぜん》だった。

光一郎を知っているのなら、尚更違和感があるだろう。

しっかり者の祖母や写真でしか知らない両親ともあまり似ていないが、とはいえ、志郎は正真正銘、光一郎の孫である。

思わずむっとし、志郎は一つ咳《せき》払いをすると目線で訴えた。気づいたガジュが自分の手元を見下ろす。先ほど志郎が渡した封筒を見やり、「ああ、そうだった」と思い出したように掲げた。すぐさま興味の対象を移して志郎に背を向けると、封筒を矯《た》めつ眇《すが》めつしながら部屋の隅に移動する。ペーパーナイフで封を開け、壁にもたれかかりながら手紙を読み始めた。

部屋の中央に一人取り残された志郎は急に手持ち無沙汰《ぶさた》になる。

とりあえず読み終わるまでベッドに腰掛けて待っていようか。そう考えた時、横から袖を引っ張られた。見ると、エプロン姿の女の子が、何か言いながら窓辺を指差してみせる。

「何？　あっち？　あっちに来いって？」

窓辺には医者と子どもたちが集まっていた。女の子が志郎の袖を引っ張って歩き出す。

女の子に従ってついていくと、みんなが輪になって何かを取り囲んでいた。中心に据えてあったのは丸い平皿だった。皿の上には見覚えのある物体が山のように積んである。

「あっ、俺のシュークリーム！　え、何でここに……っ!?」

仏壇に供えたはずのそれが、なぜかそっくりそのままここにある。志郎は目をぱちくりとさせた。まさかシュークリームまで志郎と一緒に異世界にやって来てしまったのだろうか。

子どもたちが固唾《かたず》を呑んで見守る中、医者が棒で恐る恐るシュークリームをつついた。

ぴくりともしないシュークリームの山を訝しげに見やり、みんな揃ってほっと胸を撫で下ろす。まさか動くとでも思っていたのだろうか。まるで未知との遭遇みたいな反応に、志郎は吹き出しそうになるのを必死に堪《こら》えた。

いや、実際に彼らにとっては初めて目にするものなのかもしれない。これは地球のお菓子だ。こちらの世界に存在していなくても不思議はない。

志郎はうずうずする気持ちが抑えきれなくなり、「あのね」と、輪の中に割って入った。

「えっと、これはシュークリームといって、別に怖いものじゃないんだよ。地球の食べ物、お菓子。甘くてとっても美味しいお菓子なんだけど……通じてるかな？」

みんなの顔がきょとんとしている。言葉で伝わらないのなら、実際に食べてみせた方が早そうだ。志郎は山の天辺からシュークリームを一つ手に取った。途端に周囲がざわつく。医者と子どもたちがさあっと波が引くように志郎の傍から逃げてゆく。

「いや、そんなに怖《こわ》がらなくても大丈夫だから。ほら、見ててね」

念のためににおいを嗅《か》いでみたが、大丈夫そうだ。シュー生地も焼き立てのようにパリッとしている。志郎は大きな口を開けてかぶりついた。

途端に悲鳴が上がった。口々に何かを叫ぶが、志郎は気にせず食べ続ける。彼らは大層引いた様子で志郎を見つめながら、気味悪そうに顔を引き攣らせていた。だが、志郎がこの得体の知れない物体を美味《うま》そうに食べる姿に、徐々に興味が湧いてきたのだろう。次第にそわそわしだし、ごくりと唾《つば》を飲み込む。

「よかったら、みなさんもどうぞ。たくさんあるから食べてみてよ」

皿を差し出すと、子どもたちが顔を見合わせる。耳や尻尾を戸惑いがちに揺らしながら、一歩ずつ近寄ってくる。まるで餌付《えづ》けしているみたいだ。内心で苦笑しながら、志郎は一番近くにいた男の子にシュークリームを手渡してやった。丸くてもこもこした奇妙な物体を手にのせられた彼は、びくっと大仰《おおぎょう》に跳ね上がる。「どうぞ。こうやって、あーんって」と、志郎が食べる真似《まね》をしてみせると、男の子はおずおずとシュークリームを両手に持ち直した。ぎこちなく口を開き、思い切ったようにかぶりつく。次の瞬間、ぱあっと顔を輝かせた。

男の子が興奮した声で何やら叫ぶ。すると、医者と他の子たちも顔を見合わせ、我先にとシュークリームに手を伸ばした。揃ってかぶりつき、ぱあっと幸せそうに顔を綻ばせる。

その様子を見て、志郎も頬を緩ませる。よかった、気に入ってもらえたようだ。

そうだ、ガジュにも食べてもらおう。思いついたその時、すぐ後ろから抑揚を限界まで抑えた低い声に問いかけられた。

「おい、お前がシロだというのは本当か」

志郎は「え？」と、咄嗟に訊き返す。だが、怖い顔をしたガジュが更に詰め寄ってきた。

「答えろ。お前はシロなのかと訊いている」

「——っ、はっ、はい、志郎です。支倉光一郎の孫の、支倉志郎といいます」

「シロが、光一郎の孫？　一体どういうことだ。何がどうなってる……？」

ガジュが信じられないものを見る目で志郎を凝視してきた。手には便箋《びんせん》が握られている。

何か気になることでも書いてあったのだろうか。困惑していると、はっと我に返ったガジュがいきなり志郎の腕を摑んできた。指が食い込むほどにぐっと力を込められる。

「え、ちょ、いっ、痛っ……！　え？　ちょ、待って、何……わっ」

ふいに強い力で引き寄せられて、志郎は顔面からガジュの裸体に飛び込んだ。分厚い胸板にぶつかると思った次の瞬間、ぐるっと視界が反転する。足払いをかけられたとわかった時には、すでに志郎の体は仰向《あおむ》けに倒されていた。ぽかんと天井を見上げる志郎の上に殺気立ったガジュが馬乗りになる。両手で頭を摑まれたかと思うと、乱暴に髪を掻《か》き毟《むし》られた。

「ちょっと、何するんですか！　うっ、やめ……引っ張らないで、ちょ、痛いって……っ」

散々頭を捏《こ》ね繰り回された後、今度は強引に転がされて腹這いにさせられる。両腕を背中で捕らわれた上から体重をかけられて、身動きがまったくできない。

唐突にガジュの手がズボンのウエストにかかった。え？　志郎が声を上げるより早く、力ずくで下着ごとずり下ろされる。

「ひっ」

半分剝《む》き出しになった尻に冷たい外気が触れて、志郎は喉を引き攣らせた。

何が起きているのかわけがわからなかった。なぜこんなことをされるのか理解できず、屈辱と恐怖で一気に頭が混乱に陥る。

ふいに尻を触られた。びくっと全身を引き攣らせた志郎を、ガジュは物凄い力で押さえつけると、大きな手で尾骨の辺りを無遠慮にまさぐってきた。

「や、やめ……っ」

「おい、尻の痣《あざ》はどうした」

低い声に遮られて、志郎は目を瞠った。言葉を失っている志郎にガジュが苛立《いらだ》ったように続ける。

「本物なら尻に痣があるはずだ。どこだ、見せてみろ。見当たらないようだが、やはり偽物か？　なぜ光一郎はそんな嘘をつく？　おい、光一郎から何を言われた。正直に答えろ！」

怒鳴りながら薄い尻肉を乱暴に鷲摑《わしづか》みにされて、志郎は悲鳴を上げた。

闇雲に足をばたつかせて必死に腰を捩《よじ》った瞬間、志郎の上に跨《また》がっていたガジュがふいにバランスを崩した。今だ。志郎は渾身《こんしん》の力で屈強な男を振り落とすと、転がるようにしてその場から離れた。

すぐさま態勢を立て直したガジュが、苛立ち露《あら》わに睨み据えてくる。志郎は咄嗟に身構えるも、恐怖に震え上がる体はまともに動きそうにない。

その時、志郎の前に左右から小さな影が飛び出してきた。子どもたちだ。彼らは両手を広げて立ち、ガジュから志郎を守ろうとする。怖い顔をしたガジュが何やら言い放った。しかし、子どもたちは揃ってぶんぶんと首を横に振ると、通せんぼをするみたいに体を張って必死にガジュを足止めする。

ますます苛立ちが増すガジュ。そんな彼の背後からそっと忍び寄る影があった。

次の瞬間、飛びかかった医者がガジュを羽交い絞めにした。医者の合図で、子どもたちも一斉《いっせい》にガジュを取り押さえにかかる。不意打ちを食らったガジュの怒鳴り声。暴れるガジュの顎《あご》を医者が摑んで強引に口を開けさせた。そこに、目配せをした白衣の男の子がシュークリームを一つ手に取ってずぼっと突っ込む。

「ふがっ⁉　うぐ……もご……もぐ……もっもっもっ」

血気盛んに目を血走らせていたガジュだったが、口をもごもごさせて急におとなしくなった。静寂の落ちた部屋にもぐもぐと咀嚼音が鳴り響く。やがてごくんと逞しい喉仏を上下させると、ガジュは満足そうに言った。

「……美味い」

べったりと口の周りについたクリームを綺麗に舐め取り、「光一郎の味だ」と呟く。子どもたちに隠れて急いで下着とズボンを引き上げた志郎は、弾かれたように顔を上げた。

「じいちゃんの味を知ってるんですか？」

思わず声を張り上げ訊き返していた。子どもたちを掻き分けて這い出してきた志郎を、ガジュがぎょっとした顔で睨み下ろしてくる。志郎は構わずガジュの前に進み出ると、興奮が抑えきれない声で続けた。

「そのシュークリームは、俺がじいちゃんから教えてもらったレシピで作ったものなんです。この味を知ってるってことは、〈はせくら洋菓子店〉のシュークリームを食べたことがあるんですね？」

ガジュが驚いたように目を瞬《しばたた》かせた。少し躊躇うような間をあけて、答える。

「……以前、光一郎が作った『菓子』とやらを、いくつか食わせてもらったことがある」

志郎はたちまち自分の顔がぱあっと綻ぶのがわかった。

「そうなんですね！　じいちゃんの作ったお菓子は全部美味しいけど、中でもシュークリームは絶品なんですよ！　俺も大好きで、頼み込んで頼み込んで、ようやくこれだけレシピを教えてもらったんです。あ、よかったらまだたくさんあるので、もう一つどうですか？」

いそいそと立ち上がり、テーブルの上に移動していたシュークリームの皿を手に取った。

このシュークリームは、光一郎が食べたがっていたコンテストのコンペ用に準備したものではない。志郎が一番好きな〈はせくら洋菓子店〉の味を思い出しながら、祖父のために心を込めて作ったものだ。

十八で実家を出て、憧れだった都会の人気スイーツ店で修業を積みながら改めて気づいたことがある。どんなに華やかで評判が高くても、やはり自分が一番美味しいと思うのは祖父の作る慣れ親しんだ素朴な菓子だということ。離れて暮らしながら、次第に自分があの味を継がなければと考えるようになっていた。祖父の店を残したい。しかしそれもこれも、祖父が亡くなった今となっては気づくのが遅すぎたと後悔している。

どうぞと皿を差し出すと、ガジュは戸惑うような素振《そぶ》りをしてみせた。

警戒しつつも、おずおずとシュークリームを摑む。大きな口を開けて放り込んだ。

もぐもぐしながら、怖い顔が盛大に緩む。クリームを口の端につけて子どもみたいだ。

「ああ、そうだ。この味だ。これはまぎれもなく光一郎の味だ。お前がこれを作ったのか」

「はい」と志郎が頷くと、ガジュは何か懐かしむように目を細めて遠くを見つめた。

「口に入れると確かに光一郎を思い出すのに、まさかこれを別人が作ったとは……不思議だな。あのきらきらした甘い食べ物たちは、光一郎にしか作れないのだと思っていた」

ガジュは更に両手に一つずつシュークリームを摑むと大口でかぶりつく。タオルケットを腰に巻きつけただけの姿で床に胡坐《あぐら》を掻き、夢中で甘い菓子を貪《むさぼ》っている大男が、つい先ほどまで志郎に襲い掛かっていた相手と同一人物とはとても思えず、おかしな気分だった。

それにしても本当に美味そうに食べるものだ。志郎はガジュの気持ちのいい食べっぷりに感心しつつ、高揚する。まさか、地球から遠く離れた異世界で、〈はせくら洋菓子店〉の味を知る人に出会えるとは思わなかった。祖父の菓子を褒めてもらえたことが嬉しい。それと同時に、志郎が光一郎の味をきちんと受け継いでいると認めてもらえたようで、パティシエとして失った自信が少しだけ回復した気がした。

「クリームがついてますよ」

志郎はテーブルの上にあったナプキンで、ガジュの口もとをそっと拭いてやった。

ガジュがびくっと肩を震わせる。油断していたのかきょとんとした顔で固まった彼は、何やら物言いたげな様子でじっと志郎を見つめてくる。何だろうか。志郎が思わず首を傾げると、ガジュがゆっくりと口を開き、しかしそのタイミングで、脇から子どもたちがわらわらと二人の間に割って入ってきた。

「◎%△##?」

「え?　何だろ。えっと、うーん、ごめん。何を言ってるのか、全然わかんなくて……」

どんぐりまなこに見つめられて、志郎は思わずガジュに助けを求めた。

目が合った彼が、仕方ないとばかりに抱えていた皿を置く。よかった、通訳をしてくれるようだ。そう期待したが、すっくと立ち上がったガジュはなぜか子どもたちを次々に抱き上げては脇にどけ始めた。とうとう自分が志郎の正面に立ち、どんとしゃがみ込む。

同じ高さで目を合わせたガジュに、次の瞬間、顎を掴まれた。ぽかんとする志郎の顎をくいっと掬って強引に上を向かせる。と、ガジュは一気に顔を近付けて突然唇を塞いできた。

「!?　んぅ……んんっ‼」

無防備な歯列を割って、ぬるりと肉厚の舌が入ってくる。志郎はパニックになった。無遠慮な舌が我が物顔で志郎の口腔《こうこう》を舐め回し、ふうっと生温かい息を吹き込まれる。

「んんっ……ぷはっ」

ようやく解放されて、志郎は息を荒らげながらよろめいた。子どもたちが慌てて四方から短い手を伸ばし、ふらつく志郎を支えてくれる。

「……いっ」志郎は信じられない思いでガジュを睨みつけた。「いきなり何するんですか!」

しかし、ガジュは悪びれた様子もなく言った。

「お前の希望を叶えてやったんだ。これでそいつらの言葉もわかるだろうが」

「は？」

志郎は急いで周囲に視線を落とす。心配そうに見上げてくる子どもたちと目が合った。

「大丈夫ですか？」「お口を吸われてくらくらしちゃったんですね」「ガジュ様はいつもいきなりすぎます」「甘くて美味しいこの丸いふわふわを食べたらいいのでは？」「お口直しです」

「……おい、人をバイ菌みたいに言うな」

ガジュがじろっと子どもたちを睨む。彼らは笑いつつ、口々に志郎に話しかける。

「この丸いふわふわは食べ物だったのですね」「今までこんなに甘くて美味しいものは食べたことがありません！」「どうやって作るんです？」「私たちにも作れるかなあ」

志郎は驚きに目を見開く。暗号にしか聞こえなかった謎の言葉がするすると理解できる。

「すごい、この子たちの言っていることが全部わかる！」

「確かに、面白いね。本当に突然、僕にも君の言葉がわかるようになった」

興味深そうに歩み寄って来たのは医者だった。トキと名乗った青年は志郎をまじまじと見つめると、眼鏡の奥の目を細めてにっこりと微笑んだ。

「ああ、顔色が随分とよくなったね。目覚めた時は真っ青だったから心配したんだけど、これなら大丈夫そうだ。ガジュのフェロモンのおかげかな」

あの注射は単なる栄養剤だったようだ。大騒ぎした自分を恥じつつ、志郎は首を傾げた。

「フェロモン……？」

「そう」と、トキが頷く。「言葉が通じるようになったのは、黒狼のフェロモンが作用して、言語能力の急激な発達が起こったと見ていいだろうね。黒狼族はこの国で最も強い力を持つ系統だ。口移しで直接気を送り込むところは初めて見たけど、どうやら人間にも有効らしい」

志郎は咄嗟にガジュを振り返った。漆黒の狼の耳と尻尾を見やり、ふいにガジュと目が合う。感謝しろとばかりにふんっと鼻を鳴らされて、志郎はかあっと顔が火照《ほて》るのを感じた。

「シロ様、どうされましたか？」「お顔が真っ赤です」「お熱があるんじゃ！」「大変です！」

子どもたちに心配されて、志郎は慌てて「何でもない、大丈夫」とかぶりを振って返す。

言葉が通じるようになったのはとても助かる。だが、どうしても腑《ふ》に落ちない。あの方法しかなかったのだろうか。恨みがましい思いでガジュを睨みつけると、目を眇めたガジュが、何か文句があるのかとばかりにギロッと睨み返してきた。射殺されてしまいそうな凶悪な眼力に負けて、すぐさま志郎はさっと視線を逸《そ》らす。変に絡《から》まれるのはごめんだ。

志郎は気を取り直し、ガジュに向き直って言った。

「あ、あの、この度は大変お世話になりました。みなさんにはご迷惑をおかけして、助けていただいたこと、本当に感謝しています。ありがとうございました。ええっと、それでですね。そろそろお暇《いとま》したいと思うんですけど、帰る方法を教えてもらえますか……？」

確か、先ほどガジュから聞いた話では、こちらの世界と地球を行き来するための『泉』があるはずだ。そこに案内してもらえないだろうか。

ところが、ガジュから返ってきたのは身も蓋もない言葉だった。

「そんなものはない。地球に戻るのは無理だ、諦めろ」

「は？」

「正確に言うと、以前はあったが、今はもうない。諦めろ」

予想外の返答に志郎は一瞬思考が停止する。しかも、諦めろと二度も言った。

「え？　ど、どういうことですか？　あったけどなくなったって、何で？　泉は……!?」

「泉はとっくの昔に涸《か》れて使えない。唯一《ゆいいつ》、希望があるとすれば光一郎が地球に持ち帰ったあの水槽の水だが、それも絶望的だな」

「絶望……な、何で？」

「あの火事で水槽は使い物にならなくなった。かろうじて俺たちが飛び込むまでは持ちこたえていたが、その後すぐに炎に呑まれて真っ二つに割れてしまったからな。泉の水は流れ出し、もはや一滴も残っていない。首飾りはあっても、泉の水がなければこちらとあちらを繋《つな》ぐ道も開かない」

「そんな……」

「光一郎がむこうで生きていれば、あるいはこの首飾りが反応して彼のもとへ導いてくれたかもしれないが――亡くなったのだろう？　たとえ何らかの方法でここから出られたとしても、今のこの状況では地球のどこに落ちるか予測不能だろうな。最悪、次元の狭間に落ちて行方《ゆくえ》知れずになる可能性もある。そうなれば、俺でも助けに行くのは不可能だ」

「じゃ、じゃあ、俺はもう、むこうには戻れないってことですか？」

「そういうことになるな。諦めろ」

淡々とまるで他人事《ひとごと》のように言われて、志郎はかっと頭に血を上らせた。

「ちょっと待ってください。簡単に諦めろって言うけど、俺をここに連れて来たのはガジュさんじゃないですか！　そんな無責任な言い方……っ」

途端にギロッと睨まれて、志郎は思わず押し黙る。ガジュが低い声で言った。

「俺はシュカとの約束を果たしたまでだ。それに、俺は光一郎に喚ばれたものだと思って出向いたんだ。そうしたら炎の中で死にかけているお前がいた。首飾りを使って俺を呼び出したのはどうやらお前に違いないし、助けてくれと言うから、願いどおり助けてやったんだ。その先のことまで俺が知ったことではない」

冷たく突き放される。一度は命の恩人だと感謝したが、この先二度と地球に戻れないかもしれないことを考えて、志郎は絶望感に打ちひしがれる。

項垂《うなだ》れる志郎の前で、ガジュがおもむろに和紙の封筒を取り出し、「だが」と続けた。

「光一郎の遺言のこともある。これにはお前を頼むと書いてあった」

志郎ははっと顔を撥ね上げた。

「光一郎には世話になった借りがある。その彼に免じて、しばらくはうちでお前の面倒を見てやる。お前の正体もまだはっきりしたわけではないからな。無闇に動き回られても困る」

「……俺は正真正銘、支倉光一郎の孫ですよ」

恨みがましい気持ちで睨《ね》めつけると、目が合ったガジュが凄むように言った。

「尻の痣はどうした。お前の尻にあの痣はなかった。痣のないお前をシロとは認めない」

「だから、痣って一体何のことだか……っ」

パンパンッと手を打つ音がした。それまで黙って聞いていたトキが「まあまあ、二人とも落ち着いて」と、睨み合う二人の間に割って入る。

「とりあえず、シロくんは今日からここの住人ということでいいかな？　ここは深い森の中にある屋敷だから決まった者しか出入りしないし、人間の君はここにいた方が安全だよ。まあ、君をかくまうことで、ここにいるみんながリスクを負うわけだけれど」

陽気な声でちくりと刺されて、志郎は思わず押し黙る。トキが微笑んだ。

「そんな顔しないで。僕の方でもいろいろと調べてみるよ。最近は噂を聞かないけど、実はこっそり落ちてきた人間が、何らかの方法で無事に帰還しているかもしれない。探せば泉を使わなくても戻る方法が見つかるかもしれないよ。諦めるのはまだ早い。元気だして」

肩を叩いて励まされる。前向きな言葉のおかげで、ようやく詰めていた息を吐き出せた。

「……ありがとうございます。よろしくお願いします」

志郎は殊勝に頭を下げる。そんな志郎を横目に見ながら、ガジュが釘《くぎ》を刺してきた。

「ここに置いてやる以上は余計な事をするなよ。人間をかくまっていることがばれれば、お前だけでなく俺たちの身も危ない。せっかく救ってやった命を無駄にしたいのなら、好きにしろ。ただし、こいつらを危険に晒《さら》してみろ。衛兵より先に俺がお前を処罰してやる」

槍《やり》のように鋭く尖った視線に射抜かれる。

志郎はごくっと喉を鳴らし、大きく頷くほかなかった。

■2■

大きな洋館の外には深い森が広がっていた。

この国で最大級の広さを誇り、いまだ未開の地も多く、それゆえ誰も近寄らないという曰《いわ》くつきの森。通称、『まっくろ森』。

地理に乏しい者が一度足を踏み入れれば迷うことは必至、迷い込んだ旅人の多くは世にも恐ろしい目に遭い、無念のまま息絶えた死体があちこちに転がっているという。

——いいか、お前も死体の仲間入りをしたくなければこの屋敷から一歩も外には出るな。何か用があればこいつらに言いつけろ。余計なことはせずにおとなしくしていろよ。

ガジュは志郎をたっぷりと脅すだけ脅して、自分はさっさと自室へ消えていった。

本人が何も教えてくれないので、代わりにトキがこの国について一通り説明してくれた。

まずは階級について。

ここ、狼族の国では狼の毛色でヒエラルキーが決まる。

毛色がより濃い者ほど能力や地位が高く、薄くなるにしたがって階級は下がる。大まかに黒、灰、茶、そして特殊系統の四種類。黒い毛色を持つ者がこの国では最上級獣人となり、国を統《す》べる国王や王族らがそれにあたる。

実はガジュは前国王の息子だというから驚いた。

前国王は二年前に病により崩御し、その後、ガジュの実弟が王位を継いで現在に至る。本来なら王位第一継承者は、第一王子のガジュであるはずだった。しかし、彼はもう随分と前に、とある事情によって王室を離脱し、一人この辺境の森に移り住むこととなった。

そうして現在、四人の使用人と共にこの大きな屋敷でひっそりと暮らしている。

使用人とは、あのエプロンをしていた幼い子どもたちのことだ。年長者から順に、アカ、ベニ、アオ、モモという。八歳から六歳の子で、彼らは薄い栗色の毛色をしていた。狼族の中では最も多く一般的な毛色で、いわゆる平民階級にあたる。ちなみに一人だけ白衣を着ていた子はコンといって、トキの助手をしている八歳の男の子だ。

医者のトキはガジュの古い知り合いで、町の開業医だった。

彼の青味がかった銀色の獣毛は灰色系統にあたる。この毛色の狼族は王家とつながりのある家系が多く、トキも遠縁に王族関係者がいるという。ガジュとは彼らがまだ幼い頃、宮廷医師の父親について王宮に出入りしているうちに知り合い、年が近いこともあってすぐに親しくなったそうだ。

ガジュもトキも見た目は人間でいえば三十歳前後。だが、地球とは時間の流れが違うようで、志郎の感覚が狼族の年齢にも当てはまるかというとそうとは言えないらしい。若く見えても実際には志郎の何倍も生きている可能性が高い。ガジュだって、光一郎と知り合ったのは志郎が生まれるよりも前のことだから、少なくとも今から二十五年以上は昔の話になる。

若々しい外見からは実年齢が想像できず、志郎は深く考えるのをやめた。実際、狼族はある年齢を過ぎると人間ほど外見に目立った変化が見られなくなるため、彼らは大抵自分の年に無頓着《むとんちゃく》なのだとか。

その割に、時間の刻み方は地球とほとんど変わらなかった。時計もあって、十二進法、六十進法で数えるのも同じ。日が昇れば朝が来て、日が落ちれば夜になる。一年を十二カ月に分け、四季もある。

食事も服装もあまり違いはないように思えた。着ていたパーカーとチノパンは洗濯してもらい、代わりに与えられた麻のシャツとズボンは簡素だが肌触りがよく、着心地がいい。食事は調理方法が限られており、全体的に薄味だ。食材は地球でも馴染みのあるものが多く、抵抗感はまったくなかった。

表向きには狼族は人間を拒絶しているが、実際は裏で交流があったことが想像できる。地球の文化があちこちで根付いている感は否めない。

もちろん、現代日本の生活様式と比べると格段に未発達で時代遅れな部分が多い。その一方で、こちら独自のライフラインは、地球ではありえない方法で確保されている。

ここでは電気は通っていないが、その代わりに火喰い狼が生み出す炎石を使用し、火や明かりを生み出している。また、冷蔵庫や冷凍庫の代わりに、食材と一緒に氷狼《こおりおおかみ》が製造する氷玉《こおりだま》を入れておけば、鮮度を保ったままの長期保存が可能だ。

火喰い狼は赤毛族、氷狼は青毛族に分類され、彼らのような特殊な毛色と能力を持つ者たちは特殊系狼族として扱われる。

この世界の目に映るものすべてが新鮮で、志郎の想像の範疇《はんちゅう》をはるかに超えていた。

地球で感じていた息苦しさがここにはない。妙な居心地のよさがあり、まるで最初からこの場所にいたかのようなのびのびとした開放感が気に入った。

どこか童話の世界にでも入り込んだみたいな異世界での生活は、案外と志郎に合っているのかもしれない。

使用人の子どもたちが志郎を歓迎し、快く受け入れてくれたのも嬉しかった。

とてもよい子たちで、志郎のことを『シロ様』と呼び、いろいろと気使ってくれる。この国の発音では志郎よりもシロの方が言いやすいのだろう。せめて『様』はやめてくれと頼んだが、ガジュの恩人の孫という理由で、却下されてしまった。

屋敷内での行動に特に制限はなく、志郎は何一つ不自由のない生活を送っていた。

そんなこんなで三日が過ぎた。

「シロ様、手伝っていただかなくてもいいんですよ。もっとのんびりしていてください」

てきぱきと洗濯物を干す志郎に、今日の洗濯当番のモモが申し訳なさそうに言った。志郎は洗いたてのシャツを受け取って、「十分のんびりさせてもらってるよ」と苦笑する。

「俺は居候《いそうろう》なんだから、これくらいさせてもらわないとかえって気が引けるよ」

志郎は木と木の間を渡したロープに次々と洗濯物を干していく。ツインテールのモモは六歳の女の子だ。踏み台が必要な彼女よりも、志郎が干した方が断然早い。

「俺も家事は子どもの頃から手伝っていたから、どっちかというと得意分野だよ。部屋にいてもすることがないし、何でも言いつけていいからね。手伝わせてよ」

籠《かご》から洗濯物を差し出すモモが目を丸くした。

「シロ様はお優しいですね」

ふくふくとした頬を弛《ゆる》ませてにこっと笑う。かわいらしい笑顔に志郎も思わず和む。

「ガジュ様と同じです」

「えっ⁉」

危うく洗濯物を取り落としそうになった。思ってもみなかった人物と並べられて、思わず顔を引き攣らせた志郎は、咄嗟に背後を見上げる。

今日は朝からいい天気だというのに、二階の角部屋のカーテンは閉まったままだ。

ガジュのアトリエである。

彼は趣味が高じて画家となり、現在は絵を売って生計を立てているそうだ。

王室からの援助は一切受け取っておらず、それどころか、ちまたではガジュはすでに亡くなったものとして言い伝えられていると聞いて驚いた。第一王子が病死したために、前国王の崩御の際、第二王子が即位するのは当然とされたのだ。

実際は、ガジュはわけあって王宮を離れてここに移り住んだのだが、噂《うわさ》が一人歩きして、もはやそちらが民の真実になってしまったというわけだ。しかし、当の本人はそんなことなどまるで意に介する様子もなく、むしろ誰にも邪魔されず自由気ままな今の暮らしを好んで楽しんでいる。志郎にはそんなふうに感じられた。

ガジュの絵画作品は、意外と人気があるらしい。

屋敷には定期的に画商が買い付けに来て、仕事の依頼も多いようだ。玄関や部屋にも作品が飾ってあるが、どれも志郎には首を傾げるものばかりだった。喩《たと》えるなら、素人が想像するピカソのような独創的な画風。芸術に疎《うと》い志郎にはそのよさがいま一つわからない。だが、熱狂的なファンというのはどの世界にもいるものである。ガジュのあの絵がとんでもなく高値で取引きされると聞いてからは、志郎も見る目が変わったのだった。

現在ガジュは仕事の納期が迫っており、部屋に引きこもっている。

特に今はピリピリしていて、廊下で偶然鉢合わせた時には鬼のような形相をしたガジュに「うろうろと歩き回るな！」と怒鳴られた。他にも顔を合わせるたびに何かしら小言を言われている。

「優しいかなあ……うーん、みんなにはそうなの？　俺には違うみたいだけど」

ゆうべも大目玉を食ったのだった。よかれと思って、散らかったアトリエの掃除に取りかかったのだが、これがいけなかった。棚を片付けていると、物に押し潰されかけている小さな箱を見つけたのだ。中に大事そうにしまってあったのは、汚れた子ども用の水色の靴だった。このままだといずれ箱ごとぺしゃんこだ。とりあえず箱のへこみを直そうと靴を取り出したところに、寝室で眠っているとばかり思っていたガジュが戻って来たのである。

——勝手にそれに触るな！　何でお前がここにいる。今すぐここから出て行け！

物凄い剣幕で怒鳴るガジュに、志郎はあっという間に追い出されたのだった。

「そりゃさ、頼まれもしないのに勝手に片付けようとした俺が悪かったんだけど。でも、みんなもアトリエには出入りしてるでしょ？　掃除だって任されてるんだし、俺も手伝おうとしただけなんだけどな。何だか俺だけ目の仇《かたき》にされてる気がする」

「すみません。ガジュ様は今、お仕事の追い込み時期ですから。機嫌がとても悪いのです」

なぜかモモに謝られて、志郎は慌てて首を横に振った。

「いやいや。それも、もとはといえば、俺が仕事を邪魔しちゃったわけだし」

志郎がガジュを喚び寄せたのは、まさに納期がギリギリに迫った最悪のタイミングだったのだと、後から知った。貴重な時間を奪われ、作業に支障をきたしたガジュが画商と何やら言い争っていたのは志郎も目撃したし、それからガジュの機嫌はますます悪化した。

だから志郎も責任を感じて、いろいろと気を使ったつもりでいたのだ。だがこれが悉《ことごと》く裏目に出てしまう。

例えば今朝も、人の気配があると気が散るだろうから、食材集めに出かける子どもたちに頼んで一緒にキノコ狩りに連れて行ってもらおうとしたのである。ところがすぐに二階の窓からガジュに見つかって、志郎は力ずくで連れ戻されたのだった。

「シロ様は屋敷の敷地外への外出を禁止されていますから。すみません、私たちも軽率でした」

「ううん、悪いのは言いつけを守らなかった俺だから。でもまさか、窓から飛び降りて追いかけてくるとは思わなかったよね。本気で殺されるかと思った。窓拭きしても怒られるし」

「えっと、あれは、シロ様が窓枠に跨ってお掃除されていたからだと思います。体の半分が外に出ていました。二階でしたし、落ちたら危ないので心配されてのことだと思います」

「でも、ああしないと外側は届かないよ。それに、この家の窓枠は丈夫で幅もあるから、俺の古い実家の窓と比べたら安定してるし、だいぶ安全なんだけどな」

志郎は溜め息《たいき》をつく。

「ガジュさんの基準がよくわからない。ロープを腰に巻きつけた子どもが、屋根からぶら下がって拭く方がよっぽど危ないと思うんだけど」

窓拭き禁止令を言い渡された志郎が、しょんぼりとモップ掛けをしていると、ふいに窓の外に何かが落ちてきたのである。志郎は心底ぎょっとした。ロープを巻きつけた子どもたちが屋根から蓑虫《みのむし》のように宙吊りになって、慣れた手つきで窓ガラスを拭いていたのだった。

「そもそも何で子どもを雇ってるのかな。使用人ならちゃんとした大人を雇えばいいのに」

ここに来た時から疑問に思っていた。文化の違いと言われればそれまでだが、現代日本人の感覚だと、やはりこんな小さな子どもを働かせるのは不自然だと思ってしまう。

モモが困ったように笑って言った。

「ガジュ様は、こんな私たちにあえてお仕事を与えてくださっているんです」

「あえて？」

訊き返すと、モモが僅かに表情を翳《かげ》らせた。尻尾が戸惑うように揺れる。

「私たちは生まれてすぐ、家の事情で親に捨てられました。そんな私たちを、ガジュ様は保護してくださり、家族だと仰《おっしゃ》って面倒を見てくださっているんです」

志郎は目を瞠り、言葉を失くした。すぐさま無神経だった自分の浅はかさを恥じる。

「だから、少しでもガジュ様のお役に立ちたくて、身の回りのお世話をさせてもらっているんです。私たちは、ガジュ様に拾ってもらえてとても幸せです。ガジュ様は何もなかった私たちに名前をつけてくださいました。この髪飾りもガジュ様にいただいたものなんですよ」

嬉しそうに二つに結んだ髪を触ってみせる。根元を花のように飾っているのは桃色の毛糸で編んだリボンだ。その他にも彼女たちが身につけているものは、すべてガジュが揃えたものだと教えてくれた。ふと志郎の中に閃くものがあった。もしかすると、志郎がアトリエで見つけたあの小さな靴は、この子たちが履いていたものだったのかもしれない。

「ガジュ様はとてもお優しい方です」

モモが心の底から尊敬している口ぶりで言った。

志郎はどう返していいのかわからなかった。たった数度のやりとりに対して志郎は一方的に不満を言うだけで、ガジュのことを何も知らない。そのことに改めて気づかされた。

「かわいいね、そのリボン。すごくよく似合ってるよ」

モモがはにかむように微笑んだ。

志郎は少しだけ羨《うらや》ましいなと思う。この子たちにとって、名付け親のガジュはまさしく恩人で、ガジュも彼らには深い情を持って接しているのだろう。

一方、志郎の場合はどうだろうか。

志郎にとってもガジュは紛れもない恩人だ。しかし、それは光一郎とシュカとの約束があったからで、モモたちとは事情も経緯《いきさつ》も随分と異なっている。

ガジュが志郎を「シロ」と呼んだのは、最初だけだった。それ以降は「お前」呼ばわりか、あの鋭い目に睨まれて無言の圧力をかけられるくらいだ。

使用人たちとは冗談も交えて気心知れた風に話すくせに、志郎にはあからさまに素っ気無い。何をするにも監視され、すぐに怒られる。志郎にだけ異様にあたりが厳しいのだ。

そこにはやはり信頼の有無が関係しているように思う。要するに、志郎はまだ信用されていないのだ。光一郎の孫であることすら疑われている。

どうしたらガジュに認めてもらえるのだろうか。

志郎だって彼らに迷惑をかけたいわけじゃない。この国で人間をかくまうこと自体が罪になるのだとしたら、志郎は一刻も早く彼らから離れてもとの世界に戻るべきなのだろう。だが、残念ながらその方法についての手懸りがまだ何も見つからないのが現状だった。

「ていうか、結局お尻の痣って何だったんだろ。本気で意味がわからない……」

こっそりと独りごちたその時、ふいに頭の隅で何かが閃いたような気がした。

思考をめぐらせていると、モモが照れ臭そうに自分のリボンを撫でながら言った。

「シロ様が地球から連れてきたクマさんも素敵ですよね」

「クマさん？」

我に返った志郎は首を捻る。モモが志郎のズボンのポケットを指さす。

「ああ、クマさんってこれのこと？」

志郎は笑ってポケットからお守りを取り出した。年季の入った白い編みぐるみ。成人男性が肌身離さず持ち歩いているものにしてはいささかかわいすぎるが、そのおかげでこの子も志郎と一緒にこちらにやって来た。どこにいても祖父母と両親が見守ってくれている。大丈夫だ。そう思えて、ここでも度々この子を眺めては元気をもらっていたのだ。

特にガジュに怒られて落ち込んだ時には、よく取り出して眺めているので、彼女にもそんな様子を見られていたのだろう。

「俺は、昔からこの子はイヌだと思ってたんだけど、クマにも見えるのかな？」

「そ、そうなんですか。クマさんじゃなくてイヌさんだったんですね」

モモが「失礼しました」と赤面する。志郎は笑って首を横に振った。

「本当は俺にもよくわからないんだよね。これを俺にくれた両親は、俺が生まれてすぐに事故で亡くなってしまったから。だから、何となくイヌっぽいって思ったからイヌってことにしてるんだけど。実際はクマかもしれないよね。シロクマさん」

ちょっと歪《ゆが》んだフォルムが独特の味を出している白いそれを、志郎は目の高さに掲げてみせる。モモがしゅんとして「すみません、シロ様のご家族のことを何も知らなくて」と謝った。志郎はかぶりを振って、太陽の陽射《ひざ》しでぬくもった彼女の頭を撫でてやる。

「俺もごめん。モモたちがガジュさんと出会った経緯を何一つ知らないくせに、勝手なことを言ってしまって」

見上げたモモがにっこりと微笑んでふるふると首を左右に振った。

「そういえば、ガジュさんはどうしてこんな森の奥で隠れるように暮らしているんだろう」

志郎はずっと思っていた疑問を何気なく口にした。

「画材とかもなかなか買いに行けなくて不便だよね。王室離脱って一体何があったのかな」

「……ガジュ様に人間と接触した疑いがかけられたんです。そのせいで王宮から追い出されたのだと聞きました」

志郎は目を瞠った。

「それって、もしかして俺のじいちゃんが原因ってこと?」

訊き返すと、はっと我に返ったモモが俄に慌てだした。どうしよう、口を滑らせてしまった。そんなふうに焦って急いで両手で口を塞ぐ。

「そ、そこまではよくわからないです。そういうお話を、以前にトキ先生からお聞きしただけで、私は詳しいことはまったく何も知らなくて……あの、このことはガジュ様には……」

涙目で乞われれば、志郎はもうそれ以上深くは問い詰められなかった。何も聞かなかったことにすると、モモに約束する。彼女がほっとしたように息をついた。

ちょうどそこへ、キノコ狩りに出かけていた男の子コンビが戻ってきた。

年長者のしっかり者、八歳のアカと、マイペースな六歳児のアオだ。それぞれが名前にちなんだ赤色と青色の蝶ネクタイを身につけているが、これらもガジュが用意した物だろう。

彼らが持ち帰った籠いっぱいのキノコと木の実を見て、志郎は目を丸くした。

「すごい! こんなにたくさん採れたんだね。お疲れさま」

アカとアオが得意げに笑う。「あっ」と、志郎は籠の中から赤い果実を摘まみ上げた。

「これって木苺《ラズベリー》だよね? 一つもらってもいい?」

彼らに断って、口に入れる。

「……ああ、やっぱり。味も一緒だ。美味しい。つやつやしててお店に売っているものより大粒で立派だな。ラズベリーパイとか作ったら美味しそう。ジャムにしてスコーンに塗って食べてもいいかも」

志郎の言葉に三人が不思議そうに顔を見合わせた。

「シロ様、シロ様。すこおんって何ですか？」「じゃむとは？」「パイに肉や野菜じゃなくて木苺を入れるのですか？　それは食べ物になるのでしょうか」

「え？　ああ、そうか。みんなはジャムやスコーンがわからないか」

驚いたことに、この国にはお菓子という文化そのものが存在しなかった。

パンはあるが、甘いジャムを塗って食べるという習慣がない。スコーンは厳密にはスコットランド料理のパンだが、彼らはピンとこないようだった。パイ料理はあっても食事としての料理に限定されていて、いわゆるアップルパイなどのスイーツ系は皆無。ここでは甘味といえば主に果物や木の実そのものを指し、地球で言うような嗜好品として製造、調理された食品は存在しないのである。

パティシエの志郎にとって、お菓子が存在しない世界は衝撃的だった。

初めて目にしたシュークリームを、まるで未知の生命体を発見したかのように遠巻きに眺めていた彼らを思い出す。恐る恐る口にして、あまりの美味しさに顔をきらきらと輝かせて興奮する様子が印象的だった。

「これだけあればジャムがたくさん作れるな。木苺などの果実を砂糖で甘く煮たものをジャムと言うんだけど、とろぉりとした甘いそれをパイ生地にぎっしり詰めて焼くのもいいし、こっちで言うぶ厚いビスケットに似た焼き立てサクサクのスコーンをこうやって二つに割って、たっぷり塗って食べるのもまた美味しいんだよ。あ、そうだ。パイにはカスタードクリームを敷いてもいいな。その上につやつやの真っ赤な木苺を隙間なく並べたら、宝石みたいにキラキラして……」

ふと気づくと、三人が今にも涎《よだれ》を垂らしそうな顔で志郎を見上げていた。

「地球には美味しそうな食べ物がたくさんあるのですね」「とても興味があります」「地球の方々は毎日そのようなものを作って食べているのですか？」

ふわふわと揃って興味津々《しんしん》に揺れる三本の尻尾を見て、志郎は苦笑した。

「人によると思うけど、俺はたまたまそういう仕事をしていたから」

「じゃむを作るお仕事ですか？」「すこおんも？」「甘いパイは？」

「むこうにいた時は毎日、朝から晩まで甘いお菓子を作ってたよ」

子どもたちが揃ってぱあっと尊敬の眼差《まなざ》しを志郎に向けて言った。

「「「それは素敵なお仕事です！」」」

「……そ、そうかな？　ありがとう」

志郎は少々面食らいつつも、自然と頬が緩むのを感じた。パティシエとして働き出してからというもの、怒られるのは日常茶飯事だったが、これほど手放しに褒めちぎられたのは初めてかもしれない。気恥ずかしさと嬉しさとで胸がほんわかとし、妙にくすぐったかった。

菓子の話をしながら、四人は勝手口から厨房に入った。

厨房ではベニがせっせとお茶の準備をしていた。七歳の彼女は首の両側に垂らした三つ編みに紅色のリボンをつけている。

お客さんだろうか。訊ねると、ベニが頷く。つい先ほど画商が訪ねて来たらしい。

「ガジュさん、まだ絵が描き上がらないのかな。ヒジリさんも大変だな……」

出入りの若い画商はガジュが専属契約している仕事相手だ。志郎とそう年が変わらない青年で、ヒジリといった。彼は志郎がこの屋敷で世話になり始めた三日前から毎日顔を出している。

使用人たちの話によると、ヒジリは定期的にやって来るものの、今回のような連日の訪問は珍しいそうだ。おそらくガジュの仕事が予定よりも大幅に遅れているのが原因だろう。

ベニが出迎えると、ヒジリは挨拶もそこそこにアトリエに駆け込んでいったという。

納期を過ぎてもなかなか上がってこない作品の催促だろうか。アトリエでのガジュとヒジリの言い争いを想像して、志郎は申し訳ない気持ちでいっぱいになった。

「あ、ベニ。お茶なら俺が運ぶよ。というか、俺にやらせてください」

製菓の傍らに本格的な紅茶の淹《い》れ方も勉強したので、美味しいお茶を淹れる自信がある。

戸惑うベニからトレイを受け取ると、志郎はさっそく二階の角部屋へ向かった。

ノックをしようとしたらドアが少し開いていた。ガジュの唸《うな》るような声が聞こえて、志郎は心配になる。そっと忍び足でドアに近付くと、二人の会話が漏れ聞こえてきた。

「本当に間違いはないのだな」

「はい、確かな筋から得た情報です。間違いないかと」

「……そうか。だがしかし、こんなことが起こるなんて、とてもではないが信じられない。まさか、今になってあいつが――」

ふいに言葉が途切れた。次の瞬間、「誰だ！」と鋭い声が放たれる。

それが自分に向けられたものだと気づいた時には、内側からドアが開けられ、ガジュが怖い顔をして志郎を見下ろしていた。

目が合い、志郎は顔を引き攣らせた。ガジュが恐ろしく低い声で言った。

「お前、ここで何をしている」

氷のような冷ややかな視線に捕らわれて、体の内外で温度が一気に下がった気がした。

「あ、あの、お茶を……」

どうにか無理やり口を動かしてそれだけ告げて、トレイを差し出す。押し付けるようにしてガジュに渡すと、「失礼しました」と一礼して一目散に逃げた。

「こ、怖かった……っ！」

ダッシュで階段を一気に下り切って、志郎はようやく詰めていた息を吐き出した。

故意に盗み聞いたわけではなかったが、あの状況では誤解されるのも無理はない。せっかく給仕を買って出たのに、結果として、またガジュを怒らせてしまった。

志郎は落胆する。しょんぼりと落ち込んで厨房に戻ると、子どもたちが待ち構えていたように「シロ様、シロ様」と、とてとてと駆け寄ってきた。

「我々が最初に食べさせていただいた、あの、もこもこ、ふわふわ、とろっとろのほっぺが落ちそうになるくらいに甘くて美味なものは何というのですか」

「もこもこふわふわとろっとろ？　ああ、シュークリームのこと？」

途端に四人が揃って顔を見合わせた。ひそひそと何やら話し出す。アカが言った。

「やはり、あれがしゅーくりいむというものなのですね。最初はシロ様の言葉が聞き取れなかったのですが、ガジュ様がとても美味しそうに食べていらっしゃったので」

「ああ、確かに……」

あの時の彼は、子どもみたいに幸せそうな顔をしてシュークリームを頬張っていた。先ほど逃げてきた恐ろしい男と同一人物とは、とても思えない豹変《ひょうへん》ぶりだ。

「あれ？　今、『やはり』って言ったけど、みんなもシュークリームのことは知ってたの？」

訊ねると、再び顔を合わせた四人がこくこくと頷いた。「はい、言葉だけは」「ガジュ様が何度もお話しされるので」

「ガジュさんが？」

「はい。ガジュ様は、それは夢心地のような気分になるくらいとても素晴らしくて美味しいものなのだと、我々にも話してくださいました」「もう一度食べたいのだけれど、どうやっても同じものが作れないのだと、いつも嘆いておられて……」

「えっ、自分で作ろうとしてたの？」

志郎は思わず素《す》っ頓狂《とんきょう》な声を上げてしまった。

ガジュは時折、思い立ったように厨房に顔を出しては、「シュークリームが食べたい」とぼやいていたのだという。本人曰く、あの甘くて美味い菓子を食べれば、きっと行き詰まった仕事も捗《はかど》る気がする、と。

とはいえ、菓子作りのかの字も知らない素人が簡単に作れる代物ではない。

使用人たちも、見たことも聞いたこともない未知の食べ物を作れと言われてもお手上げ状態だった。主《あるじ》の願いを叶えようにもどうすることもできなくて、彼らは頭を悩ませていたのである。そんな時、志郎と一緒に『しゅーくりいむ』がやって来た。

「あれがしゅーくりいむというものなら、ガジュ様が恋焦がれるのも無理はないです」「ふわふわしてましたよね」「とろりと甘くて……」「とってもとっても美味しかった！」

彼らはふくふくとしたほっぺを両手で押さえながら、はあと陶然とした表情を浮かべてみせる。そうして、今もアトリエで唸っているだろう主を思い、揃って切ない溜め息をつくのだった。「ガジュ様に、またあのしゅーくりいむを食べさせてあげたいなあ」

そんな健気《けなげ》な彼らを前にして、志郎はこう言わずにはいられなかった。

「もしよかったら、シュークリームの作り方を教えようか？」

子どもたちが三角耳をピンと立てて一斉にこちらを向いた。たちまちぱあっと顔を輝かせて見上げてくる。

「本当ですか！」「作りたいです、しゅーくりいむ！」「私たちでも作れますか？」「頑張るので、ぜひとも教えてください！」

彼らの勢いにちょっとびっくりしつつも、志郎は「もちろん」と笑って頷く。

「シロ様、シロ様。材料はどうしましょう？」「何をどれくらい準備したらいいですか？」「お買い物リストを作ります」「メモをとるので教えてください！」

「えっと、それじゃあね、まずは……」

志郎が挙げる食材を子どもたちは真剣にメモをとる。ここでは、なかなか街へ出かける機会がない彼らに代わって、ヒジリが定期的に必要な食材や生活品を届けてくれることになっているのだ。今ちょうどそのヒジリが屋敷に来ているので帰り際に渡せばいい。

志郎は楽しそうに買い物リストの確認をし合う四人を眺めて、自分の胸が久々にわくわくするのを感じていた。

子どもたちに頼ってもらえるのが嬉しい。居候として肩身の狭い思いをしていたから、役に立てることがあれば何でもするつもりだ。ガジュのためにシュークリームを作ってあげたいと奮起する彼らがとても微笑ましく、できる限り力になりたいと思う。

それと同時に、損ねてしまったガジュの機嫌の回復を図りたいという下心もあった。

ただでさえ迷惑をかけているのに、単なる厄介者にならないよう、何としてでもここで一つ挽回しておきたい。シュークリームがあればそれも可能な気がする。

そしてなによりと、志郎は記憶をめぐらせた。

あのガジュが笑顔でシュークリームを頬張る姿を、自分はもう一度見たいのだと思った。

■3■

異世界でもシュークリームは簡単に作れると思っていた。

だが、意外とそれが難しいことだと思い知らされる。

この国の食材は豊富だ。小麦粉もあるし、卵も砂糖も塩もミルクもある。屋敷の敷地内では鶏を飼っているので、毎朝産みたての新鮮な卵が手に入る。

問題はバターだった。

こちらでもバターは市場で売られていて、主に料理に使用したりパンに塗ったりして食べる。だが、地球のものと比べるととても塩味が強いのだ。一般的にお菓子作りに用いるのは無塩バターだが、試しにこちらのバターを使ってみたところ、しょっぱすぎてとても食べられたものではなかった。

そこで、有塩バターを湯せんで溶かし、それをまた冷やして固めてみた。

地球ではこの方法でバターの油脂分と塩分が分離され、固まったバターの底辺に白い水分が付着している状態になる。この白い水分を取り除いたら無塩バターの出来上がりだ。

しかし、こちらのバターを同じ方法で分離させてみたところ、塩分が多すぎてバターというよりは塩の塊になってしまった。カットしても全体が白っぽく、バターの油脂とそうでない部分の区別がつかない。失敗だ。

考え方を変えてみる。

バターがあるということは、その原料の生クリームが存在するということだ。

別の日、買い物リストに生クリームと記入してヒジリに渡したところ、頼んだ他の食材と一緒にリストが戻ってきた。生クリームの文字の横に『?』と書き足されていた。どうやら市場には生クリームが売っていないらしい。

それならばと、新鮮な搾りたてのミルクが欲しいと頼んでみた。するとヒジリは何を勘違いしたのか、翌日、生きたホルスタインをまるごと一頭連れてきた。

自分で乳を搾《しぼ》れということか。

突然現れた牛に目を白黒させる子どもたちと協力して、乳を搾る。

学生の頃、祖父の知り合いの牧場でアルバイトをさせてもらった経験が役立った。アカとアオも乳搾りの経験があるらしく、男三人でせっせと搾った乳を女の子たちが容器に移して運ぶ。生乳の入ったそれらを涼しい場所で一日以上放置。そうすると、生乳の成分が分離する。分離したクリームが上層部に集まるので、その上澄みだけを丁寧に掬う。そしてクリームが凍らないように、氷玉で温度を調整した箱の中でしっかりと冷やす。

冷やしたクリームを瓶に入れ、密封。あとはひたすら振る。一心不乱に振る。

そうするとだんだんとホイップ状になり、更に振り続けると固まってくる。ここで出るホエーという液体を取り除けば、完成。ここに適量の塩を混ぜれば地球で見かける一般的な有塩バターだ。お菓子作りには無塩バターを使用するので塩は入れない。

「やった、やっとできた！」

出来たてほやほやのバターを掲げて、志郎は思わず歓喜の声を上げた。

「長かった。本当に長かった……」

ここまでですでに五日間。ようやくシュークリームの材料が揃った。

小躍りしながらバターを含めたすべての材料と調理道具を作業台の上に並べる。

子どもたちはそれぞれの持ち場で仕事をしているため不在だ。志郎はみんなからバター作りに専念して欲しいと頼まれたので、厨房に残ってせっせと作業をしていたのである。

とはいえ、みんなに教える前に一度確認しておいた方がよさそうだ。また失敗して彼らをがっかりさせるのは心苦しいしと考えて、さっそくシュークリーム作りに取りかかる。

祖父のレシピは頭の中だ。「お菓子作りの基本、材料の分量は正確に」。祖父の言葉を思い出しながら、丁寧に、かつ手早く作業を進めていく。

出来た生地を天板に並べる。絞り袋がないので、スプーンを二本使って代用した。かたすぎると膨らまないので、かたさを調整した生地をこんもりと盛るように。膨らみをよくするために、通常はここで絞った生地に霧吹きで水を吹きかけていくのだが、指に水をつけながらいびつな形を整えていけば同じこと。あとはこれを窯《かま》に入れて焼くだけだ。

焼きたての生地の甘い香りが漂い出す瞬間を想像する。

鼻をひくつかせた子どもたちは目を輝かせて厨房に駆け込んでくるだろう。もしかしたらガジュもこの匂《にお》いに誘われてアトリエから出てくるかもしれない。

バター作りに翻弄される志郎を、いつもどこからかガジュが胡散臭《うさんくさ》そうに眺めていたことは知っていた。一体何をやっているんだ、あいつは。きっとそんなふうに呆《あき》れていたに違いない。彼は前の仕事をようやっと片付けて、今はまた新しい作業に取り掛かっていた。

「そろそろ苛々し出す時間帯だな。シュークリームを持っていったらびっくりするかな」

好物を差し入れたら、仕事に行き詰まってピリピリしているガジュも落ち着くだろう。

シュークリームを子どものように貪る姿を想像して、志郎はにんまりと頬を緩めた。喜んでくれるかなと思いつつ、窯を温めるために炎石をセットする。

そういえば、一人で窯を使用するのは初めてだ。子どもたちから操作の仕方は教えてもらったので問題ない。使用する調理器具によって炎石の大きさと色と数を調節する。大きな窯は野球ボールほどの大きさの赤い石を三個。これを特殊装置にセットすれば、あとは有能な炎石が勝手に火加減を調整してくれる。

スイッチを押すと、石がチチチッと音を立ててぼうっと火を噴いた。

これを窯の中に押し戻して、しばし待つ。ところが、ゆらゆらと揺れる真っ赤な炎を目にした途端、どういうわけか体が凍りついたように動かなくなった。

脳裏に蘇ったのは先日の火事の記憶だ。

めらめらと燃え盛る炎、襲い掛かる火の粉。吹き込んでくる黒煙。

心臓が早鐘を突き始めた。息苦しい。煙に巻かれる錯覚を起こして呼吸ができなくなる。

「……っ、はあ、はっ、はっ」

ごおっと目の前の炎が一気に膨れ上がった。

「ひっ、うわあっ」

パニックを起こした志郎はその場に尻餅をついた。闇雲にもがいた手がテーブルクロスを引っかける。調理道具がけたたましい音を立てて床に落ちる。

翻ったクロスの端に炎が移った。

垂れ下がったクロスを駆け上がるようにして瞬く間に炎が燃え広がる。

熱風が顔面を嬲《なぶ》る。目の前が真っ赤に染まる。志郎はガタガタと震えるばかりで完全に動けなくなった。

「おい、今のは何の音だ。どうした——おい？　シロ！」

よく通る低音が厨房に響き渡ったのはその時だった。

厨房を怪訝そうに覗き込んだガジュが、一瞬で事態を把握する。座り込んで茫然《ぼうぜん》と固まっている志郎を炎からかばうようにして立ち、燃え上がるクロスを床に引き摺《ず》り落とした。頑丈なブーツで何度も踏み付ける。

志郎の体感ほど実際の火は大きくなかったのだろう。間もなくして鎮火した。

「おい、しっかりしろ」

パンパンと頬を叩《はた》かれる感覚があった。だが、どこか遠いところの出来事のようで意識が覚束《おぼつか》ない。手足が冷たく、血が滞っているのがわかる。まるで自分のものではないみたいに体がずっと小刻みに震えている。

『シロ！』

ふいにもふもふとしたやわらかな獣毛の感触に全身がくるまれた。

ツンとした独特のにおいが鼻を刺す。止まっていた思考がゆっくりと動き出す。このにおいは知っている。屋敷の、特にアトリエ付近で強くにおうもので、絵の具のそれだった。

嗅覚が働き、記憶を呼び起こす。志郎は半ば無意識にやわらかい毛を求めて抱き寄せ、しがみつくようにして顔を埋《うず》めた。あたたかい。凍っていた体の芯がゆっくりと解けていくような感覚に、ほっと息を吐き出す。

冷たい頬をざらりと湿った感触に舐められた。

舐められた箇所から熱が広がって、滞っていた血流が徐々に流れ出す。

獣毛に優しく撫でられている。何か懐かしい気持ちが胸の奥から込み上げてきて、ふっと呼吸が楽になる。体の震えが止まった。ああ、あったかい。絵の具とは別にお日さまのにおいがして、くすぐったい毛の感触を感じながら胸いっぱいに吸い込む。誰かに名前を呼ばれた気がして、志郎はようやく意識を現実につなぐことができた。

ぼんやりと焦点が合い、目の前に美しい漆黒の毛並みが広がる。

「……ガジュ、さん？」

ぺたんと尻をついた志郎に、圧《お》し掛かるように擦り寄っていたのは大きな黒狼だった。傍《はた》から見れば今にも喉笛を噛《か》み千切《ちぎ》られる寸前という体勢だ。だが、志郎の喉元に顔を寄せる彼にそんな気は毛頭なく、震える志郎をただ黙って優しく包み込んでくれている。

『シロ！』と、ガジュが顔を撥ね上げた。

『おい、平気か？　俺が誰だかわかるか』

ひどく焦った様子で金色の瞳が志郎の顔を覗き込んできた。狼姿の彼を見るのはここに来た日以来だ。志郎はこくこくと頷いて返す。

黒狼が妙に人間臭い表情でほっと安堵《あんど》の息をついた。ゆっくりと志郎の上からどく。

『火の前で固まって、まったく動こうとしないから心配した。怪我《けが》は？』

視界の端に焼け焦げたクロスが映った。調理道具も散らばっている。炎石の火はガジュが始末したのだろう。セットする前の状態に戻っていた。志郎は自分の体を見下ろして、首を横に振った。

「すみません。火を見たら急に、動悸《どうき》がして……体が動かなくなって」

こんなことは初めてだった。

厨房には毎日出入りしているし、窯の火だって何度も目にしている。今まで平気だったのに、今日に限ってどういうわけか炎を見た途端に、火事の記憶が蘇った。自分でも気がついていなかったが、あの時の恐怖心がトラウマになっているのかもしれない。

思い出して、またすっと指先が冷たくなっていく。収まっていた体の震えもぶり返す。

咄嗟に両腕を掻き抱くと、『大丈夫だ』と耳心地のいい低音が言った。

志郎は再びやわらかな獣毛に包まれる。志郎の頬に擦り寄るようにして、狼が長い鼻を寄せてきた。ざらりとした舌で首筋と頬を優しく舐められる。まるで赤ちゃんをあやすみたいだ。小刻みに震える膝頭《ひざがしら》をふさふさとした大きな尻尾にさすられているうちに、気づくと志郎は詰めた息をほうっと吐き出していた。動悸も徐々に収まりだす。

志郎は不安を掻き消すように手を伸ばし、狼に抱きついた。

暖かくて、ふんわりと香るお日さまのにおいがどこか懐かしく、とても心が落ち着く。

『シロ？』

はっと我に返った。あまりの心地よさにガジュを力一杯抱き締めている自分に気づく。

「すっ、すみません！　ほっとして、つい気持ちよくなってしまって……」

慌てて手を離す。ガジュが頭を上げた。すると、息がかかるほどの距離で見つめ合ってしまい、驚いた志郎は思わず尻で飛び退《すさ》った。

「わっ、わわっ、ごっ、ごめんなさい！」

『おい、あまり下がるな。壁にぶつかるぞ……』

言われた直後、ゴンッと後頭部が激突した。「っ！」志郎はあまりの痛みに頭を抱えて悶《もん》絶《ぜつ》する。呆気《あっけ》に取られた狼がふっと笑った。

次の瞬間、さあっと狼の輪郭《りんかく》が溶けてヒトガタに変化する。

耳と尻尾が生えた狼族の姿に戻ったガジュは、素っ裸で胡坐を掻きくつくつとおかしそうに喉を鳴らしている。獣からヒトガタへ変化する場合、気のコントロール次第で身につけている服も再生可能だと聞いた。当然、ガジュの能力なら衣服ごと変化できるはずだが、なぜか彼はそうしない。家の中なのに面倒だと言い、度々開放的な姿で現れるのだ。子どもたちは慣れているようだが、志郎はこう堂々と大胆でいられると目のやり場に困ってしまう。

それにしてもこんなに笑っているガジュは珍しい。

いつもの鬼面が嘘のようだ。初めて見る彼の貴重な笑顔に、志郎はしばしぽかんと見惚《みと》れてしまった。ガジュはひとしきり笑った後、気を取り直すように咳払いをして言った。

「おい、何だそれは？　何か落ちているぞ、お前の物じゃないのか」

指で指し示された床を見やって、志郎ははっとした。白い編みぐるみが転がっていた。

反射的にズボンのポケットを押さえる。ここに入れていたはずのお守りが、いつの間にか外に飛び出してしまったようだ。四つん這いで前進し、急いでそれを拾った。

「……よかった、どこも焼けてない」

イヌの編みぐるみの無事を確認して、ほっと胸を撫で下ろす。いつの間にかガジュまで傍にいて、なぜか奇妙な顔をした彼は食い入るように志郎の手元を見ている。

「これを、どこで手に入れた？」

真顔のガジュに問われた。

「亡くなった両親の形見なんです。二人とも俺が生まれてすぐに事故で亡くなったんですけど、これは赤ちゃんだった俺に両親が遊び道具として持たせたものだと、祖父から聞かされました。それ以来、ずっと持ち歩いている大切なお守りなんです」

ガジュが大きく目を見開いた。ひゅっと喉を鳴らす。

しかし、それきり黙り込んでしまった。固まって動かないガジュの目は、じっと志郎の手の中を覗き込んだままだ。何とも言えない沈黙が落ちる。

「あの、このお守りがどうかしたんですか……？」

おずおずと訊ねると、ガジュがはっと我に返ったみたいに目を数度瞬かせた。

惑うように揺れ動いた視線と目が合って、思わずどきりとする。いつもの冷徹さはどこにもなく、何か物言いたげな切ない眼差しに見つめられて胸の奥がぎゅっとなる。

ふいにガジュが視線を横にずらした。バツが悪そうに「いや、何でもない」とかぶりを振って、「そうか、光一郎がそう言ったのか」と、何かを悟ったような口ぶりで呟いた。

再び黙り込んだガジュは、しかし先の動揺した様子とは打って変わって、どこか腑に落ちたようなさっぱりした表情に見えた。遠い目をした横顔は、まるで憑《つ》き物が落ちたみたいに険が取れ、強張った肩の力も抜けてなだらかになる。

ガジュがこちらを向いた。志郎と視線を合わせ、ふっと双眸を細める。眼差しに何か懐かしいものを見るような感慨深げな色が滲《にじ》む。

その瞬間、ガジュを取り巻く気配が一変した気がして、志郎は咄嗟に狼狽《うろた》えた。

強固に巻きついていた荊《いばら》のトゲが、するすると抜けていくような、そんな錯覚に捕らわれる。現に、ガジュからはいつものピリピリと張り詰めた雰囲気が跡形もなく消え去り、代わりにやわらかな真綿にくるまれたみたいにあったかくて優しい空気が伝わってくる。

何か含みのある眼差しに視線を掬い上げられると、志郎の心臓は一気に高鳴り始めた。

「おい、さっき頭を打ちつけただろ。痛くはないのか？」

「えっ？　あ、頭……頭は、えっと、そういえば、ちょっと痛いような……？」

反射的に触れた後頭部がぴりっと痛む。顔を顰《しか》めると、ガジュがおもむろに腰を上げた。

一歩踏み出したかと思った次には、黒狼の姿に変化する。

あまりに鮮やかな変化《へんげ》に志郎が目を奪われていると、足音も立てずに歩み寄ってきた黒狼がするりと背後に回った。そうして、志郎の後頭部に自らの鼻先を擦《こす》りつけてくる。

鼻で髪を掻き分け、においを嗅がれる。志郎はびくっと体を強張らせた。くんくんと嗅いだ後、小さな瘤《こぶ》ができている箇所をぺろりと舐められる。ぺろぺろと癒すように舐《ねぶ》られて、くすぐったさに思わず首を竦《すく》めた。

耳元で低い声が囁《ささや》いた。

『まったくお前は、昔と変わらず危なっかしい』

「え？」

振り向こうとしたら、豊かな毛並みにやんわりと顔を押し戻された。やわらかな獣毛がさわさわと首筋を駆け抜けるようにして、狼のしなやかな体軀《たいく》が前方へと移動してくる。

宝石のような美しい双眸が至近距離から志郎を見つめてきた。

ふいに志郎の頭の隅で、何かが小さく閃いた気がした。しかし、それが何なのか記憶を掘り起こす前に、伸び上がったガジュが自らの頭部を志郎の首筋に埋めてくる。

「えっ、あの、わっ……」

すりすりと獣毛を肌になすりつけられると、強張った体から一気に力が抜け落ちた。これは人をダメにする極上の毛並みだ。あまりの心地よさにすっかり思考を奪われ、何もかもを委ねてしまいたくなる。

半ば無意識に抱きしめてうっとりしていると、耳朶《じだ》にひどく優しい響きの囁きが触れた。

『……無事でよかった』

胸の奥がきゅっと甘く疼《うず》いて、志郎は思わず息を大きく吸い込んだ。

やわらかな獣毛から微《かす》かに甘いミルクの香りがすることに気づく。床にはミルクの水溜《たま》りができていた。よく見ると、黒毛のあちこちにきらきらとした白い粒も付着している。引っくり返ったボウルから飛び散った砂糖だろう。綺麗だなと思う。まるで雪みたいだ。

志郎は恐る恐る狼の太い首に両手を回した。ガジュがぴくりと震える。何も言われなかったので、獣毛をそっと撫でて砂糖を払う。ふいに手に違和感が当たった。立派な毛並みの中に、短く縮れて焼き切れた部分があることに気がつく。皮膚に近いところで毛がごわつき、固まってしまっている。一部は完全に獣毛がなくなり、皮膚が剝《む》き出しになっていた。

「これって、もしかしてあの火事の時の火傷じゃ……？」

つるりとした皮膚を指先でなぞると、ガジュがびくっと胴震いをした。

「あ、すみません。痛いですよね、ごめんなさい。俺のせいで、こんな傷を負わせて」

『……これくらい何ともない。放っておけばすぐに治る。お前のせいじゃない』

優しい尻尾の先が床に座る志郎の膝を『気にするな』というふうに撫でる。

「でも」と、咄嗟に返そうとした志郎を遮るようにして、ガジュが耳元で続けた。

『俺のことはどうだっていい。それよりも、お前があの時、偶然だろうが何だろうが、俺を喚んだことは間違ってなかった。俺を喚び寄せてくれて感謝している。火に吞まれる前にお前を助け出すことができてよかった』

一旦《いったん》声が途切れたと思ったら、ふっとやわらかな毛の感触が掻き消えた。両手で抱き締めていた黒狼がいつの間にかヒトガタに変化していてびっくりする。

志郎は慌てて離れようとしたが、ガジュの逞しい両腕がそれを制した。

「……間に合って、本当によかった」

一糸纏《いっしまと》わぬ姿の彼にきつく抱きしめられて、志郎は焦った。たちまち自分の顔が熱くなるのを感じる。

ふとモモの声が脳裏に蘇った。

——ガジュ様はとてもお優しい方です。

何となく、今ならその言葉もわかる気がした。志郎を抱きしめる両腕から、心配する気持ちがこれ以上ないくらいに伝わってくる。服を脱ぐように、隠されていた本音が皮を破って剝き出しになったみたいだ。いつもとは違う彼の不器用な面が垣間《かいま》見えてどぎまぎする。

急に脈拍が跳ね上がった。一段と頰を火照らせた志郎は何が何だかわけがわからなくなって、しばらくの間、ガジュの腕の中で赤ん坊のようにじっと抱かれていた。

昼食を挟み、午後からは出来たてのバターを使って子どもたちとお菓子作りに励む。

「よし。あとはこれを窯に入れて焼くだけだ」

シュークリームの生地を載せた天板を窯にセットする。深呼吸し、気を落ち着かせて火バサミで炎石を挟もうとしたら、アカたちに止められた。

「ここから先は僕たちに任せて下さい」「ここは危ないです。シロ様はあちらへ」「シロ様、少し離れたところからご指示をいただけますか」

みんなして志郎を窯から遠ざけようとしているのがわかった。

「ガジュ様から言いつけられております。シロ様を火の傍に近づけないようにと」

志郎は思わず押し黙った。あれからすぐに子どもたちが戻ってきて、ガジュは何事もなかったかのようにいつもの仏頂面《ぶっちょうづら》に戻るとさっさと厨房を出ていったのだった。いつの間にそんな話をしたのだろうと不思議に思っていると、子どもたちが申し訳なさそうに言った。

「すみません。僕たち、シロ様の苦しいお気持ちに全然気がつかなくて」

「ガジュ様に教えてもらわなければ、シロ様にまた怖い思いをさせてしまうところでした」

「ううん。俺も、まさか自分の体がこんなふうになってるなんて思ってもみなかったから」

慌てて首を横に振る。アカが言った。

「昼食をお部屋に運んだ時も、ガジュ様はとても心配しておられましたよ」

「え？」

するとアオも思い出したように話す。

「僕も廊下でガジュ様に呼び止められて、いろいろと訊かれました。シロ様の顔色はどうだとか、食事はきちんと食べていたかとか、何かおかしなところはないかとか」

すかさずモモも口を挟む。

「そういえば今朝、ガジュ様が珍しく庭にいらっしゃって、シロ様は一緒ではないのかと訊ねられました。姿が見えないので、どこか具合が悪いのではないかと心配されたようです」

「私も牛小屋で餌をあげていたら、キョロキョロと何かを捜して歩き回っておられるガジュ様を見かけました。あれはシロ様を捜しておられたのですね」

ベニがようやく合点がいったとばかりに頷いた。

志郎は面食らった。

「俺、ガジュさんに嫌われてるわけじゃなかったんだな……」

独り言のつもりだったが、傍で聞いていたアカに「それはありえないですよ」と至極当然のように返される。

「ガジュ様はシロ様のことをいつも気にかけていらっしゃいます。シロ様がいらしてからのガジュ様は、毎日そわそわされて、何だかとても楽しそうです。以前と比べると、部屋から出て来られる回数もぐんと増えましたし」

「そうなの？　屋敷を徘徊するのって、気分転換と俺の監視を兼ねてるんだと思ってた。だって、顔を合わせるたびに怒鳴られるし、怖い顔で睨まれるし。てっきり厄介者扱いされているんだとばかり思ってたんだけど……」

「それは愛の鞭《むち》です」と、アカが真顔で言った。

「僕たちも小さい頃はよく怒られました。窓によじ登ったら、怪我をしたらどうするんだと怒鳴られましたし、うろちょろと歩き回って危険な場所へ行かないように、いつも睨みをきかしたガジュ様に見張られていましたから」

だから気を落とさなくても大丈夫ですよと、八歳の子どもに慰められる。しかし、彼の子どもの頃と言えば、それはもう本当に子どもなのだ。一方の志郎はとっくに成人しており、彼らと同じように扱われるのはどうにも納得がいかない。

「俺まで子ども扱いしなくても」

志郎は不満たらたらに唇を尖らせつつも、今日一日で自分の中のガジュに対する見方が明らかに変化していることに気づいていた。彼が志郎にやたらと厳しいのは、心配の裏返しなのだ。知ってしまうと、これまでの理不尽な彼の言動の数々も意味が違って見えてくる。

「そういえば、ガジュさんって独り身なのかな」

ふと興味が湧いた。ガジュの優しい一面を知って、彼のことをもっと知りたいと思う。

「恋人とかいないのかな。見た目もかっこいいし、いてもおかしくないと思うんだけど」

この屋敷を訪ねてくる者は大体決まっている。ヒジリかトキぐらいだ。ガジュの身の上の事情もあり、余計な者を近づけないようにしているのはわかるが、それにしても浮いた噂の一つぐらいはあってもよさそうなのにと思う。

子どもたちが顔を見合わせた。ぴんとこないという感じで揃って首を傾げる。

「そういえば」と、アオが言った。「前にガジュ様ご自身が仰っていた覚えがあります。結婚を誓い合った相手がいたと」

俄に子どもたちがざわついた。「私も聞いた気がするわ」「僕も覚えてる。愛を語り合った愛《いと》しい相手だって」「ガジュ様がご自分のお話をされるのはとても珍しいものね」

「へえ、そんな人がいたんだ」

自分から訊いたくせに、志郎はいささか意外な気分だった。

「まあ、結婚しててもおかしくないとは思うんだけど、ガジュさんの立場上、何か制約があったりするのかな。結婚って言えば、地球ではさ、小さなシュークリームをたくさん作って山のように積み上げたケーキでお祝いしたりもするんだよ。こんな感じで……」

傍にあった帳面に志郎は簡単なイラストを描いてみせた。クロカンブッシュというフランス生まれのウェディングケーキだ。

子どもたちが「わあっ」と興味津々に覗き込んでくる。

「ガジュさんが喜びそうなケーキだよね。シュークリームがいっぱい」

「でも」と、ふいにベニが顔を曇らせて言った。「ガジュ様は、もうそのお相手の方とは二度と会うことはないのだと、寂しそうに仰られていました。だからこのケーキは……」

四人がしゅんとする。三角耳と尻尾も一緒に項垂《うなだ》れた。気まずい沈黙が落ちて、焦った志郎は急いで帳面を閉じると、窯の方を指さして声を張り上げた。

「あっ、ほら！　みんな、見て！　そろそろシュー生地が膨らんできたよ」

しょげていた子どもたちに手招きをし、志郎は火の消えた窯の中を覗き込んだ。

「うん、膨らみも十分、ちゃんと焼けてる。成功だ」

天板を取り出すと、子どもたちはたちまち元気になり歓喜の声を上げた。

シュー生地にナイフを入れて蓋を作り、カスタードクリームと生クリームを盛り付けて蓋をする。最後に砂糖を擂《す》り潰して作った粉砂糖を振りかければ完成だ。

「すごい、本当にしゅーくりいむができた」「私たちにも作ることができたわ」「美味しい！美味しいです、シロ様！」「シロ様は天才です！」

「そんな大袈裟《おおげさ》だよ」

大興奮の彼らに持ち上げられて、志郎は思わず苦笑した。小さな口いっぱいに夢中で頬張る様子は、狼ならぬ頬袋を膨らませたリスだ。

「これならガジュ様もきっと喜んでくださるね」

「シロ様、シロ様。ガジュ様にお持ちしてもいいですか？」

もちろんと頷いた志郎は、すぐに考え直す。うきうきとお茶の準備を始めたみんなに「あのさ」と願い出た。


志郎は二階の角部屋の前に立っていた。

アトリエのドアはきちんと閉まっている。前回の失敗を思い出し、志郎はゆっくりと深呼吸をしてノックした。今日は来客もない。

「あの、ガジュさん？　お茶をお持ちしました」

緊張気味に告げたが、返事はなかった。だが、中からは微かな物音が聞こえている。

「ガジュさん、入りますよ？　失礼します……」

そっとドアを開ける。広い室内に一歩入ると、途端に絵の具の独特なにおいが鼻をさす。

床には描き損じた紙の束が散らばっていた。窓際の大きなキャンバスは真っ白なまま。どうやら今回も行き詰まっているようだ。

ガジュはどこだろう。志郎はきょろきょろと室内に視線をめぐらせる。気分転換に屋敷を徘徊しているのだろうか。部屋の隅に目を向けた時だった。志郎はぎょっとした。

日陰になった薄暗い片隅にぼうっと何かが立っている。ガジュだ。

「……ガジュさん？」

志郎は目を疑った。日の当たらない場所に身を隠すようにして、暗雲を背負った長軀が力なく項垂れている。気配を消して立ち尽くす姿はカーテンの模様と一体化しかけていた。

普段は颯爽《さっそう》と立ち上がっている三角耳が力なくしょげ返り、毛並みのいい太い尻尾もしゅんと垂れ下がって床にくっついている。

ガジュさん、だよな……？

いつもなら意識せずとも勝手に目に飛び込んでくる圧倒的な存在感を放つ彼が、今は注意して見ていないと消えてしまいそうだ。厨房で助けてくれた午前の彼とは別人だった。

「あ、あの、ガジュさん……？」

心配になって声をかけると、置き物のように固まっていた彼が急にびくっと動き出した。虚《うつ》ろな目をしたガジュは何やらブツブツと呟き、同じ場所をぐるぐると回り始めた。獣の耳には器用に折れ曲がったところに筆が挟まっていて、尻尾には丸めた紙屑《かみくず》がまるでツリーのオーナメントのようにいくつも絡まっている。時折ぴたっと立ち止まり、頭を抱えて乱暴に掻き毟ったかと思うと、またぐるぐると回り出す。何かに取り憑かれたみたいに一心不乱にぐるぐるぐるぐる……。

「ガ、ガジュさん、回りすぎです！」

そのうち溶けてバターになってしまう。そんな童話みたいな妄想が頭をよぎり、志郎は急いでトレイを置くとガジュの腕を摑んだ。

「落ち着いて下さい！　そんなにぐるぐるしてたら目が回って倒れちゃいますよ」

腕を引っ張って、力ずくで足を止めさせる。

「大丈夫ですか？　少し休憩しましょう。ほら、焼き立てのシュークリームもありますよ」

志郎はシュークリームの皿を引き寄せると、ガジュに差し出した。ガジュの耳がぴくっと揺れる。虚ろな顔のまま鼻だけをひくひくと動かしだす。

「ほおら、美味しいシュークリームですよ。さあ、座ってお茶にしましょう」

鼻をひくつかせるガジュは、ニンジンで釣られる馬みたいに志郎が持つシュークリームを追いかけてふらふらと歩き出した。

テーブルまで戻り、志郎は急いで椅子《いす》を引く。ガジュがおとなしくそこに腰掛ける。「どうぞ」と、皿を置いた。ガジュが操り人形みたいにシュークリームを手に取る。すかさずかぶりつき、無言のままあっという間に一個を食べきる。

志郎はもう一つ差し出す。受け取ったガジュはひたすら口を動かす。すると、しょげていた耳が徐々に立ち上がってきた。挟まっていた筆がころんと絨毯《じゅうたん》の上に転がる。シュークリームの消費に比例して、しょんぼりと垂れ下がっていた尻尾も元気を取り戻す。獣毛一本一本に糖分が行き渡り、毛並みがつやつやと輝き始めた。みるみるうちに生気が漲《みなぎ》ってくる。三個目を食べ終わる頃、半ば無意識だったガジュの目にようやく光が戻り焦点が合った。

「はっ、……シロ?」

今初めて気がついたという感じで、きょとんとした目が志郎を捉える。

「はい、そうです。大丈夫ですか? 随分と切羽《せっぱ》詰まった感じで心配しましたよ」

志郎は笑いを嚙み殺しつつ答えた。どうやら志郎が入室した時点ですでに記憶が朧《おぼろ》のようだ。気がついたらシュークリームを頰張っていた自分に驚きを隠せないガジュは、ようやく事態が飲み込めたのかバツが悪そうに顔を歪めてみせた。

志郎はあたたかいお茶を淹れる。湯気の立ち上るカップを差し出すと、ガジュは隣の椅子を引き、「立ってないでお前も座れ」と促してきた。

少し迷って腰掛ける。すると入れ替わるようにガジュが立ち上がり、新しいカップを取ってティーポットからお茶を注ぎ始める。志郎の前にシュークリームとお茶が置かれた。

「お前も食え。美味いぞ」

まさかガジュがサーブしてくれるとは夢にも思わず、志郎は恐縮した。視線に促されて、おずおずとシュークリームを手に取る。ガジュに見守られながらそっと歯を立てた。さくっと軽い歯ごたえのシュー生地と濃厚なカスタードクリームが口いっぱいに広がる。

志郎は目を丸くして、すぐに二口目を頬張った。苦労して作ったバターが予想以上にいい働きをしている。地球のバターよりもミルクの風味が強く、コクがある。フィリングは新鮮な卵の濃い味が楽しめるカスタードと、ミルクの優しい甘さが際立つ生クリームの二種類を合わせて、これが口の中で混ざり合うととろけるような絶妙な味わいになるのだ。

「どうだ、美味いだろ」

ガジュに核心をついたように言われて、志郎は口を動かしながら大きく頷いた。自画自賛は恥ずかしいが、これは確かに絶品だ。志郎もあっという間にぺろりと平らげてしまった。

ガジュがふっとおかしそうに笑った。

「いい食べっぷりだ。気持ちはよくわかるぞ、それほどこのシュークリームは美味い！」

手放しの称賛に志郎は一瞬面食らった。少し遅れて胸の奥からじわじわと嬉しさが込み上げてくる。

緩んだ頰を隠しきれずにいると、ガジュが新しいシュークリームを手に取って言った。

「これを作るために、お前はこの数日の間、奔走していたと聞いた。どこからか牛まで連れてきて、一体何をしだすのかと思えば、乳まみれになっていて驚いたぞ」

志郎は咄嗟にガジュを見やった。目が合った彼はにやりと唇を引き上げる。

「卵を取り合って鶏に追いかけられていただろ。転んで蹴《け》られていた。鈍臭いやつめ」

「うっ、見てたんですか……っ」

「何やら箱を抱えたお前が、突然頭を激しく振って踊り出したのを見た時は、タチの悪い魔物に取り憑かれたのかと心配したぞ。子どもたちまで一緒になって頭を振り回し始めて、魔宴でも始まったのかと目を疑った。今でもあの光景を思い出すとゾッとする」

「ううっ、あ、あれはですね、バターを作るためにクリームを入れた容器を振っていただけで、決して怪しい儀式じゃなくて……」

思い出しながら、かあっと顔を熱くする。あんなところまで見られていたのだ。

にやにやと人の悪い顔をするガジュは、志郎のあれこれを詳細に語った。もう監視というより観察日記だ。志郎の失敗の数々を得意げに語るガジュは、本当によく見ているなと半ば感心するほどで、もしや仕事の遅れはこのせいではないかと勘繰ってしまいそうになる。

志郎を散々辱めて満足したのか、ガジュはご機嫌な様子で再びシュークリームに興味を戻した。豪快にかぶりつく。

「まさか、またこの菓子を食べられる日が来ようとはな」

　感慨深そうに呟いた。

「しかも、こちら側で食べられるとは思わなかった。光一郎でもここでは無理だと、地球の調理場以外では作ってくれなかったぞ。それをお前は見事にやってのけたわけだ」

　そんなふうに言われて、志郎の中に心地いい達成感が込み上げてくる。

「あの子たちに頼まれたんです。仕事に行き詰まったガジュさんのためにシュークリームの作り方を教えてほしいって。俺も心配してたし、何かできることがあれば力になりたかったから。ガジュさんが大好きなじいちゃんの味と、そっくり同じとはいかないですけど……」

「別に、光一郎が作ったものと同じでなくてもいいだろう」

　遮ったガジュが、皿から新しいシュークリームを取って頬張った。今度はじっくりと味わうように丁寧に咀嚼《そしゃく》する。

「これはこれで十分に美味い。他と比べようもない、お前が生み出したお前だけの味なんじゃないか？　俺は好きだがな。いい塩梅《あんばい》の俺好みの味で大変満足だ」

　ぺろりと舌で口の端を舐め取って、幸福感に満ちた笑みを浮かべてみせる。

　その笑顔を目にした途端、志郎の心臓はどういうわけか急激に高鳴りだした。

「……っ、お、お口に合ってよかったです。先ほどは、俺の不注意で小火《ぼや》を起こしてしまってすみませんでした。ご迷惑をかけたお詫《わ》びと、助けてもらったお礼も兼ねて作ったので、よかったらこれも食べてください」

口早に言って、残りの一個を皿ごとどうぞと差し出す。

「詫びなどは別に気にしなくていいんだが……でも、いいのか？」

志郎が頷くと、ガジュは嬉しそうに笑んで最後のシュークリームを手に取った。大きな口を開けてまるごと放り込むのかと思いきや、なぜか彼はそれを慎重に半分に割った。とろりと溢《あふ》れ出すクリームが零《こぼ》れないように気をつけながら、片方を志郎に差し出してくる。

志郎は目を丸くした。「垂れるぞ。早くしろ」とガジュに急《せ》かされて、慌てて片割れを受け取る。意外だ。まさか彼が好物を半分にするとは思わなかったのだ。

ガジュがシュークリームの半分を一口で頬張る。志郎も口を限界まで開けて右に倣《なら》った。

「おい、ついているぞ」

ガジュが自分の口元を指さして言った。「え？」と、志郎は慌てて口を拭《ぬぐ》う。

「そっちじゃない。今取ってやるから、じっとしてろ」

ふいに長くて形のいい指が志郎の唇を拭った。ガジュはぽってりとクリームがのった人差し指をそのまま自分の口に運ぶと、赤い舌でぺろりと舐める。何の躊躇いもなくクリームを舐め取る仕草に、志郎の方が動揺した。すっと首筋に血が上り、脈拍が一気に跳ね上がる。

こんなところまで子ども扱いだろうか。志郎はどぎまぎする。その一方で、きっとガジュは何も気にしてないに違いないと思った。子どもたち相手にそれをするのは微笑ましいのだけれど、同じことを志郎にまでされるとどうしていいのか反応に困ってしまう。

火照る顔を隠すように、志郎は俯いたまま礼を言った。

「す、すみません。ありがとうございます……っ」

上目遣いに窺《うかが》うと、目が合ったガジュに何とも言えない柔らかな表情で微笑まれた。

「相変わらずだな、お前は」

「え？」

「ほら、そっちにもまだクリームがついてるぞ。まったく、どういう食べ方をしたら頬にまでつくんだ。取ってやろうか？」

ガジュが手を伸ばしてきたので、志郎は慌てて断った。必死に自分で頬を拭う。放っておいてもすぐにクリームは溶けてなくなるんじゃないかと思う。それくらい顔が熱い。

ガジュは楽しそうにじっとこちらを見つめていた。

志郎はいたたまれず視線を宙に泳がせる。こんなガジュは初めて見る。昨日までの冷淡さとはえらい違いだ。人が変わったように優しくされて、嬉しい反面、どうにも調子が狂う。ふわふわと浮ついた気分が落ち着かず、八つ当たりするみたいにガジュを軽く睨みつけた。

「何だ？」

気づいたガジュが訊き返してくる。志郎は戸惑いがちに告げた。

「いや、何と言うか、今日のガジュさんはいつもと違って、変じゃないですか？」

「変？」と、ガジュが首を傾げる。

「変というか、いつもと違って調子が狂うというか。だって、今日はやけに優しいから」

「……いつもの俺というのはどういうのだ？」

問われて、志郎は思わず押し黙った。少し考えて正直に告げる。

「いつもは俺の顔を見たら条件反射で睨んできます。何をするにも怒鳴られた記憶しかないから、よっぽど俺はガジュさんに嫌われてるんだと思ってました。こっちの世界じゃ俺は厄介者の人間だし、じいちゃんの孫だって言っても、信用してもらえてないみたいだし」

ガジュが驚いたように目を瞠った。バツが悪そうにこめかみを掻きながら、「そういうつもりではなかったんだが」と、ぼそっと呟く。

「だがまあ、お前のことを疑っていたという部分に関しては否定しない」

「……ですよね」

「というのも、お前が本当にシロ本人なのか、どうしても信じられなかったからだ。光一郎の手紙だけでは確信が持てなかった。だから、確固たる証拠が見つかるまで、お前は俺の監視下において見張るつもりだった」

それについては志郎も納得できる。頷くと、ガジュも頷き返して続けた。

「光一郎が嘘をつく理由はない。だが、お前が何らかの事情で光一郎の手紙を手に入れ、シロに成りすましている可能性はありうる。シロの偽者だとしたら、ただの人間以上に厄介でタチが悪い。何のためにシロのふりをして俺の前に現れたのか、調べる必要があった。場合によっては許せない行為だ。お前は本物だと言い張るが、俺が知る唯一の手がかりがお前の尻のどこにも見当たらなかったのが不思議でならない。確かに痣はあったんだ。他の証拠は揃っても、それだけがどうしても引っ掛かっていて――」

おもむろに椅子から立ち上がったガジュは、壁際のチェストの引き出しから和紙作りの封筒を取り出した。光一郎からのものだ。その中から便箋とは別の折り畳んだ紙片を手にして戻ってくる。テーブルの上に開いた。

ガジュが使用しているスケッチブックと同じ紙だった。かなり年数が経っているのか、端が黄ばんでいる。紙面を覗き込むと、そこには羽を大きく広げた蝶々が描かれていた。

「これが、俺が知っているシロの尻にある痣だ」

それを見た瞬間、志郎は強烈な既視感に襲われた。

「やっぱり、そうだ……」

確信を持って顔を撥ね上げる。身を乗り出すようにしてガジュと視線を交わす。

「これって、蒙古斑《もうこはん》だと思います」

「モウコハン?」と、ガジュが怪訝そうに首を傾げた。志郎は頷く。

「蒙古斑というのは、赤ちゃんのお尻に生まれつきある痣です。黄色人種――俺たちみたいな日本人には馴染みのある痣で、大部分の赤ちゃんに見られるって聞きます。大きくなれば自然と消えるんですけど、俺も保育園の頃まではお尻に紫の痣がありました。割と大きいし、正にこういう蝶みたいな形をしていて目立ったから、友達にも『むらさきちょうちょ』ってからかわれた記憶があります」

痣は小学校に上がる頃にはいつの間にか消えていた。もう二十年近く前のことで、最初はガジュが何を言っているのかさっぱりわからなかったが、ふとした瞬間に思い出したのだ。

度々ガジュが取り憑かれたみたいに口にしていた『痣』というのは、それではないか。

志郎の見解を、ガジュは目から鱗《うろこ》が落ちたような顔をして聞いていた。

「この絵も祖父の手紙と一緒に入ってたんですか？」

我に返ったガジュが数度瞬きをする。

「……あ、ああ、そうだ」

「へえ。これって、俺がいくつぐらいの時だろう。じいちゃん、写真じゃなくて絵で俺の痣を残してたんだ。でも、こんなに絵が上手《うま》かったっけ」

蝶の痣の絵は素人目に見ても相当上手く描けている。繊細なタッチは写真と見紛《みまが》うほどの完成度で、痣をメインに据えているものの、子どもの肌のもちもちとした柔らかな質感まで伝わってくる。光一郎が描いたケーキのイメージ図はいくつも見てきたが、画力は下手すぎず上手すぎず、ごく平均的だった気がする。そんな彼がこんな絵を残していたとは意外だ。

祖父を思い出して少し感傷に浸る。志郎は軽く洟《はな》を啜《すす》って、訊ねた。

「あの、それで、俺の疑いは晴れたんでしょうか」

「そうだな。こっちも可能な限り手を尽くして調べたが、どうやら間違いなさそうだ。尻の痣は……なるほど、そういうことだったか。まさか勝手に消える痣があるとは」

ガジュが腑に落ちたとばかりに頷いた。

志郎の素性は知らないうちに調べ上げられていたらしい。どうやって地球の情報を入手できたかは不明だが、専門の調査会社のようなものがあるのかもしれない。

とにもかくにも、ようやくニセ孫の疑いが晴れて志郎は安堵した。

ガジュが急に手のひらを返したみたいに優しくなったのも、志郎が光一郎の孫本人だと確信したからだろう。これまでにもガジュは志郎を警戒し監視する一方で、心配をしてくれていたようだし、こちらのガジュが本当の彼なのだと理解した。

「よかった」

ほっとすると、ガジュが気まずそうに言った。

「悪かったな、疑って」

「いえ、わかってもらえたならいいんです」

ふとガジュが視線を下に向けた。釣られるようにして見下ろすと、志郎のズボンのポケットから紐《ひも》が飛び出している。お守りにつけているものだ。

志郎はポケットからイヌの編みぐるみを取り出した。ガジュがじっとそれを見つめる。

「……何よりの証拠がここにあるな」

「え、何ですか？　すみません、聞き取れなくて」

訊ね返したが、ガジュは「何でもない」とかぶりを振るだけだった。一人満足した顔でお茶を啜り出す。志郎も小首を傾げてティーカップを持ち上げる。シンプルな紅茶の味が口に残ったシュークリームの甘さをほどよく洗い流してくれる。

「あの、一つ訊いてもいいですか？」

「何だ」

「ガジュさんが、こんな奥深い森に追いやられた原因は、俺のじいちゃんですか？」

ガジュが軽く目を瞠った。静かにカップを皿に戻す。じっと見ていると、彼の所作の一つ一つに気品があり、見惚れるほど優雅で堂々としているのがわかる。体に染み付いた品のよさは隠しきれないもので、彼が生まれ育った環境を改めて思い知らされた。

「そうだな」と、ガジュが至極落ち着いた口調で言った。

「客観的に言えば、光一郎ら人間との接触が疑われて王室を追われた恰好だ。ただし、このことを知るのは限られた数人だけで、王宮内のほとんどの者が、俺は人間との接触で禍《わざわい》を被《こうむ》った結果、命を落としたと思っている。皮肉なことに、俺はこの国のくだらない迷信に命を助けられたわけだ」

ガジュが白けたように鼻を鳴らした。

やはりそうかと、志郎は思った。予想はしていたが、本人の口から肯定されると胸にこたえた。光一郎の身内として、申し訳が立たない。

「じいちゃんと出会わなければ、ガジュさんは今も王宮で暮らしていたってことですよね」

それどころか、現国王として玉座におさまるはずだったのだ。光一郎との出会いがガジュの運命を変えてしまった。

「謝って済むことじゃないんですけど……すみません。ごめんなさい」

「なぜお前が謝る？　それに、俺は光一郎に感謝しているんだぞ」

「え？」

顔を上げると、ガジュが淡く微笑んだ。

「俺は人間が好きなんだ。そう思わせてくれた光一郎には心から感謝している。生まれた時からそう刷り込まれて育ち、人間を悪しき者として排除するのが当たり前だと思い込んでいる周りとは違い、従兄弟《シュカ》は光一郎を素晴らしい親友だと紹介してくれた。二人が親しくしているのを見て、俺も人間に興味を持ったんだ。こっそり泉を利用して、地球に行ったこともある。そのうちの一回は戻れなくなって、しばらく光一郎のところで世話になったんだ」

泉に何らかのアクシデントが起こり、一時地球との行き来ができなくなってしまったためだった。その間、ガジュは志郎の実家に居候していたという。志郎がまだ生まれる前、ガジュが地球に来ていたことを初めて知った。

「最初こそ焦ったが、滅多にない機会だから地球での暮らしを思う存分楽しむことにした。地球のことを何一つ知らない狼族の俺を、光一郎と喜美子《きみこ》は自分たちの遠い親類だと周囲に偽って、とてもよくしてくれた」

祖母とも交流があったと知って、志郎はびっくりした。その後、泉の回復を待って戻れることになったものの、地球での暮らしが楽しすぎて後ろ髪を引かれる気分だったと、ガジュは当時を懐かしそうに語った。

「こっちに戻ってくると、案の定、城は大騒ぎになっていた。忽然《こつぜん》と姿を消した俺は、魔物か何か不浄なものに攫《さら》われたことになっていたらしい。しばらくは禊《みそぎ》、禊で大変だったな」

「神隠しみたいなことですか？」

「ああ、地球ではそう言うのか。まあ、しばらくは腫《は》れ物扱いされたがな。その後、俺たちが泉で光一郎と一緒にいるところを見たという旅人の目撃証言がきっかけで、シュカと俺に異世界人との接触疑惑が持ち上がったんだ。光一郎のことを探る動きもあったが、結局、その時は証拠不十分で不問になった。だが、その後もいろいろとあって——結果として、俺は王室を追放された。この国では人間と接触を計った者は忌み者として罰を受ける。ましてや神聖な黒狼族が不浄のもの《人間》に汚《けが》されるなどあってはならないことだ。そのことを民に知られれば国王として示しがつかないというわけだ。王宮内では俺は人間とかかわったせいで、世間的には流行《はや》り病《やまい》によって死んだと思われているようだが、その噂を流すよう指示したのは他でもない前国王《父》だ」

ガジュがふんと鼻で笑った。俺は見ての通りピンピンしていると、嘲笑《ちょうしょう》雑《ま》じりに言う。

「お前は俺が光一郎を恨んでいるかのように言ったが、それは違う。さきほども話したが、俺は光一郎に感謝しているんだ。彼と一緒に過ごした時間はとても興味深く、楽しかった。会えてよかったと心から思っている。光一郎が亡くなったことは本当に残念だ。できればもう一度……光一郎の作った菓子を食べたかった。それだけは心残りだな」

その言葉に嘘偽りはなく、彼が心から祖父を偲《しの》んでいることが伝わってきた。

「うちで、じいちゃんの菓子を食べたんですね」

「ああ、あいつが作るものを端から全部平らげてやったぞ。光一郎も喜美子も、よくそんなに食えるものだと呆れていた。だが俺には初めて目にする菓子というものが本当に珍しくて、それが見た目の美しさだけでなく、この世のものとは思えないほどに美味くてな。どうやったらこんな美味いものが作れるのかと、光一郎に一日中張り付いていたこともあった。ところが、いざこちらであの菓子を再現しようとすると、これがまったく上手くいかず……」

ガジュは苦虫を噛み潰したような顔をしてみせる。なるほどと、志郎は苦笑した。これが子どもたちが話していた、ガジュが厨房でしでかした惨事の数々につながるのだろう。

「じいちゃんの手は魔法使いの手ですから」

生み出す菓子で食べた人みんなを笑顔にする魔法使いの手。自分もああなりたいと憧れた祖父の両手に想いを馳《は》せる。

「それを言うなら、お前だって魔法使いの手を持っているじゃないか」

思いがけない言葉に、志郎はきょとんとした。

「このシュークリームだってそうだ。菓子という存在自体を知らなかった俺たちからしてみれば、それをこともなく生み出すお前は正に魔法使いなんだ。チビどもが初めて口にした菓子は、シロ、お前が作ったものだぞ。きっとあいつらも思っているはずだ、お前は極上の菓子を作り出す魔法使いだってな。お前が作った菓子は俺たちを幸せにしてくれるんだ」

びっくりした。そんなふうに言ってもらえるとは思わなかった。前の職場では誰にも認めてもらえず、卑屈になってばかりだったのだ。祖父には到底及ばない。現実から逃げ出し、目標を失って、何もかもが嫌になっていた。

だが、志郎の作った菓子を評価してくれる人がここにいる。美味しいと言って食べてくれる。それが何よりも嬉しい。

ふいにガジュが志郎の手を取った。

「……美しい、いい手だ」

志郎は狼狽えた。成人男性のごくごく普通の手だ。職業柄、火傷《やけど》の痕《あと》は数知れず、繊細かつ力の必要な製菓作業で関節の太くなった指にはタコができているし、手のひらも荒れている。決して美しいとは言えない傷だらけの手。

だが、そんな志郎の手を、ガジュは何か愛しいものでも見つけたみたいに優しくさする。

「この手を見ればわかる。地道な努力の表れだ。お前はすごい。すごい職人だ」

しっかりと言葉を嚙み締めるように言われて、胸がぎゅっと詰まった。

「俺は、お前のような人間を、何も知ろうとせず、ただそういうものだと忌み嫌う、この国の風潮が大嫌いだ」

ガジュの手に力がこもる。それまでとは打って変わってきつい語調に、志郎は思わずびくっとなる。

「光一郎には感謝している。あいつに出会って俺の価値観は大きく変わった。更に言うと、俺は窮屈な王宮での暮らしから解放された今の生活をとても気に入っている。あそこに戻りたいと思ったことは一度もない。それに――」

ちらっと顔を上げると、真正面からガジュと目が合った。

「思いがけず、有能な菓子職人にも出会えたことだしな」

ふわっと微笑みかけられて、たちまち志郎の心臓は激しく高鳴りだす。

「そうだ、これをお前に」

ふいに思い出したように、ガジュがどこからともなく包みを取り出した。反射的に受け取った志郎は首を傾げる。長方形の包みは両手からはみ出すものの、厚みはそれほどなく軽い。何だろうか。ガジュが開けてみろと促してくる。

慎重に包みを開けると、中から出てきたのはエプロンだった。

「このエプロン、俺にですか？」

「ああ。しょっちゅう厨房に出入りしているし、よく粉だらけになっているだろ。子どもたちが着けているのに、お前が何もしていないのも変だからな。使ってくれ」

「ありがとうございます！　大切に使います！」

思いがけない贈り物に感激して、志郎は満面の笑みを浮かべた。軽く目を瞠ったガジュも照れ臭そうに微笑む。

そこへ、コンコンとドアがノックされた。

「失礼します。ガジュ様、しゅーくりいむの追加はいかがですか」

皿を持ったベニが顔を覗かせた。途端にガジュは目を輝かせて言った。「持ってこい！」。

「あれだけ食べたのに、まだ食べるんですか」

「地球の名言に『菓子はベツバラ』という言葉があるのを知らないのか？　甘い菓子ならいくらでも食える」

両手にシュークリームを摑んで幸せそうに頰張るガジュの姿に、志郎は半ば呆気にとられつつも込み上げてくる嬉しさを抑えきれなかった。この顔をまた見ることができて、これ以上なく満足だ。それに、志郎のためにこんな贈り物まで用意してくれていたなんて。

膝の上の真新しいエプロンを見やった志郎は、自分の顔が際限なく緩むのを自覚する。ミルクチョコレート色のエプロンは、ガジュがキャンバスに向かう際に身につけるものとよく似ていた。お揃いっぽくて、それがまたなんだか嬉しい。

にんまりと思い出し笑いをしていると、隣のガジュがふいにぴたりと動きを止めた。ガタンと椅子を撥ね退けて立ち上がり、いきなり叫んだ。

「……きた。きたぞ。きたきたきたきたきた——っ！」

残りのシュークリームを急いで口に詰め込んで、真っ白なキャンバスに走る。転がるように椅子に座って筆を取った。そこからは世界が閉じてしまったかのように、志郎たちのことを見向きもせず一心不乱に絵を描き始めた。

ぽかんとする志郎の隣で、興奮気味に頬を紅潮させたベニがパチパチと手を叩いた。

「とうとうガジュ様に絵の神様が降りてきました！　ガジュ様が仰っていた通り、このしゅーくりいむが効いたんですよ。食べたら元気百倍、お仕事がとっても捗るんです」

彼女はにっこりと笑って言った。

「やっぱりシロ様のしゅーくりいむは特別です。ガジュ様をやる気にさせる魔法ですね！」

その後、部屋から一歩も出てこなかったガジュは、一晩で作品を描き上げたのだった。

■4■

志郎の作る菓子は、どうやらガジュの創作意欲を大いに掻き立てる効果があるらしい。シュークリームを食べて、たった一晩で目がチカチカするようなカラフルなピエロを描き上げたガジュは、志郎に再び菓子を作るよう命じたのだった。

次に作ったのは、新鮮な卵をふんだんに使ったプリンだ。これがまた、ガジュと子どもたちに大好評だった。ガジュの仕事もどんどん捗り、屋敷は平穏そのものだ。

それ以来、志郎は菓子を作ってアトリエに差し入れするのが日課となった。

「なるほど。それで最近は僕が呼ばれなかったのか。しばらく音信不通だったから生きているのか心配してたんだよ」

白衣を脱いだトキが納得したとばかりに頷いた。休診日を利用して、助手のコンと二人でわざわざガジュの様子を見に来てくれたのだ。

「それはご心配をおかけしました」

志郎は彼らを庭のテーブル席に案内し、あたたかい紅茶を淹れてもてなした。

「そろそろ徹夜続きでぶっ倒れた黒狼をチビちゃんたちが発見して、泣きながら連絡してくる頃だと思って待っていたんだけどねえ。まさかあれほど顔色のいいガジュに出迎えられるとは。しかも数年に一度見るか見ないかの機嫌のよさ！　初夏なのに氷狼たちが暴走して雪を吹き散らさなきゃいいんだけど」

晴天の空を仰ぎ、トキがわざとらしく溜め息をつく。その隣ではコンが夢中でクッキーを頬張っていた。その姿は狼というよりやはり頬袋を膨らませたリスにそっくりだ。トキが「あっ、それは僕のだろ」と、コンの手を軽くはたいて、自分のクッキーを取り返す。

「何だこの食べ物は！　さくっとして、ほろっとして、絶妙な甘さ……総じて超美味！」

二人はしばらくの間、無言でクッキーを貪っていた。

志郎はちらっと振り返って、二階のアトリエを見上げた。ガジュも一緒に誘おうと思ったが、仕事中のようだったので声をかけるのを遠慮したのだ。

以前のガジュは、定期的に体調を崩していたらしい。納期前は食事も睡眠もまともにとらずに作業に没頭するので、急に電池が切れたようにばったりと倒れてしまう。慌てた使用人たちが飛ばした伝書鳩のＳＯＳを受けて、トキたちは毎回屋敷に駆けつけていたそうだ。

「それがこの一月《ひとつき》近くはまったく連絡がないし、まさかシロくんも巻き込んで全員共倒れているんじゃないかと心配してたんだよ。まあ、まったく問題なかったみたいだけどね」

トキが声を上げて笑った。

「すみません、何も事情を知らなくて。みんなこの通り元気です」

志郎は申し訳なく思いつつ、庭の先へと視線を向ける。

そこでは子どもたちが一生懸命にシャカシャカと容器を振っていた。

「あれは何をやっているの？」

「バターを作ってるんです。こっちのバターだとお菓子作りには向かなくて、一から手作りしてるんですよ。このクッキーもそのバターを使って作ったものなんです」

「へえ。何を遊んでいるのかと思えば、そんな立派なことをしてたんだねえ」

トキが感心したように子どもたちを眺める。コンがそわそわし出し、それに気づいたトキが「手伝っておいでよ」と促す。頷いたコンは嬉しそうに四人の輪の中に混ざりに行った。

五人で容器を回しながらシャカシャカと振っている。そのうち、夢中になりすぎたアオがぽんっと子狼の姿に変化してしまった。続いてモモまで変化する。

「あーあ、興奮しすぎるから」

トキがくすくすと笑う。まだ子どもの彼らは成長期で、気や感情のコントロールが未熟なのだ。気が昂《たかぶ》ったり、反対に落ち込んだりすると、ヒトガタを保てずに狼の姿に戻ってしまう。ある程度の年齢を過ぎると、耳と尻尾を生やしたヒトガタの姿で過ごすのが普通だが、子どもの頃はどちらかというと狼姿の方が体の構造上楽らしい。

ここの子どもたちは日頃ヒトガタで過ごすよう心がけている。それがガジュとの約束で、彼からは気をコントロールする方法等、さまざまなことを教わっているそうだ。そのせいか、みんな運動神経がよく、蓑虫窓拭きもガジュ直伝なのだという。志郎も運動は好きな方だが、物怖じしない彼らがするすると木を登って果実を採ったり、高い岩でも全身を使ってよじ登り、天辺の花を摘んでいたりするのを見るとさすがにお手上げ状態だった。

「それにしても、毎日こんな美味しいものを食べているなんて羨ましい」

トキがクッキーを摘まんで、恍惚《こうこつ》の表情を浮かべた。

「仕事も捗るわけだよ。アイデアが浮かんで筆が止まらないなんて、少し前の彼には考えられないことだからねえ。毎回鬼のような顔をして、ぼさぼさに掻き毟った頭を抱えながら『何も浮かばない！』って叫んでたんだから。そして無茶をして倒れる。その繰り返し」

「今は一応、スケジュール通りにこなしているみたいです」

「それは何よりだね。チビちゃんたちも安心してるんじゃないかな。シロくんがこの家にいてくれて助かったよ。俺も幼馴染みとして医者として一安心。それにしても人間ってすごいよね。こんな美味しいものが作れるなんて、素晴らしい技術だな。ガジュは何とも画期的な治療薬を手に入れたもんだ。医者の薬より、人間のお菓子ってね」

あれほど頻繁に作業に行き詰まり、ピリピリしっぱなしのガジュだったが、菓子を摂取するようになってから見違えるほどに変わった。

最近は鬼の形相で屋敷を徘徊しなくなったし、ヒジリとの言い争いも聞こえてこない。納期にきちんと上がった作品を受け取ったヒジリは、クールな印象を覆《くつがえ》すほどのにこにこ笑顔だった。「シロ様、お菓子の材料で必要なものがあれば遠慮なく仰って下さいね。すぐに調達して届けますから」そう志郎に声をかけて、浮かれた足取りで帰って行ったのだった。

志郎はただ普通にお菓子作りをしているだけだ。見映えもせず、特にこれといった特徴のない、流行の最先端をいく都会では見向きもされないようなごくごく平凡なお菓子。

しかし、その志郎の菓子はいまやガジュにとって、なくてはならないものになっている。

——俺にはお前の作る菓子が必要なんだ。シロ、お前を俺の専属菓子職人に任命する。

ガジュに呼ばれて、そんなふうに言ってもらえた時はとても嬉しかった。

——丁寧に愛情を込めて作られたお前の菓子は、とても優しい味がする。俺はお前の菓子を食べるとこう……この辺りがだな、何だかほっこりするんだ。ひどく幸せな気分になる。

照れ臭そうに彼が自分の胸元を指さしてみせた時、志郎の胸もほわっと温かくなった。自分は必要とされている。ガジュがそう思わせてくれたことが、間違いなく自信の回復につながっている。だから心から思ったのだ。この人のために美味しいお菓子を作りたい、と。

そういうわけで、志郎は居候から、ガジュの専属パティシエに昇格したのである。

小火騒ぎから一月が経ち、火事のトラウマはほぼ消えつつあった。

専属パティシエを任されたことがいいきっかけになったのだろう。最初はなかなか窯に近づけなかったが、ガジュや子どもたちに付き添ってもらいながら、徐々に火元の作業を増やしていった。そうやって先日、自分が意識せずに火を扱っていることに気がついたのだ。それ以降、火に対する過剰な恐怖心が嘘みたいに消えた。

毎日が楽しい。朝起きるとすぐに、今日は何を作ろうかと考える。それを食べたみんなの笑顔を想像して幸せな気分になる。

余裕がなく、ただ言われた通りに必死に手を動かしていたあの頃とは違って、志郎は今、心から菓子作りを楽しんでいる。はっきりと自覚があった。

子どもたちの楽しそうな様子を眺めつつ、志郎もクッキーを摘まむ。口に運ぶ寸前で、横から手を掴まれた。

「随分と楽しそうだな。人が仕事をしているというのに、優雅に庭でお茶会か」

志郎はぱっと振り向く。そこには面白くなさそうに目を眇めたガジュがいた。

長軀を屈《かが》めた彼は志郎の手を自分の方へ引き寄せると、ぱくっとクッキーを横取りする。

「さ、誘おうと思ったんですけど、お仕事中に邪魔をしちゃ悪いと思って。もう、お仕事は終わったんですか」

「まあな」と、ガジュが不貞腐《ふてくさ》れたように言う。ちらっとトキを見やった彼は鼻に皺《しわ》を寄せると、志郎とトキの間に割り込むようにして椅子に腰掛けた。

「お前は何をしに来たんだ。こんなところで勝手にくつろぎやがって」

「トキさんとコンくんは、ガジュさんの体調を心配して様子を見に来てくれたんですよ」

慌てて志郎は説明する。ガジュが顔を顰め、トキは飄々《ひょうひょう》とした様子で眉を上げてみせる。

「そうだよ。いつもならそろそろ呼び出しが掛かる頃なのに、一向に鳩が飛んでこないからどうしちゃったのかと心配してたんだよ。まあ、杞憂《きゆう》だったみたいだけどね」

「まったくだ。この通り元気にやってる。うちの優秀な菓子職人のおかげだな」

ガジュがふんと鼻を鳴らし、おもむろに志郎の肩を抱き寄せた。志郎はびっくりする。

そんな二人をトキが白けた目で見やり、聞こえよがしの溜め息をついた。

「本当に杞憂だったたな。仲良くお揃いのエプロンなんかしちゃってさあ」

志郎は思わずガジュに目を向けた。作業着姿で出てきた彼は、絵の具がついた茶色のエプロンを着けたままだ。細かなデザインは異なるものの、志郎が愛用しているエプロンとよく似ている。お揃いと言われて、志郎は俄に頬を熱くした。ガジュから貰ったエプロンは、今や志郎にとって大切な仕事着だ。

だが、ガジュはエプロン云々の話を特に気にするふうもなく、皿のクッキーを数枚摑み取って一気に口に放り込むと、うっとりとして言った。

「この優しい甘さが疲れた体に染みるな。やはりお前の菓子が一番だ。どの薬よりも効く」

「悪かったねえ、藪《やぶ》医者で」と、トキがべえと舌を突き出す。

気にせずクッキーを口いっぱいに頰張ったガジュが、子どもたちの方を顎でしゃくった。

「ところで、あいつらはあんなところに集まって何をしているんだ?」

「いつものバター作りです。今日はガジュさんも一緒にお菓子作りをする約束なので、みんな張りきってますよ。ドーナツを作る予定なんですけど……」

「は？」と、トキがびっくりした顔で横槍を入れた。「お菓子作り？　誰が？　この男が？」

「何だ、文句があるのか」

ガジュがむっとする。トキがぶふっと盛大に吹き出した。

「こんな甘くてかわいらしい食べ物を君が作るの？　この強面《こわもて》で図体《ずうたい》もでかくて威圧的で偉そうで不遜《ふそん》な黒狼が一体どんな顔して……!?」

「うるさい、黙れ。この藪医者が」

「いやぁ、でも君は手先だけは器用だしなあ。ああ、そうか。そのエプロンって……ふーん、なるほど。ねえシロくん、知ってるかい？　実はこの男はね……」

「おい、余計なことは喋るな」

ガジュが咄嗟にクッキーを摑んでトキの口に詰め込んだ。トキがむふっとむせる。

「うちの菓子職人が作った最高の菓子を分けてやるんだ。じっくりありがたく味わえよ」

にやっと唇を引き上げて、ガジュは腰を上げた。そうして志郎に向き直ると、「バターを作るんだな。俺も手伝ってくる」と、子どもたちのところへ足早に行ってしまった。

案外、お菓子作りに一番はまったのは、ガジュかもしれない。最近はよく仕事の息抜きに厨房にやってきては、志郎と一緒にお菓子を作りたがるのだ。

子どもたちと合流したガジュを眺めつつ、志郎は淹れ直したお茶をトキに差し出した。トキはクッキーを飲み込むと、お茶で口の中を洗い流す。

「うん、美味しかった。満足。相変わらず乱暴だけど、彼が自慢したがるのもわかるかな」

のんびりお茶を啜りながら、トキの視線が遠くへ向く。

その先には容器を振るガジュの姿がある。子どもたちとは比べものにならないほどの馬鹿力で、あっという間にバターを作り上げてしまった。子どもたちの歓声と尊敬の眼差し。コツを摑んだガジュは輪の中心で胡坐を搔き、両肩に子狼を乗せてリズミカルに容器を振り出した。その周りを取り囲む子どもたちも声を上げて応援している。

「久々にあんな楽しそうなガジュを見たな」

ぽつりとトキが言った。

「チビちゃんたちの嬉しそうな顔も久々だ。俺がここに呼ばれる時は、大抵ガジュがベッドに倒れていて、それを心配そうに見守る彼らの姿ばかり見ていたもんなあ。コンも楽しそうだ。あの子もここで育てられた子だから。育ての親が青白い顔してぶっ倒れているのを見るよりも、元気に笑っている姿が嬉しいに決まってるよね」

志郎は思わずコンを凝視した。楽しそうに笑っている彼の首もとに紺色の蝶ネクタイを認めて、ようやく気がつく。白衣を着ているからわからなかったが、彼もまたガジュに救われた子どもの一人なのだ。物心ついた頃から医学に興味を示していたコンをトキが見込んでスカウトしたのだという。

「ガジュさんは、本当に子どもが大好きなんですね」

子狼がぽーんと空高く上がった。次々と茶色いもふもふが青い空に吸い込まれていき、放物線を描いて落ちてくる。それをガジュがお手玉のように受け止めては高く投げ上げを繰り返す。狼流の『たかいたかい』だ。子どもたちの甲高いはしゃぎ声が響き渡る。

「昔はそんなこともなかったんだけどね。むしろ苦手だったんじゃないかな。それが、シュカ様に子どもが生まれてから変わった気がする。本当に、目に入れても痛くないというくらい、彼はその子をとてもかわいがっていて……」

ふいにトキが言葉を切った。それきり黙り込んでしまう。志郎は怪訝に思ったが、トキが何やら物思いに耽《ふけ》っているようなので、それ以上深く追うのはやめた。

少しして、「そういえば」と、唐突にトキが会話を再開させた。

「地球に戻る方法なんだけど……」

「わかったんですか?」

志郎は思わず前のめりに訊き返した。だが、トキは「いや。残念ながら、手懸りもまだ何も」と首を左右に振る。

「そうですか」

俯くと、トキが励ますように志郎の肩を叩いた。

「まだ諦めるのは早いよ。何か情報が入ったらすぐに知らせるから」

「……はい、よろしくお願いします」

子どもたちの歓声が聞こえた。見ると、ガジュが容器から掬い上げたバターの塊を掲げて志郎に手を振っている。「完成したぞ!」と得意げな声に、志郎も笑って手を振り返した。

「もうすっかり、シロくんはこの屋敷の住人として定着した気でいたんだけど。それはこっちの都合で、シロくんからしてみれば、そりゃもとの世界に戻りたいよねぇ」

ぽつりと呟いたトキの言葉に、志郎はどきっとした。

なぜなら、先ほどトキからいまだ地球に戻る手懸りすら見つからないと聞いて、志郎は内心ほっとしたからだ。我ながら自分の気持ちがよくわからなくなる。

「それと、体調も心配。君は常に黒狼のフェロモンを浴び続けている状態なわけだからね。俺だって毎日あの男と一緒にいたら疲れるよ。そろそろ地球が恋しいんじゃないの?」

志郎は返す言葉につまって、曖昧《あいまい》に微笑むしかなかった。

その日の夜、志郎は湯を浴びた後、ガジュに呼ばれてアトリエに向かった。

ノックをして部屋に入ると、ガジュは窓辺でキャンバスと向き合っていた。

「お仕事中でしたか。出直しましょうか」

「いや、こっちは終わった。そっちはどうだ? 子どもたちはもう寝たか」

「はい、よく寝てますよ」

満足そうにキャンバスを眺めるガジュに手招きをされて、志郎もそちらへと歩み寄る。

「もしかして、俺がモデルをした絵ですか？」

先日、志郎はガジュから絵のモデルになってほしいと頼まれたのだ。といっても、ただ座っているだけだったが、絵のモデルなんて初めての経験だ。どんな作品に仕上がったのだろうか。志郎はドキドキしながらキャンバスを覗き込む。

「……これ、俺ですか？」

「他に誰がいるんだ。なかなかに色気があるだろう。特にこの足を交差させたところとか」

そう得意げに言われても、志郎には一体どの辺りが足なのかわからなかった。足どころかそこに描かれているものが人間なのかすら不明だ。

カラフルな大小の図形がたくさん組み合わさっている。中心の黒丸が目だろうか。でももう片方は真っ赤だし、顔らしき部分は右に傾いた逆三角形。胴体は色とりどりの背景と同化していて、もはや立っているのか座っているのかもわからない。何だか夢に出てきそうだ。

だがこれが高値で取引きされるのだから、どこの世界でも芸術というものはわからない。

「タイトルは何ですか？」

「『うたたね』だ」

志郎はうっと言葉を詰まらせた。それは嫌味だろうかと疑う。モデルを引き受けたはいいものの、その時の記憶が志郎にはほとんどない。途中で眠りこけてしまったからだ。

羞恥《しゅうち》に顔を熱くさせていると、ガジュに呼ばれた。

「シロ、そこのソファに腰かけてくれ」

「またモデルですか？」

「そうだ。次の仕事は広間に飾りたいという依頼主からの希望でな。前回の落ち着いた雰囲気とは対照的に、豪奢《ごうしゃ》なイメージでいきたい。テーマはそうだな……『舞踏会』でいこう」

ガジュに指示された通りに、志郎はいそいそとソファに座ってポーズをとる。ロボットみたいにあっちを向いたりこっちを向いたり、足を抱えたり海老《えび》反りをしたり。モデルの仕事は慣れないが、ガジュの役に立てると思うとこれはこれで嬉しかった。

最終的にうつ伏せに寝そべる恰好で落ち着く。ガジュが鉛筆を走らせ始めた。

沈黙が横たわる。しゃっしゃっと鉛筆が紙の上を滑る音だけが室内に響き渡っている。志郎はこの時間が好きだった。真剣なガジュの顔を盗み見るのも楽しい。

雨のように降り注ぐ鉛筆の音と、真剣な眼差しで志郎を見つめるガジュの顔。

何とも心地いい。光沢のある糸を使った張り地のソファはふかふかとして気持ちよく、寝そべりながら自然と瞼が落ちる。そうして、志郎の意識はまた途中で溶けて消えた。

夢を見た。

どこからか子どものはしゃぎ声が聞こえる。

あうー、きゃっきゃと甲高い声と共に、ぼんやりと霞《かす》んでいた風景が徐々に晴れていく。

楽しそうに笑っていたのは赤ん坊だった。

抜けるような色白の肌に、キラキラと光をまぶしたみたいなプラチナブロンドの髪。だが、眩しい陽光がそう見せているだけで、実際は真っ白だと気づく。

透明感のある白銀色の髪は、どこか現実離れして見えた。純白の三角耳と尻尾の美しさも相まって、まるで宗教画から飛び出してきたようだと思う。天使みたいだ。

赤ん坊が何か叫んだ。

誰かを呼んでいるのだろうか。まるで手招きをするように、一生懸命に両手をばたばたさせて、そちらに向けて声を上げる。

やって来たのは一匹の大きな黒狼だった。

怖いもの知らずの赤ん坊はハイハイをして狼に突進してゆく。

やがて顔面から狼にぶつかった。と思ったら、ころんと転がり、転がった赤ん坊をやれやれとばかりに、狼が尖った鼻と口を器用に使って起こしてやる。赤ん坊はきゃっきゃとはしゃぎ、目がなくなるくらいに細めて笑っている。「あうー、あーあー」と両手を伸ばし、狼がそれに応えるように自分の太い尻尾を差し出す。好意の塊をぶつけるようにして、赤ん坊がもふもふの尻尾に抱きつく。狼はひどく優しい目をして赤ん坊を見つめている。

幸せの一風景がそこにはあった。

あの赤ん坊は狼のことが大好きで、狼もまた赤ん坊に愛情を持って接している。

とても、とても、あたたかくて、優しい。何とも言えない心地よい空気が一匹と一人から伝わってきて、志郎は幸せな気分のまま、ゆっくりと意識を覚醒させた。

「……あれ？」

一瞬、自分がどこにいるのかわからなくなる。

記憶を手繰《たぐ》り、ああ、またやってしまったのだと、即座に頭を抱えた。ガジュも呆れ返っているに違いない。

早く謝らなくては。体を起こそうとして、自分が寝そべっているのがソファでないことに気がついた。もふっとした温かな感触に頬が埋もれる。

ん？　志郎は体の下の柔らかなそれに手を伸ばす。黒々とした美しい毛並みに目を瞠る。

「えっ、いつの間に！」

志郎が包《くる》まっていたのは、絨毯の上で体を丸めて眠っている黒狼だった。

どうやら変化したガジュに添い寝をしてもらっていたらしい。どうりで暖かいわけだ。

「何だ、そうか……だから、あんな夢を見たのかな……？」

そっと獣毛を撫でる。すうすうと寝息を立てながら、ゆったりと太い尻尾が揺れている。

気持ちよさそうに揺れる尻尾に思わず微笑みつつ、志郎は夢の中の赤ちゃんを思い出した。

耳と尻尾が生えていたので、あの子も狼族だろう。だが真っ白な毛色は珍しいのではないか。特殊系になるのだろうか。

白い赤ちゃんとじゃれ合っていたのはガジュだった。

寝顔を眺めながら、ガジュも夢を見ているのかなと思う。くっついて一緒に寝ているうちに、ガジュの夢の中の記憶が志郎にまで流れ込んできたのかもしれない。

「誰なんだろうな、あの赤ちゃん」

ガジュに相当懐いていたし、ガジュもすごくかわいがっているように見えた。

目の端で、ふわと漆黒の尻尾が揺れる。

ふかふかして、抱きついたらとても気持ちよさそうだ。志郎は欲求に抗えず、そっと手を伸ばした。触れた毛は滑《なめ》らかで、ほんのりと温かく、手に吸い付いてくるようだ。

太い尻尾を抱き寄せて、思わず頬擦《ほおず》りをする。

このふんわりと優しく包み込んでくれる感触を、志郎はなぜか昔からよく知っている気がした。ずっと探し求めていたそれにようやく廻《めぐ》り逢《あ》えた。そんな奇妙な錯覚に陥る。

「あの赤ちゃんもこうやって抱きついてたもんな。なんだかわかる。すごく安心する……」

人たらしの尻尾だ。ヒトガタのガジュにはさすがに気安くべたべたと触れないが、狼の姿だとそれが許されるようで、志郎はしばし彼の美しい毛並みを堪能《たんのう》する。

顔を埋めた尻尾からほのかにミルクの甘いにおいがした。昼間に子どもたちが飲んでいた蜂蜜《はちみつ》入りのホットミルクに違いない。口周りに白い髭《ひげ》を生やした子どもたちに呆れつつ、ガジュは布巾を手に取り、間に合わないと自分の尻尾でもせっせと拭ってやっていた。

思い出し笑いをしていると、ふいに既視感に襲われた。

あれ、と思う。いつだったたか、昼間と似たようなやりとりがなかったか。その時もやはりガジュが子どもの口元を尻尾で拭っていたような……。

「いや、気のせいか。こっちで知り合いの子どもっていったら、あの子たちだけだもんな。それに、ここ最近のことじゃなくて、たぶんもっとずっと前……」

ふっと一瞬脳裏を過ぎった残像のようなそれは、思い出そうと手を伸ばした途端にぱっと霧散してしまった。ガジュと知り合ったのは最近のことだから、彼とは関係ないだろう。もしかすると、映画か何かでそんなシーンを見たのかもしれない。

毛並みを撫でていると、ふいに尻尾がぴくっと動いた。

ガジュはぐっすり寝入っている。尻尾だけがゆらゆらと揺れて、柔らかい先っぽが志郎の頬を優しく撫でる。

志郎はくすぐったさに首を竦めながら、彼の長い胴体に甘えるように頭を寄せた。

「何でだろ、ガジュさんの傍にいると妙に安心するんだよな……変なの」

独りごちて不思議な感覚に戸惑う。

少し前までは怖いとすら思っていたのに。

最近のガジュはそれまで感じていた壁がなくなり、一気に会話やスキンシップが増えた。ヒトガタの彼に顔を近づけられたり触れられたりすると、何だか落ち着かない気分になるが、狼の姿だとかえって安心感が増す。まるで子どもに戻った気分ですごく甘えたくなる。

志郎は起こさないように気をつけて、そっと自分の両腕をガジュの逞しい胴体に回した。以前負った火傷の痕は、もうすっかり消えていた。ごわついた手触りはないものの、生え揃った毛が周囲より短い箇所を見つける。ほっとした気持ちと申し訳ない気持ちとが綯《な》い交《ま》ぜになり、なんだか胸が締め付けられるようだった。思わずぎゅっと抱き締める。

すると、寝息を立てるガジュが僅かに体勢を変えた。志郎は咄嗟にぱっと手を離す。しかし眠ったままのガジュは志郎を囲い込むようにして長い体を丸めると、親が我が子にそうするように、ふかふかの膨らんだ尻尾で背中をよしよしと撫でてきた。

志郎は詰めた息をそっと吐き出した。緊張を解いて、ガジュの背に顔を寄せる。自然と頬が緩んだ。やはり安心する。心がほっとするような、この温かさがひどく懐かしい。

「懐かしい……？」

ふと我に返って首を傾げた。

どうしてそんなふうに思ってしまったのだろう。ガジュに懐かしさを覚えるなんてありえないことなのに。

尻尾が優しく頬を撫でた。瞼が徐々に重力に逆らえなくなる。

「……じいちゃんも、シュカさんの背中でこんなふうに寝たことがあったのかな」

もし、生前の光一郎がガジュたちの存在を志郎に教えてくれていたら。

もっといろいろな話が聞けただろうにと思いつつ、志郎は再び意識を手放した。

■5■

庭木の緑がますます鮮やかになってきた。草花もぐんぐんと伸びて、志郎がここに来た当初よりも緑が増えた気がする。

朝から穏やかな陽光に包まれたその日、ガジュは急用だと珍しく一人で外出していた。そして数時間後、とんでもないものを連れて戻ってきた。

「あう、あう、あうう」

ガジュの逞しい腕の中には、まだ生まれて間もない赤ちゃんが抱かれていた。

「どっ、どうしたんですか、この赤ちゃん！」

玄関先で掃き掃除をしていた志郎は目を丸くして叫んだ。

「まさか、ガジュさんの隠し子……」

「馬鹿を言え」

すぐさまガジュが否定する。久しぶりにギロッと睨まれた。

大人なら瞬時に黙らせる鋭い眼光も、真っ白な布にくるまれた赤ちゃんの前では無意味だった。もみじのような手で無邪気にガジュの人差し指を摑み、あうあうと声を上げている。

「おい、指をかむな」

「あう、うーうー」

赤ちゃんはガジュの長い指を気に入ったのか、一生懸命に短い手を伸ばして追いかける。ガジュは困った顔をしつつも、指先でふくふくとした頰をつついて相手をしてやっていた。

きゃっきゃと笑ってはしゃぐ赤ちゃんの頭から布が滑り落ちた。

隠れていた頭部が露わになる。真っ白な髪の毛と白い三角耳。きらきらと陽光を浴びて輝くその眩しいほどの純白に、志郎は思わず目を眇めた。

ふと志郎の脳裏を既視感が過ぎる。先日、夢の中で見たあの赤ちゃんがこんな真っ白の体毛だった。もしかしてあれはガジュの過去の記憶ではなく、予知夢だったのではないか。

そんなことを考えていると、洗濯物を干し終わったアオとモモが裏庭から現れた。

「ガジュ様、お帰りなさいませ」「お早いお帰りでしたね」

「あ、二人とも見て見て。ガジュさんが赤ちゃんを連れて帰ってきたんだけど」

手招きすると、二人が顔を見合わせて駆け寄ってきた。背を向けていたガジュが体ごと振り返る。腕の中に抱かれた小さな存在を認めた瞬間、二人がぴたりと足を止めた。彼らの顔からすっと表情が消えて、その場で固まって動かなくなる。

「どうしたの、二人とも。ほら、赤ちゃん。かわいいよね。白い狼って珍しくない？」

志郎が差し出した指を、赤ちゃんがぎゅっと握り締める。薄茶色の瞳と目が合った。かわいくて、志郎は自分の頰が際限なく緩むのを感じる。

ところが、アオとモモは一定の距離を置いたまま近寄ろうとはしない。ガジュの帰宅を喜んで迎えた笑みは一瞬で消え去り、見たことがないくらい顔を強張らせている。

「……イミシュだ」

ぽつりとアオが言った。

「イミシュ？」と志郎は繰り返した。だが、いつもならすぐにフォローしてくれる彼らは黙ったままで、ただじっと一点を凝視している。

赤ちゃんがぐずりだした。

「アオ、モモ、新しい家族だ。ミルクの用意をしてやってくれないか」

ガジュの声で、二人がはっと我に返った。

「アカとベニは厨房か？　俺も腹が減った。こいつのミルクと一緒に昼食の準備を頼む」

「はい！」と、二人は返事をし、ぺこりと頭を下げると屋敷の中に入っていった。

二人きりになり、志郎は改めて訊ねた。

「あの、さっきアオが言ってたイミシュって、何ですか？」

ガジュが志郎に向き直った。赤ちゃんがもぞもぞと動きながら眉間に皺を寄せて険しい顔をする。そんな愛らしい姿にガジュは一瞬視線を落とすと、表情を曇らせて言った。

「こいつのように、毛色が白い狼族のことだ。白い毛はこの国では禁忌とされる。ある条件下で生まれてきた者は忌み種と呼ばれ、禍をもたらすとして虐《しいた》げられている」

志郎は言葉を失った。

即座に赤ん坊を見やった。機嫌がよくなったのか、にこにこと笑っている。

こんなかわいい子が、禍をもたらす……？

理解が追いつかない。狼族のヒエラルキーは獣毛の色で決まるというが、生まれもった体質だけを根拠に人の優劣をつける仕組みに激しい嫌悪感を覚える。だが、それは何も狼族に限ったことではないのだろう。地球でも今もどこかで実際に起こっている話で、これまで数多《あまた》の情報を他人事のように聞き流していた志郎は、目の前の赤ちゃんの無邪気な笑顔を見つめながら、初めて湧き上がる感情に胸が苦しいほどざわついた。

「だから、アオたちの様子がおかしかったのか……」

ガジュが「いや」と声を低めた。

「この子を見てあいつらの顔色が変わったのは、自分のことを思い出したからだろう」

「え？」

「あいつらもみんな、忌み種なんだ。忌み種だと知られれば衛兵に捕らわれる。産んだ親も処罰の対象だ。それを恐れて捨てられたあの子たちを、俺が引き取ってここに連れてきた」

淡々としたモモの声が脳裏に蘇った。

――私たちは生まれてすぐ、家の事情で親に捨てられました。

「で、でも……みんな、毛は茶色ですよね。全然白くないじゃないですか……」

「もとの毛は白色なんだ。それを俺が独自に作った毛染め液で定期的に染めさせている。いざという時は染めた毛と俺のフェロモンでどうとでも言い逃れができるからな」

あううう、と赤ちゃんがまたぐずりだした。

ガジュがあやすように揺すり、自分の肩に赤ちゃんの顔を乗せる恰好で抱き上げる。その仕草が妙に板に付いていて、彼の言葉に一層現実味が増した。この屋敷の使用人《あの子》たちはみんな、こうやってガジュに抱っこされて育ったのだ。

「……白毛種は、突然変異か何かなんですか？」

ガジュがちらっと志郎を見やった。一瞬、躊躇うような間をあけて答える。

「白毛種は、狼族と人間との間に生まれた子だ」

志郎は目を瞠り、咄嗟に息を止めた。

「お前も知っての通り、この国で人間は禍をもたらす忌むべき存在だ。当然、狼族が人間とかかわりを持つことは許されない。ましてや子をもうけるなど論外だ。だが実際は、こいつらのように狼族と人間との間に生まれてくる子どもが少なからずいる。お前のように、こちらから働きかけて引き込むことは稀《まれ》だが、泉が涸れても何らかの原因で地球から飛ばされてくる人間がいるんだ。そうして出会った狼族と情を交わし、子を成して、そのまま人間であることを隠して居つく者もいれば、現れた時同様にまた忽然とこの世界から消えてしまう者もいると聞く。残された狼族は、我が子が白毛種だと周囲に知られれば自分も子も何をされるかわからない恐怖に怯《おび》え、子を手放す場合が大半だ」

この得体の知れないまっくろ森は国の監視も届きにくい。そのせいか、時々森の入り口には白毛種の赤ん坊が置き去りにされているのだという。

「俺はこいつらが衛兵に連れて行かれる前に、捨て子の一報が入れば出向いて保護するようにしている。この子たちには何の罪もないんだからな」

ガジュがやるせないというふうに重い溜め息をついた。

森にはガジュが飼い馴《な》らした動物が無数に生息している。彼らは森のパトロールもかねており、捨て子を発見したらすぐにガジュのもとへ知らせに来る。また、外部からの情報はヒジリやトキを介して届き、衛兵や民の目から必死に身を隠し、怯えるように暮らしている者から助けを求められれば、内密に交渉を経て、子を引き取る算段を立てる。

そうやって保護された子どもたちが、ガジュと一緒にこの屋敷で暮らしているのだ。

彼らはガジュが護《まも》ってくれるおかげで、危険に晒されることなく、幸せに生きている。

子どもたちがガジュのことを心から慕い、尊敬しているのがよくわかる気がした。彼はたった一人であの子たちをあんなに立派に育てたのだ。そんな彼を心底すごいと思う。

ぐずる赤ちゃんの背を優しくぽんぽんと叩きながら、ガジュが珍しく遠慮がちに言った。

「この子もうちで引き取るつもりだが、何せまだこの通りの赤ん坊だ。育てていくのはなかなかに大変なんだが――できれば、お前の手も借りたい。協力してくれないか？」

お願いされて、志郎は目を瞠った。二つ返事で「もちろん」と頷く。

「俺ができることは何でもします。だから、みんなで力を合わせてこの子を育てましょう」

ガジュが思わずといったふうに目をぱちくりとさせた。一瞬の沈黙の後、ふっと笑う。

「ああ、そうだな。お前がいてくれると頼もしい。頼りにしている」

やわらかく目尻を下げてそう言われると、志郎の心臓はなぜだか無性に高鳴った。


午後になり、ガジュから連絡を受けたトキたちがやって来て赤ちゃんを診察してくれた。

男の子の赤ちゃんは、最初は元気に声を発していたのに、徐々に口数が減っていった。少し熱もある。

子飼いの伝書鳩がガジュに知らせにきたのが今朝なので、少なくとも一晩を森で過ごしたことになる。厚めの布にくるまれていたものの、夜の森は冷える。ガジュの腕の中で小さな体はぐったりとしていた。

目を瞑《つぶ》った赤ちゃんが物欲しそうに口をぱくぱくと動かす様子を見て、トキが言った。

「ミルクはあるかな？　やっぱりおなかがすいているんだろう」

ベニが急いで哺乳瓶《ほにゅうびん》を持ってくる。受け取ったガジュが赤ん坊に飲ませた。一瞬乳首に吸いついた赤ん坊は、しかしすぐに顔を背けてしまう。ガジュが哺乳瓶を口元に近づけるも、嫌がって口を閉じ、小さな手で押し退ける。油断していたのか、ガジュの手から哺乳瓶が滑り落ちた。乳首が上手く嵌《は》まっていなかったのだろう。外れて中身が床に飛び散る。甘いにおいの白い水溜りが広がってゆくのを見て、志郎たちは揃って溜め息をついた。トキたちが来る前にも、ミルクは何度も飲ませてみたのだ。だが、赤ちゃんは一向に飲もうとしなかった。哺乳瓶には手を伸ばすのに、いざ乳首を吸おうとすると何が気に入らないのかぷいっとそっぽを向いてしまう。

白濁に汚れた床を覗き込み、赤ちゃんがあうあうと手を伸ばす。危ないとガジュが抱き直すと、ミルクから遠ざけられたと思ったのかとうとう声を上げて泣き出した。

「俺、新しいミルクを作ってきます」

志郎は厨房へ走った。厨房の一番奥の棚には、こちらで一般に流通している赤ちゃん用粉ミルクの缶が大量にストックしてあった。今回のような事態に備えてのことだろう。

哺乳瓶の構造は地球で見かけるものと大差ない。志郎は新しい哺乳瓶に粉ミルクを溶かした。熱いミルクを冷ますために両手ごと水桶に突っ込む。「どうか飲んでくれますように」と何度も念じた。

人肌の温度に冷めたミルクを握り締めて部屋に戻る。赤ちゃんはまだ泣いていた。鳴き声はヒトの子どものままだったが、いつの間にか真っ白なふわふわの毛玉みたいな子狼の姿に変化している。声を張り上げてありったけの力で泣くので、小さな体がどうにかなってしまうのではないかと心配になる。

「ミルクを持ってきました」

暴れる子狼にガジュもほとほと手を焼いているようだった。「すまない」と哺乳瓶を受け取ったガジュの首筋には、真新しい引っ掻き傷がいくつもできていた。

「ガジュさん、次は俺が代わります。交代しましょう」

「大丈夫か？」

志郎は頷き、ガジュの腕から慎重に子狼を引き取る。じたばたしているが、やはり物欲しそうに口をパクパクさせている。

哺乳瓶を受け取り、ゆっくりと乳首を子狼の口に近づけた。すぐにぷいっとそっぽを向かれてしまったが、少しすると赤ちゃん狼は気が変わったみたいにくんくんと鼻先を動かし始めた。志郎はタイミングを見計らって再び乳首を近づけてみる。赤ちゃん狼はしばらくミルクのにおいを確かめるように乳首の先を嗅いだ後、ゆっくりと口を開けた。

乳首に吸いつき、ちゅうちゅうとミルクを飲みだす。

「やった、飲んだ……！」

じっと祈るように見守っていたみんなもほっと安堵の溜め息を漏らした。

赤ちゃん狼は物凄い勢いでミルクを飲み進める。半分以上減ったところで、突然ぽんっとヒトガタに変化した。抱いていた志郎の腕にずしんと重みが増したが、咄嗟にガジュが脇から手を差し出して一緒に支えてくれる。

「安心したのかな」とトキが言った。「それにしてもあれだけ拒絶していたのに、どういう心境の変化だろうね。シロくんが作ったミルクは何か特別なにおいでもしたのかな」

一気にミルクを飲み干すと、赤ちゃんはうとうとと眠ってしまった。

トキが脈拍や心音を測り、聴診器を外して驚いたように言った。

「弱っていた心音や腸の動きも回復している。脈拍も正常だし、冷たくなっていた手足や腹も温まっているね。熱は？」

体温計を確認したコンが「下がってます」と、びっくりした声で伝える。

「すごい回復力だね。まるでガジュのフェロモン並みだ。それにしても不思議だよ。シロくんが作ったミルクにだけ反応するなんて、人間には何かそういう特殊な力でもあるの？」

首を捻ったトキにいきなり水を向けられて、志郎は戸惑った。赤ちゃんは血色のいい桃色の頬をしてすやすやと寝息を立てている。ただの偶然だとしか答えようがなかった。

トキたちを見送ったあと、ガジュと一緒に赤ちゃんを寝室に移動させた。

「ぐずってミルクを飲まなかったらどうしようかと思ったが、お前がいてくれて助かった」

赤ちゃんの頭を撫でながらガジュにそんなふうに言われて、志郎は面映《おもはゆ》い気分になった。

「それにしても、不思議なこともあるもんだ。なるほど、人間の特殊な力か……」

「そのことなんですけど、たまたま俺がミルクを作ったタイミングで、この子の機嫌がよくなっただけだと思うんです。俺にガジュさんみたいな特別な力なんてあるわけないですし」

笑い飛ばそうと思ったら、ガジュがちらっとこちらに意味深な視線を向けた。

「……いや、そうとも限らないぞ」

「え？」

赤ちゃんがうーんと険しい顔をした。ガジュが大きな手でとんとんと宥《なだ》めると、再びすやすやと健やかな寝息を立て始める。板に付いた父親ぶりに、志郎は思わず頬を緩ませた。

「元気になってよかったです。そうだ、この子の名前を決めてあげないと」

「そうだな。明日、一緒に決めよう。候補を考えておいてくれ」

「俺が考えてもいいんですか！」

まさか自分にそんな大役が与えられるとは夢にも思わず、志郎は嬉しさに胸を弾ませた。

ガジュに赤ちゃんを任せて一旦厨房に戻る。浮かれた気分のまま厨房に入ると、子どもたちが頭をくっつき合わせて何かを取り囲んでいた。

「どうかしたの？」

訊ねると、はっと四人が頭を上げた。彼らが覗き込んでいたのは水桶だった。

「あの、シロ様」とアカが戸惑うように言った。「この水、火にかけましたか？」

「え？」志郎は首を横に振った。「ううん、何もしてないけど」

「では、砂糖をこぼしたりとかは」と、ベニがおかしなことを訊いてくる。

「砂糖？　水の中に？　ううん、こぼしてないけど。哺乳瓶を冷ましただけだよ」

志郎の返答に、四人は「そうですか」と、不思議そうに顔を見合わせる。

「砂糖って、何でそんなこと……もしかして、この水が甘くなってるとか？」

冗談のつもりだったが、神妙な顔つきの子どもたちは揃ってこくりと頷いた。

「そうなんです。冷たい水を汲んだはずなのに、先ほど触ってみたら何だかやけにぬくまっているし、甘いにおいまでして、舐めてみたら本当に砂糖水のように甘くなっていて……」

「えっ、でも俺が哺乳瓶を突っ込んだ時は冷たかったよ。それに、ちょっと飛沫《しぶき》が顔にかかったけど、舐めても普通の水だったし……あれ？　本当だあったかい」

桶に手を突っ込むと、確かに水は一度火にかけたかのように温まっていた。哺乳瓶を冷ましただけではここまで熱くならない。恐る恐る濡《ぬ》れた手の甲を舐めてみる。

「うわっ、甘い。何これ、何でこんなことになってるんだ……？」

誰もが首を傾げる。結局、原因がわからないまま、志郎は生温い砂糖水を庭に流した。

翌日。

厨房でベニと昼食の仕込みをしていると、庭から「うわあっ！」と叫び声が聞こえた。

志郎たちは勝手口から外に飛び出す。裏庭へ急ぐと、アオが目を丸くして立っていた。

「アオ！　どうしたの？」

はっと振り向いたアオが口をパクパクさせて言った。

「シロ様、見てください！　昨日毟《むし》ったばかりなのに、一晩で雑草がこんなに伸びて……！」

指でさし示された場所に志郎とベニも視線を転じる。そこには青々とした草花が四方八方に茎葉を伸ばし、所狭しと生えていた。ベニも「うそでしょ」と、顔色を変える。

志郎も目を疑った。確かに昨日確認した時は、ここ一帯の草は綺麗に取り除かれていたはずだ。あの奇妙な桶の砂糖水を流したのがちょうどこの辺りで、茶色い地面が見えていた。

それが、一晩でここまで育つとは、一体どういうことだろう。

土の色が見えないほど緑で覆われている一角を凝視して、志郎は首を傾げる。

茫然と溜め息をついたベニとアオが、考えても仕方ないと雑草に手をかけた。昨日の庭掃除の当番はこの二人だ。自分たちの背丈ほども伸びた草を引っこ抜き始める。

「俺も手伝うよ」と、志郎も雑草を摑む。だが、ふと違和感を覚えて手を止めた。

「あれ？　この草って……」

まじまじと見やる。それがただの草でないことに気がついた途端、慌てて声を上げた。

「ちょ、ちょっと二人とも、待って！　抜くのはストップ！」

大きなカブを引き抜くみたいに、根を張った草を協力して引っ張っていた二人が揃ってこちらを向く。志郎は言った。

「抜くのは一旦やめよう。もしかしたらここの草全部、雑草じゃないかも」

二人が目をぱちくりとさせる。志郎は引き抜いてしまったそれを彼らに見せて言った。

「これ、レモンバームっていうんだ。ハーブの一種でいいにおいがするんだよ。ほら」

摘み取った葉先を差し出す。二人が戸惑い顔で志郎の手に顔を近づけた。くんくんと鼻を動かし、「あ、本当だ」「いいにおい」とびっくりする。

「でも」とアオが困ったように言った。「いいにおいはするけど、草ですよね。放っておいたら庭が大変なことになります。ガジュ様にも雑草は抜くように言われていますし」

「ということは、今までこれを全部処分してたってことか……」

彼らはハーブと聞いてもまったくピンとこないようだった。専門的な知識がなければ雑草と薬草の判別は難しい。もったいないが、知らなければ処分しても仕方のないことだ。

「ハーブはいろいろな使い道があるんだよ。地球では昔から薬用植物として使われていて、たとえばこのレモンバームは鎮静効果や鎮痛効果がある。不眠症や消化器系に効くんだ。においを嗅ぐだけでリラックス効果も期待できるし、食用としても使えるんだ。爽やかな香りがするからお茶に浮かべてもいいし、料理の香り付けとか、もちろんお菓子にだって使えるよ」

「お菓子！」

途端に二人の目が輝いた。

「そうだな、クッキーとかスコーンとか。マフィンも美味しかったっけ。レモンバームはシフォンケーキにも使ってみたかったんだけど……」

その前に以前の職場を離れたのだ。当時、店で取り扱うハーブティーの種類を増やすことになり、同時にハーブを使ったスイーツを何点か作りたいとシェフが言い出した。もともとハーブに興味があった志郎は、寝る間も惜しんで独学で得た知識をもとにいくつかのレシピを考案したのだ。しかし結局、それらをシェフの前で披露することはなかった。あの時のレシピは形にならないまま、ずっと志郎の頭の中で燻《くすぶ》っている。

「お菓子に使えるなら、この雑草は抜いちゃダメですね」

「シロ様、こっちのお花もはあぶとやらですか？」

「それはカモミールというんだよ。『子どもの万能薬』とも言われていて、いろいろな体の不調に効果があるんだ。こっちにもリンゴはあるでしょ。ほら、この前アップルパイを作った赤くて丸い果物。あのリンゴみたいな甘い香りがするからハーブティーがお勧めかな」

「アップルパイ！　あのお菓子も絶品でした」

「はあぶを使うと、美味しいお菓子がたくさん作れるんですか？」

「うん。美味しいし、体にもいいし、一石二鳥」

おおっと大仰に感動した二人は、抜きかけていたハーブをせっせと土に埋め直す。

「シロ様は物知りですね。僕たちにももっとはあぶのことを教えてください」

「美味しいお菓子もいっぱい作ってくださいね。ガジュ様も喜びます」

その時、「準備ができたぞ」とガジュのよく通る声が響き渡った。

志郎たちは急いで表に回る。ちょうど玄関からアカとモモと、特別に休みをもらって来ているコンが出てきて、みんなで大きな木の下で待つガジュのところへ向かう。

ガジュは広い背中に赤ちゃんを負ぶっていた。今日も先ほど志郎がミルクを飲ませたばかりなので、おなかがいっぱいになったのか気持ちよさそうにすやすやと眠っている。

「揃ったな」

ガジュが全員の顔を端から順に見渡す。彼の前には大きな盥《たらい》が二つ据えてあった。一つは茶色に色付けされた水が張ってあり、もう片方は透明な普通の水だ。

今日は月に一度の毛染めの日である。子どもたちの毛の色を染める液は、ガジュがある鉱物から特別に配合した顔料に彼自身のフェロモンを混ぜたもので、伸びてきた白毛を茶に染めると同時に黒狼族のマーキング効果もあるという。白毛を隠すために必要な儀式なのだ。

「よし、お前らも準備しろ」

「はい！」と、五人が元気よく返事をし、いそいそと服を脱ぎ始めた。その間に志郎はガジュから敷布を渡され、それを日当たりのいい場所に敷くように指示される。芝生《しばふ》の上に敷布を広げていると、素っ裸になった子どもたちが次々と子狼の姿に変化しだした。子狼たちはとてとてと行進し、年長者から順にぴしっと一列に並んで盥の前で止まった。

「順番に一人ずつだぞ。ゆっくり頭まで浸かったら、むこうでブルブルだ」

『はい！』

一番手はアカだ。盥に前肢《まえあし》をかけると、器用に後ろ肢を使って縁を乗り越える。とぷんと茶色い水に浸かった。大きく息を吸い込み、ガジュに言われた通り一気に頭まで潜る。数秒後、水面から『ぷはっ』と子狼が顔を出した。「よし、上がって来い」とガジュが言い、アカは再び肢を器用に動かして盥から出る。

茶色い水を滴《したた》らせながらアカはとてとてと歩き、志郎たちから十分に距離をとった場所まで移動すると、思い切りブルブルと体を振った。きらきらと水滴が飛び散る。

もふもふの毛がぺちゃんとなって、いつもより二回りほど小さくなったアカがこちらへ戻ってくる。志郎が広げた敷布に上がると、ころんと仰向けに寝転んだ。

陽光の降り注ぐ頭上は雲一つない青空が広がっている。

「ひなたぼっこをしているうちに色が馴染む。あとは水で流して濯《すす》げば完了だ」

「なるほど、そうやって毛染めをするんだ。いい天気になってよかったですね」

志郎はガジュのサポートに回る。順番に盥の中に入る子狼たちの様子を見守りつつ、手間取っている子がいればすかさず手を貸した。あっという間に毛染めが終わり、五匹揃って敷布の上にころころと寝そべっている姿はなんともかわいらしい。

ひなたぼっこをする子狼たちに癒されていると、ガジュに呼ばれた。

「チビが目を覚ました。ちょうどいい、こいつの毛も染めるから手伝ってくれ」

ガジュの背中で眠っていた赤ちゃんは、いつの間にか目をぱっちりと開けていた。

「おい、チビすけ。今からお前のこの白毛を茶色く染めるからな。お前がここで生きていくのに必要なことだ。心配するな、怖いことは何もしない」

「あー、あうあう」

背中から下ろした赤ちゃんが、志郎の腕の中で嬉しそうにはしゃぐ。ガジュは「しっかり抱いていろよ」と志郎に言うと、赤ちゃんの鼻先に自分の人差し指を当てた。すると次の瞬間、赤ちゃんは真っ白な毛玉みたいなもふもふの生き物に変化する。思った以上に小さいふかふかとした赤ちゃん狼が腕の隙間から滑り落ちそうになり、志郎は慌てて抱きしめた。

「ガジュさん、この子も盥の中に入れるんですか？　溺《おぼ》れちゃいそうなんですけど」

顔を上げると、そこにいたはずのガジュの姿がない。『こっちだ』と下方から声がした。

視線を落とすと、立派な黒狼の姿に変化したガジュがこちらを見上げていた。

『さすがにチビすけを一人で潜らせるわけにはいかないからな。お前はそいつを外から支えながら水に浸けてやってくれ。俺が一緒に中に入る』

「はい、わかりました」

まず先に盥の中にガジュが入った。大きな盥がガジュだけでいっぱいになる。

その隙間に志郎はそっと赤ちゃん狼の下半身を沈めた。

冷たい水の感触にびっくりしたのか、白い毛玉がびくっと震える。

「大丈夫、怖くないよ。ガジュさんがいるからね」

志郎が頭を撫でて宥めると、赤ちゃん狼はいくらか安心したようだった。人間の赤ちゃんと違って、動物の赤ちゃんは生まれてすぐに自分の力で動ける。狼族もそこは同じようで、好奇心旺盛の赤ちゃん狼は水を怖がる様子もなく、楽しそうに四肢をばたばたとさせた。

『おい、暴れるな』

ガジュが困ったやつだとばかりに赤ちゃん狼の首を甘咬《あまが》みする。志郎から小さな体を引き取り、前肢で支えながら毛染め液をたっぷりと含ませた自分の尻尾を筆のように操って頭や顔を撫でてやる。真っ白な毛はあっという間に全身薄茶色に染まった。

盥から上がり、ガジュが『こうやるんだ』と大きな体をぶるんぶるんと振ってみせた。

地面に座った赤ちゃん狼はぽかんとしていたが、ガジュに促されて短い四つ肢で立ち上がる。教わった通りにぶるっと体を震わせた。『上手いぞ、もう一回だ』とガジュ。拙《つたな》い動きで何度か同じ動きを繰り返し、水滴を払った。その後、ガジュに首根っこを銜《くわ》えられて敷布に移動する。ころんと転がされると、隣で気持ちよくひなたぼっこをしているお兄さんお姉さんに倣って、自分も嬉しそうにころんと転がった。すぐにうとうとと瞼が下がる。

ガジュは引き返して水の盥に入り、毛染め液を洗い流していた。

自分のフェロモンを混ぜ込んだ染料液なので、ガジュ自身の獣毛が染まることはない。水から上がったガジュがぶるんぶるんと豪快に体を震わせる。漆黒の艶《つや》やかな獣毛から大量の水滴が飛び散る。シャワーのように降り注いだ水滴の向こうに小さな虹が生まれた。

こちらの世界でも虹という現象はあるらしい。少し感動しつつ、志郎は傍に置いてあった籐《とう》カゴの中からバスタオルを一枚手に取る。

「お疲れさまです」

狼姿のガジュがこちらへやって来た。志郎が広げたバスタオルに自らの顔を埋めると、ちらっと上目遣いに何やら訴えてくる。拭いてくれ。そう言われているのだと察する。

志郎は頷き、バスタオルで大きな狼の体を包み込んだ。両手で優しく獣毛を拭いてやる。

大方吸い取ったかなと思った頃、ガジュがいきなりぽんっとヒトガタに変化した。

「わっ」と驚いた志郎は大きく仰《の》け反《ぞ》る。ぐらついた体をガジュが即座に背中に腕を回して支えてくれた。「危ないだろうが、一人で何をバタバタとやってるんだ。大丈夫か」

「だ、大丈夫です。すみませ……んっ⁉」

視線を落とした途端、目に剝き出しの下半身が飛び込んでくる。志郎は大いに焦った。

「うわっ、ごめんなさい！」

反射的に顔を撥ね上げる。その拍子に、ガツッと口もとに激しい衝撃がぶつかった。

「うっ……！」

「……っぅ！」

志郎はあまりの痛みに口を押さえた。歯が当たって唇が切れたかもしれない。涙目で見上げると、両腕で志郎の体重を支えているガジュの苦悶《くもん》に歪んだ顔が見えた。

唇が赤い。うっすらと血が滲んでいることに気づく。

志郎の口の中にもじわりと錆《さび》の味が広がった。自分が暴れたせいで互いにぶつけたのだ。ガジュに怪我を負わせてしまったことを申し訳ないと思いつつ、志郎は切れた唇を舐めながらふとあることに気がつく。ぶつかったのが同じ唇ということは、つまり――。

「おい、シロ。どうした、大丈夫か？」

視界いっぱいに心配するガジュの顔が広がった。

心臓がどくんと強く脈打ち、志郎は瞬時に我に返った。

「あっ、だ、だだ大丈夫ですっ」

「何だ、声が変だぞ。おい、ここをぶつけたのか？　血が出ているぞ」

「うっ、いやっ、こ、これくらい、舐めてれば治りますよ。ガジュさんこそ、大丈夫ですか。すみません、俺のせいでその……ここ、怪我させちゃって」

どぎまぎしながら血の滲む唇を指さす。ガジュが軽く目を瞠った。「ああ、問題ない」と、赤い舌を突き出してぺろりと切れた唇を舐める。

その仕草が妙に艶《なまめ》かしく感じられて、志郎は慌てて彼から目を逸らした。かあっと頬が熱を帯び、心臓がうるさいほどどくどくと鳴り響いている。

ふいにガジュがくしゅんとくしゃみをした。

「あ、すみません。早く拭いて下さい」

すぐさま現実に引き戻された志郎は、急いでガジュの腕の中から体をどける。ヒトガタになった滑らかな肌はまだしっとりと湿っていて、慌てて新しいタオルを差し出した。

「ああ、悪い……くしゅっ」

「早く服を着ないと。何でいつも裸なんですか。服を着たまま変化できるのに」

志郎は脱ぎ捨ててあった彼の服を掻き集めて渡す。本来、狼族の変化は気のコントロールにより衣服まで再生可能のはずである。それなのに、ガジュはわざとのように度々衣服を脱ぎ捨てては、裸体のまま変化するのだ。変化が未熟な子どもと一緒だ。

目のやり場に困っていると、ガジュが面倒くさそうに言った。

「自分の屋敷だ、わざわざ気を使う必要はないだろう。この方が楽なんだ。いい天気だからこのままあいつらと一緒に日光浴でもするかな。シロも脱いだらどうだ。気持ちいいぞ」

「ダ、ダメですよ！」と、志郎はわけもわからず顔を熱くして却下した。

「風邪をひきますから、ちゃんと服を着て下さい」

「そんなにやわじゃない。そう言いながら、お前だって赤ん坊の頃は……」

ふいにガジュが口ごもった。バツが悪そうに視線を揺らめかせた後、「……そうだな、風邪をひいたら困るからな」と呟き、おとなしくシャツに袖を通す。

「そういえば、チビすけの名前は考えたのか？」

急に話題が変わって、志郎は浮ついた思考を引き締めた。敷布の上に仲良く並んで寝そべっている六匹の子狼たちを微笑ましい気持ちで眺める。

「はい。一応、俺なりに考えてみました。確認なんですけど、みんな色の名前がついているんですよね。たぶん、地球の発音で」

「地球にしばらく滞在していた時に、光一郎から教えてもらった。色一つ一つの呼び名がとても綺麗な響きだと思ったんだ。光一郎の作る菓子は色彩に溢れていて本当に美しかった。こいつらにも色とりどりの未来を送ってほしいと……まあ、そんな願いも込めて、な」

ガジュが少し照れ臭そうに鼻の頭を掻いてみせる。目が合って、志郎は微笑んだ。

「あの赤ちゃんの名前は、『ギン』ってどうでしょうか」

「ギン？」

「そうです。銀色のギン。色の名前だし、みんなとお揃いの二文字だし」

志郎は敷布の方を見た。釣られるようにガジュも視線を転じる。綺麗に染まった赤ちゃん狼の獣毛が、陽光を反射してキラキラと銀色の光の粒を放っている。

「あの子の未来もキラキラと光り輝くものになってほしいです」

「ギン、か」

ガジュが眩しそうに目を眇めて頷いた。

「いいんじゃないか。うん、いい名前だ。よし、チビすけの名はギンで決定だ」

「え、いいんですか？」

あまりの即決に、志郎は驚いて訊き返してしまう。ガジュが怪訝そうに首を捻った。

「何だ、駄目なのか？　お前がチビすけのことを思って一生懸命に考えた名前だろうが」

「それは、そうですけど……」

「なら問題ない。今からあいつはギンだ。名付け親はシロ、お前だからな」

ガジュがにっと笑う。途端に心拍が跳ねて、志郎は体温がぐんと上がった気がした。胸の奥で何かが芽吹いたような、そんな高揚感が湧き上がってくる。

高鳴る心臓の音を聞きながら、六匹のかわいらしい寝姿を目に映す。平穏な光景は幸福そのものだ。兄姉の一番右端で大胆な大の字になって腹を見せているギンを見つめた。

この子を、この子たちを、ガジュと一緒に守ってやりたい。そう心の底から思う。

ふいに、ゴキッと隣から奇妙な音が聞こえてきた。

見ると、ガジュが浮かない顔をしてぐるぐると肩を回していた。肩凝りだ。

長時間キャンバスと向かい合って座り、筆を動かし続ける彼の職業病とも言えるだろう。

更に、昨夜は遅くまで針仕事をしていたようだから、疲労が増しているに違いない。

トキがガジュは手先が器用だと言っていたが、どうやらこのことを言っていたらしい。

夜更かしをしてまで何をこそこそと作っていたのかというと、ギンのよだれかけだった。

引き出しを開けると、どういうわけか見覚えのないよだれかけが増えていて不思議だったのだけれど、それらはすべてガジュが手作りしているのだというから驚いた。

よだれかけだけでなく、ギンの服や靴下などもすべてガジュのお手製だ。子どもたちが身につけている髪飾りや蝶ネクタイもそう。ガジュから貰《もら》ったとは聞いていたが、まさか本人の手作りだとは思わなくて心底びっくりしたのである。

——気分転換だ。仕事に行き詰まった時は、頭を切り替えるために一度無になってひたすら指先だけを動かすんだ。まあもとから、こういうチマチマとしたことが好きな性格のようだからな。趣味の一環だ。何だ、どうせ俺には似合わないとでも思ってるんだろ……ふん。

そんなふうにガジュが話してくれたことを思い出した。志郎は慌ててかぶりを振ったが、ガジュは拗《す》ねた素振りをして不貞腐れていた。確かに意外に思ったが、同時にそういう彼を好ましいとも思ったのだ。子どもたちのために裁縫をする姿を想像して素敵だと思った。本人に率直な感想を告げると、そっぽを向いていたガジュがちらっとこちらを振り返り、「そうか？」と、はにかむように笑ってみせたのが印象的だった。

とはいえ、夢中になると寝食を忘れて作業に没頭するきらいがあるので、注意が必要だ。

「毎日忙しいですもんね」

志郎が菓子を差し入れるようになってからというもの、すこぶる調子がいいガジュは、精力的にどんどん仕事をこなしていた。

それまでほとんどしなかった外出も積極的にするようになった。仕事の打ち合わせが入ったとヒジリが迎えに来ることもあれば、一人で馬に乗って出かけたりもする。遅くに戻ってきてそのままアトリエに籠《こも》る日もあり、疲れが溜まっているのではないかと心配になる。

一方の志郎はというと、ここ最近は頻繁にアトリエに呼ばれてモデルを務めている。彼の役に立てるのならと嬉々《きき》として出向くのだが、その最中にすやすやと寝入ってしまうダメっぷりは相変わらずだ。そして翌朝、ガジュのベッドで目を覚ますという体《てい》たらく。黒狼姿のガジュに抱きついて眠っていたり、もしくはヒトガタの彼に添い寝をしてもらっていたり、はたまた全裸の彼に腕枕をされていたこともあった。

志郎が寝落ちした後も、ガジュは一人で黙々と作業を続けていたはずだ。仕事が捗るのはいいことだが、体を壊しては元も子もない。

だるそうに首を前後に倒しているガジュを見て、志郎は居ても立ってもいられなくなる。急いで彼の背後に回ると、「失礼します」と断って、彼の分厚い両肩に手をかけた。

ガジュが一瞬、びくっと大きな体を震わせる。

「ああ、やっぱりすごく硬くなってますね。この辺、なかなか指が入らないですよ」

狼族といっても、人間と同様に無理をすれば怪我をするし体調も崩す。黒狼族のガジュだって例外ではない。

祖父母にそうしていたように、指で筋肉をほぐしながら丁寧に揉《も》んでいると、ガジュの体から徐々に力が抜けて志郎に預けてくれるのがわかった。

「お前が触れた箇所から、溜まった疲れが一気に吹き飛んでいく気がするな。自分の治癒力に任せるよりもよほど回復効率がいい」

「俺でよければいつでも揉みますよ。肩が凝ったらすぐに呼んで下さい」

「ああ、今度からそうする。この体はお前と相性がよさそうだ。お前の魔法の手に任せる」

ガジュが視線だけで振り返り、ふっと微笑む。志郎ははにかみつつ、顔の火照りを感じた。

「そういえば、さっき裏庭で騒いでいたようだが、何かあったのか」

「え？　ああ、はい。実は、昨日草むしりをしたはずの場所に、どういうわけか一晩で草が生い茂っていたんです。不思議だねって話してたんですけど、実はそれが雑草じゃなくて」

「雑草じゃない？」

「そうなんです。今まで気がつかなかったんですけど、あれって全部ハーブなんですよ」

「はあぶ？」と、ガジュが首を傾げた。

「ハーブというのは、香りや風味がある有用植物です。地球では薬品や食用、その他にも様様な用途に用いられて、生活に役立つ植物として親しまれてるんです」

「そんなものがこの屋敷の庭に生えていたのか」

「今までは雑草として処分していたみたいですね。でも、宝の山だからもったいないなと思って。それで相談なんですけど、俺に裏庭の植物の管理を任せてもらえませんか。ハーブは料理やお菓子にも使えるんですよ。ガジュさんのおやつにも是非入れてみたいなと……」

「許可する。お前の好きにしろ」

即答された。どこか嬉しげなガジュは興味津々に続ける。

「そのはあぶとやらは菓子にも使えるんだろ？　はあぶの入った菓子を食ってみたい」

子どもたちと同じように声を弾ませるものだから、志郎は思わず笑ってしまった。

「香りがとてもいいのでお菓子との相性も抜群だし、お茶にするのもお勧めです。そういえば、ローズマリーも生えてました。血行をよくするハーブなんで、あとでフレッシュハーブで淹れたお茶をお持ちしますね。肩凝りや疲労回復に効くんですよ」

嬉々として話すと、やわらかく目尻を下げたガジュが感心したように言った。

「お前はすごいな」

志郎が首を傾げると、ガジュはゆっくりと言葉を噛み締めるみたいな物言いで続けた。

「本当に、すごい。俺たちが知らないことをたくさん知っていて、お前はその知識と技術を惜しみなく使い、俺たちの生活をよりよいものにしようと努力してくれている。お前が作る菓子は、もう俺たちの生活になくてはならない大事なものだ。更に、俺たちには雑草だらけにしか見えない庭が、お前にとっては宝の宝庫だと言う。お前はそのはあぶを使って、また別の新しい何かを俺たちにもたらしてくれるのだろうな」

振り返ったガジュと目が合った。視線を甘く搦《から》め捕られて、みるみるうちに志郎の心拍は妖《あや》しく跳ね上がる。同時に、高鳴る胸の奥から歓喜が込み上げてきた。かつて仕事の合間を縫ってコツコツと学んだ知識は決して無駄じゃなかった。そう思えたことが嬉しかった。

ガジュが微笑んで呟く。

「お前が地球で多くのことを学び、その成長をこうやって間近で見られるのが、俺は楽しみで仕方ない」

「？」

何か引っ掛かる妙な言い回しだと思ったが、訊き返すより先にガジュに腕を摑まれた。そのまま強い力に引き寄せられる。ガジュの後ろで膝立ちしていた志郎は上手い具合にくるりと体が反転して、すとんと腰を落とす。気づくと志郎はガジュの膝の上に座っていた。

「――わっ！　す、すみません……っ」

慌てて体をどけようとしたら、なぜか背後からガジュが両腕を回してきてがっちりと囲い込まれてしまう。身動きできなくなった。

「……あ、あの」

尻をもぞもぞとさせたその時、ズボンのポケットからころんと何かが飛び出した。気づいたガジュが手を伸ばしてそれを拾う。大きな手のひらに乗っていたのは白い編みぐるみだ。尻に踏み潰されてへしゃげたその子が円《つぶ》らな瞳で健気に見上げてくる。志郎はガジュから受け取ると、編みぐるみを優しく両手に包んで丁寧に指先で形を整えた。

「随分とかわいがっているんだな」

「もう兄弟みたいなもので。生まれた時からずっと俺の傍にいてくれたワンちゃんだから」

「ワンちゃん?」と、ふいにガジュが怪訝そうに口を挟んだ。

「この子、イヌなんですけど——そう見えませんかね? モモにはシロクマとか言われちゃって。ブサかわで……えっと、ちょっとブサイクだけど、そこがまたかわいいんですよ」

「……ブサイク?」

「そういえば、他の子たちにもキツネだとか、タヌキやブタとか、いろいろ言われました。誰もイヌだとは思わなかったみたいで……もしかしたら、未知の生物なのかもな」

思い出し笑いをする志郎とは対照的に、なぜだかガジュは眉間に皺を寄せて険しい顔をしている。「シロクマにキツネにタヌキにブタ? あげくの果てには未知の生物だと?」と、何やらブツブツ呟いていた彼は、気を取り直すように一つ息を吸った後、志郎に訊いてきた。

「以前、そいつはお前のお守りだと言っていたな。ちゃんと役目を果たしてくれたか」

「はい、それはもう。いつも傍にいて俺のことを見守ってくれてましたから。つらい時も、悲しい時も、この子にどれだけ勇気づけられてきたか……」

はたと我に返り、志郎は俄に恥ずかしくなった。編みぐるみに対する熱い思いを語ってしまった。だが、黙って聞いていたガジュは目を細めて嬉しそうに微笑んでいる。

「そうか、お前の味方になって守ってくれたのならよかった。この……イヌも、本望だろう」

編みぐるみを指先でつんつんとつつき、「よくやった」と労《ねぎら》いの言葉をかける。そんな意外すぎる仕草に、志郎は思わず笑ってしまった。

「何がそんなにおかしいんだ?」

背後から囁かれた。びくっと肩を揺らした志郎の腰に逞しい腕が絡みつく。引き寄せられて、たちまち彼の膝の上から胡坐の中へとすっぽり収まってしまった。移動する最中、目の端に血の止まったガジュの唇が映り込み、一度は収まっていた動悸が激しくぶりかえす。

そよそよと微風《そよかぜ》が二人を包み込むように流れてゆく。

なぜこんなことになっているのだろうか。

頬を火照らせ、ぐるぐると考える志郎の頭を、ガジュがおもむろに撫でてきた。

まるで幼子にそうするように、よしよしいい子だと褒めて愛おしむみたいな優しい撫で方に、志郎は戸惑いを隠せない。

また、子ども扱いだ……。

内心で不満に思うも、頭を撫でる優しい手つきは決して嫌なものではなかった。むしろ、もっと撫でてほしいとすら思ってしまう。

静かで、穏やかで、息をするのも躊躇われるような甘い時間がゆっくりと過ぎてゆく。

子どもたちが目を覚ますまでのしばらくの間、志郎はガジュの膝の上で借りてきた猫のようにおとなしく撫でられ続けた。

■6■

最近、頻繁に見る夢がある。

ふわふわとした心地よいまどろみに身を委ねながら、志郎はぼんやりとああ、またあの夢だと思った。どこからかきゃっきゃと子どもの甲高い声が聞こえてくる。

夢の中で、志郎は傍観者に徹する。自分の夢というよりは、誰かの夢を盗み見しているような、そんな奇妙な感覚だった。

目の前にまるでスクリーンが下りたみたいに、とある光景が映し出された。

白銀色《しろがね》の赤ちゃんと漆黒の美しい毛並みをした狼が仲良く戯《たわむ》れている。

赤ちゃんがハイハイをしながら、「がじゅ、がじゅ」と嬉しそうに呼んだ。

その声に応えるように、黒狼がゆったりとした動作で追いかける。鋭い双眸は、時に心配げな色を帯び、しかし屈託のない笑顔を向けられると優しく微笑んだ。

『おい、あまりそっちに行くな』

真っ白な尻尾をふりふりさせて進む赤ちゃんを狼が制止する。

『もっとゆっくり動け。危ないだろうが、手足が短いくせに』

「あうっ、がじゅ、がじゅ、こっち」

にこにこと笑う赤ちゃんに、一瞬厳しい表情を見せるも、やがて彼は諦めたように小さく息をついた。やれやれとばかりに歩み寄り、白桃のような瑞々《みずみず》しい頰をぺろぺろと舐めてやる。赤ちゃんがくすぐったそうに首を竦めて、きゃっきゃとはしゃぐ。

「がじゅ、がじゅ」

『何だ？』

「だいしゅきよ」

赤ちゃんが笑う。狼は少し驚いたように目を瞠り、そして、眩しそうに微笑んで言った。

『ああ。俺も大好きだよ……シロ』

そこではっと唐突に意識が覚醒した。

カーテンの隙間から朝陽が差し込んでいる。

志郎はぼんやりと真っ白な天井を見上げた。このところ新作の絵のモデルを頼まれてガジュの部屋に入りびたっていたから、自室のベッドで眠るのは久しぶりだった。

この部屋であの夢を見たのは初めてかもしれない。しかも、いつもと様子が違っていた。

「何で、ガジュさんがあそこで俺の名前を呼ぶんだよ。どう考えてもおかしいだろ……」

物理的に間違っている。とはいえ、夢につじつまを求めるのもおかしな話だ。しかし、夢は願望の表れとも言うし。

ふいに耳の奥でガジュの低くて甘い声が蘇った。

――俺も大好きだよ……シロ。

急に心臓がどくどくと鳴りだした。

あの声で『シロ』と呼ばれたら。優しく微笑む相手が自分だったら。真っ向から大好きだと伝えて、相手も同じ気持ちを返してくれたら。深層心理で、自分がそんなことを望んでいたのだとすればいたたまれない。

とんだ妄想だ。

こんなのまるで、俺がガジュさんのことを……。

たちまち火を噴いたみたいに顔が熱くなって、志郎は両手で覆う。しばらくの間、ベッドの上でじたばたと左右に転がりながら激しく身悶《みもだ》えた。


屋敷の庭はまさしく宝の宝庫だった。

レモンバーム、カモミール、ローズマリーにタイム。料理によく使われるパセリやバジル、セージも発見。サラダに最適なルッコラ、カレーやシチューなどの煮込み料理に使われるローリエの木。見覚えのある紫の花が咲いていると思ったら、ラベンダーだった。

見れば見るほどそこら中にハーブが生えている。

本来なら種類ごとに栽培方法が異なるため、こんなふうに何種類ものハーブがごちゃまぜになって生えることはないのだが、どのハーブも枯れることなく生き生きと育っている。育ちすぎるくらいだ。

青々と広がったハーブの海を見て、ガジュも驚いていた。というのも、彼も草むしりを終えたばかりの裏庭をギンを連れて散歩がてらに確認していたからだ。

なぜこうなったのかは謎だった。ただ、前日の夜に志郎がそこに例の砂糖水を撒《ま》いた話をすると、ガジュはふいに黙り込み、何やら思案に暮れていたようだった。

大量発生したハーブは品質も極上のものだ。

ミントが生えてなかったのは幸いした。繁殖力の強いミントは、他のハーブと一緒に植えると成長を阻害してしまう恐れがある。使い勝手がいいので少しあると嬉しいのだけれど。

そんな世間話がガジュからヒジリへと伝わり、なぜか数日後、噂を聞きつけたトキが引き抜いたばかりのミントの株を摑んでやって来た。

「いやあ、こんな害草を好んでほしがるなんて、人間って面白いよね」

トキはまるでゴミを託すみたいにミントを志郎へ渡してきた。

「ありがとうございます。わあ、綺麗な緑色。爽やかないい香りがしますね」

「全然爽やかじゃない！　ちょっとは枯れてくれたらいいのに、どんどん育って毎回草むしりが大変なんだ。コンも文句を言ってるし、うちの庭のを全部もらってほしいくらいだよ」

うんざりと上着のポケットから折りたたんだ紙を取り出す。そこにはまるで賞金首の似顔絵みたいにガジュ作のミントが描かれていた。ちなみにコンは風邪気味で留守番だそうだ。

「ミントは繁殖力も生命力も物凄く強いハーブで、放っておくと地面に根を張ってどんどん増えるんです。だから、鉢やプランターで育てないと後々大変なことになるんですよね」

志郎はまるで親の仇のように根こそぎ引き抜かれたミントを受け取って苦笑する。これは先端から少し下の部分をカットして、水を入れたグラスに挿しておけばいい。しばらくして根が出てきたら鉢に植え替えるつもりだ。

「でも、ミントには実は様々な効能があるんですよ。鎮静効果があって、ミントに含まれているメントールっていう物質は、スッとした爽やかな匂いの素で嗅ぐと頭もすっきりします。他にも血行を改善したり、ストレスを和らげたりする効果も期待できるんです」

「……へえ」と、トキが意外そうな顔で志郎を見つめた。

「シロくん、詳しいんだね」

「独学ですけど、ハーブの勉強をしていたんで」

「それって、医療にも使えたりするの？　もう少し詳しい話を聞かせてもらえるかな」

トキが興味津々に志郎の手を両手で握る。すかさず背後から別の腕が伸びてきて、トキの手をぴしゃりと払い落とした。志郎の体は後方へと引っ張られ、トキから引き離される。

「おい、うちの子に何をしている。好色ケダモノ医師め」

二人の間に無理やり長軀を割り込ませてきたのはガジュだった。トキが肩を竦めた。

「ひどい言い草だなあ。ちょっと話してただけなのに」

「話すだけで手を握るのか、ヤブ医者は」

「あー、そんなことを言うなら、もうチビすけちゃんの定期健診は他の医者に任せてくれるかなあ。ヤブじゃないどっかの立派なお医者様に」

「……ギンを診に来たのならさっさと上がれ」

「ギン？」とトキが目をぱちくりさせた。「へえ、ギンって名前をつけてもらったんだ」

「ああ、シロが名付け親だ」

「へえ、ギンかあ。いい名前だね、さすがシロくん」

「そうだろう。俺も気に入っている」

得意げに胸を張るガジュを置いて、トキは「はいはい」とさっさと屋敷に上がる。会えば喧嘩《けんか》腰の会話の応酬になるのは、気心知れた彼らならではだ。つまりは仲がいい。

ギンの定期健診が終わり、異常なしと告げられた。

「何日か見ないうちに、随分と大きくなったねえ。ミルクもよく飲んでいるようだし、毛色は綺麗な薄茶に染めてもらったみたいで艶もいい。ブラッシングはシロくんがしてるの？」

「はい。割と触られるのは好きみたいで、おとなしくブラシをかけさせてくれます」

兄姉たちは互いにブラッシングをしあっているが、ギンはまだブラシを持てないので志郎がしてやっている。ついでにガジュにも頼まれて、彼のブラッシング担当にまでなってしまった。それを聞いたトキが、「すっかりシロくんに甘えてるなあ」と呆れたように笑った。

志郎はテーブルについたガジュとトキにお茶をサーブする。今日のおやつはハーブ入り特製シフォンケーキだ。お茶はフレッシュなミントをたっぷり使ったハーブティー。

「んー、美味しい！　今頃、コンは悔しがっているだろうなあ。あの子はこの前ここで食べたくっきーの味が忘れられなくて、絵を壁に貼って毎日拝んでるんだよ」

かわいいでしょ、とトキが笑い、志郎も想像すると嬉しくて思わず頬を緩ませた。

「このけえき、いい香りがするね。柑橘《かんきつ》系の爽やかな甘さがクセになる」

「これはレモンバームというハーブの一種で、名前の通りレモンの風味がするんです」

「へえ、厄介な害草がシロくんの手にかかるとこんなふうに変化するわけか。捨てるだけの草を食用に活用するなんて思いつきもしなかったな」

「菓子に使うだけじゃないぞ」

優雅にミントティーを啜っていたガジュが自慢げに口を挟む。

「地球では薬草としても使用されている。現に俺はシロが淹れるハーブティーを飲むようになってから、肩と首の調子がすこぶるよくなった。一日絵を描いていても疲れ知らずだ」

「あー、さっきもシロくんがそんなことを言ってたね。血行改善にストレス緩和だっけ。そういえば、ヒジリからも似た話を聞いたな。彼は長年手足の冷えに悩んでいたけど、最近勧められた薬を試したら、体がぽかぽかと温まって冷えが改善されたと喜んでいたっけ」

「その薬を作ったのが、何を隠そうこのシロだ。なあ、シロ」

ガジュが志郎と視線を交わして、まるで自分のことのように誇らしげに微笑む。

「薬……とは、違うんですけど。庭のハーブに混ざってショウガも生えていたんで、ジンジャーシロップを作ってみたんです。こっちではショウガまで雑草扱いだって聞いてびっくりしたんですが、ショウガはれっきとした食材ですよ。スパイスの一種で血行促進作用があるんです。湯に溶いて飲めば体が温まるし、冷え対策になると思って」

「へえ、本当にシロくんは物知りだな。僕たちの知らないことばかりで実に興味深い。知識量に感服するよ。ぜひともいろいろ教えてほしいね」

トキが感心したように言い、ガジュは満足そうに頷いている。志郎は気恥ずかしかった。

地球ではまともに取り合ってすらもらえなかった志郎の知識やアイデアを、ここの人たちは称賛し、必要としてくれる。自分の存在価値を認めてもらえた気がして嬉しかった。

「あまり長居をするとコンに文句を言われるから、そろそろお暇しようかな」

腰を上げかけたトキに、志郎は渡したいものがあるからと断って先に席を立った。その拍子に軽い立ちくらみを起こす。ふらついたところをガジュが横から支えてくれた。

「おい、大丈夫か?」

「……っ、はい、すみません。急に立ち上がったせいだと思います。もう平気ですから」

「今みたいな立ちくらみはよくあるのか？　体調に何か違和感を覚えることはないか？」

「？　いえ、特にはないですけど……」

ガジュに真顔で矢継ぎ早に問われて、志郎は戸惑いつつも首を横に振った。眉間に皺を寄せたままのガジュが気になったが、志郎は厨房に急ぐ。作り置きした菓子やハーブティー、風邪気味のコンのためにジンジャーシロップを籠に詰めて、二人が待つ部屋へ戻る。

「地球へ戻る方法について、まだ手懸りは何も見つからないのか」

閉まりきっていなかった扉からふいに声が聞こえてきて、志郎は思わず足を止めた。

少し間をあけて、「残念ながら、まったく」とトキが答える。

「そっちはどう？　最近は珍しく仕事の合間を縫って足繁く街に出向いているそうじゃないか。ヒジリに聞いたよ。古書店や図書館を渡り歩いてそれらしい文献を片っ端から読み漁《あさ》っているんだって？　急にどうしたの。シロくんに頼まれた？」

「いや、俺が勝手にやっていることだ。シロには仕事の打ち合わせだと言ってある」

「ふうん。それで、何かヒントは見つかったのかい？」

声の代わりに落胆の色が滲んだ溜め息が聞こえてきた。

「まあ、君の強すぎるフェロモンが人間にどういう影響を与えるのか興味はあるけど、彼の体調が心配だね。こちらに来てもう二月《ふたつき》近くになるのか。その間、彼はずっと君と一緒にいて、君のフェロモンを浴び続けているわけだから……」

「引き続き、情報収集を頼む。とにかく、あいつをこのままここにいさせるわけにはいかないんだ。あいつの体に支障が出ないうちに、何としてでもむこうへ帰してやらないと――」

急に焦点がぶれて視界がぐらりと歪んだ気がした。体の熱がすうっと音を立てて引いていく感覚に、志郎は咄嗟に下肢に力を入れて両足を踏ん張る。

さっきまでぽかぽかと温まっていた指先が氷を摑まされたみたいに冷たい。動悸がする。

志郎はどうにか落とさずにすんだ籠を抱え直すと、出直すために一度厨房に引き返した。


それから数日経って、トキが飛ばした伝書鳩がやってきた。

こちらでの通信手段は主に伝書鳩だ。鳩に文書や『言《こと》の花《はな》』という音声を録音し、再生できる不思議な花をくくりつけて飛ばす。

トキから届いたのは志郎宛ての言の花だった。

釣鐘形《つりがねがた》の薄桃色の花にくっついた短い茎を引っ張ると、トキの陽気な声が流れ出した。

まずはジンジャーシロップを飲んだコンがすっかり元気になった報告と、土産《みやげ》の菓子やハーブティーに大喜びしていた様子など近況の後、『ここからが本題なんだけど』と改まる。

話は彼が屋敷を訪れた日の翌日まで遡《さかのぼ》る。

なんと、コンに続いてトキまでもが体調を崩してしまったそうだ。

すでに回復したコンに勧められて、トキもジンジャーシロップを飲んでみた。すると、たちまち調子を取り戻し、その日のうちにすっかり元気になっていた。ともすれば医師が処方する薬剤よりも優れた効力に驚いたトキは、ある仮説を立ててみた。そして、以前にも弱ったギンが志郎が作ったミルクだけは飲み、驚くべき回復力を見せたことを思い出し、志郎が手作りした品々を他の患者でも試してみることにしたのだ。

風邪気味の患者にシロップを勧め、不眠症の患者にはハーブティーを分けてやった。

その結果、いずれの患者もすぐに改善の兆《きざ》しが表れたという。患者たちは大喜びで、その噂を聞きつけた人たちが現在、医院に殺到しているそうだ。

『とにもかくにも、シロくんが作ったお菓子やお茶には高い治癒力が秘められていると証明されたわけだよ！』

言の花からトキの興奮した声が流れてくる。

『それで、シロくんにお願いがあるんだ。至急、シロップとハーブティーの追加と、他にも別途封書に記載した症状に効果があると考えられるハーブがあれば、是非ともそれを使ったお菓子を作ってほしいんだ。患者さんを助けると思って、どうかよろしくお願いします』

志郎は一緒に聞いていたガジュと顔を見合わせた。

「あいつは何を勝手なことを言ってやがるんだ。俺の許可なくシロに交渉を持ちかけてくるとは、まったく油断も隙もないな」

「あっ、別途封書にってこれのことかな？　ちょっとごめんね。手紙を取らせてね」

くっぽろーと返事をくれた伝書鳩の足に括《くく》りつけてあった筒の中から手紙を取り出す。二通あり、一通には病の症状が箇条書きに記載してあった。もう一通は複雑な折り方がなされて継ぎ目に封蠟《ふうろう》がしてある。宛名はガジュになっており、志郎はそれを彼に渡した。小言を言いながら手紙を開いたガジュは、紙面に目を走らせて顔色を変えた。

「どうかしましたか?」

我に返ったガジュが「いや、何でもない」とかぶりを振った。志郎の目から遠ざけるように、慌てて手紙をズボンのポケットに捩じ込む。その不自然な仕草がかえって目に付き、志郎は俄に胸騒ぎを覚えた。

「それよりも、お前のそれはトキからの注文書だろ。面倒だから聞かなかったことにすればいい。あいつにいいように使われてお前の負担が増えるだけだ。俺が断っておいてやる」

手紙を寄越せと手を差し出されて、志郎は躊躇した。

「でも、欲しがっている患者さんがいるみたいですし、ハーブなら庭にたくさん生えてるじゃないですか。抜いてもまたすぐに生えてくるから、材料には困りませんよね」

ガジュが怪訝そうに目を眇める。志郎は思い切って正直な気持ちを伝えた。

「困っている患者さんの助けになるなら協力したいです。それに、相応の金額を払ってもらえるみたいだから、家計の足しになると思うし」

「金なら俺が稼いでいるだろうが。それとも何か欲しい物でもあるのか?」

詰問口調で問われて、志郎は言葉を詰まらせた。

欲しい物などない。むしろ十分すぎるほど与えてもらっている。だからこそ、甘えてばかりいてはガジュに愛想をつかされるような気がして、少しは役に立つ自分を見せたいという焦った気持ちが先に立つ。ガジュが隠したトキからの手紙も気になっていた。二人の会話を盗み聞いてしまってからというもの、仕事の打ち合わせと称して外出するガジュを、志郎はもやもやしながら送り出し、帰宅を待ち侘《わ》びる日が続いている。何でもいい、何か志郎がここにいるべき絶対的な理由が欲しい。志郎を早く地球に帰してしまいたいと、そんなふうにガジュに思われたくなかった。

「そういうわけじゃないですけど、自分の作るお菓子を必要としてくれている人がいるのは嬉しいことだから。できれば力になりたいです。ダメですか……？」

意図せず乞うような上目遣いになり、ガジュがうっと押し黙る。

「ダメということはないが……そもそも、お前を一番必要としている者がここにいるのに、他の奴にまで気をまわす余裕があるのか？　大体、お前は俺の専属菓子職人だろうが」

面白くなさそうに、不貞腐れた顔で睨まれる。一瞬きょとんとした志郎は、瞬時に言葉の意味を察して大きく頷いた。

「もちろんそうですよ！　俺はガジュさんの専属パティシエなので、毎日のおやつは必ず欠かさず作ります。その上で、トキさんからの注文も受けたいと思っています」

「……大丈夫なのか？」

「はい、頑張ります。ガジュさんもおやつの心配はせずにお仕事を頑張ってください。俺が美味しいお菓子を作ってしっかり支えますから」

不満顔のガジュは、そこでようやく機嫌を少し取り戻し、「だったら好きにしろ」と了承してくれた。

「ありがとうございます」と志郎が笑顔で伝えると、ガジュは決まり悪そうにくるりと背を向ける。大きな背中が拗ねた子どものそれに見えて、志郎はますます頬が緩むのを自制できなくなる。素っ気無い言葉とは裏腹にふさふさとした尻尾は嬉しそうに揺れていた。

志郎が他のことに気を取られて、ガジュを後回しにしかねないと危惧したのだろう。

そんなわけないのに。志郎は内心思いつつ、その傲慢《ごうまん》で身勝手で子どもじみた独占欲が自分に向けられていることに喜びを感じていた。だからこそ、思うのだ。

必要なら手放さないでほしい。地球に帰す方法を無理に探さなくても、ずっとここにいればいいと、そう言ってくれればいいのに。そうしたら、自分はきっと——。

そこまで考えて、ふと自問する。

自分は本当にもとの世界に戻りたいのだろうか。

心の中の天秤《てんびん》が、くんと一方に傾いて、志郎は戸惑いを隠せなかった。

ギンを引き取ってから、一月が経とうとしていた。

その間に様々な変化があった。

　ここにやって来た時のギンはまだ自我が芽生えておらず、目を閉じてガジュの腕におとなしく抱かれていたのに、今はもうハイハイしだすと止まらない。

　狼族と人間との間に生まれた子どもは、毛色が違うだけで体質は狼族のそれを受け継ぐ。そのため、人間の赤ちゃんと比べると驚くほど成長が早い。ギンはその中でも特に活発なようで、すでに屋敷中を高速ハイハイで動き回り、どこで気のコントロールを覚えたのか、絶妙なタイミングでぽんっと赤ちゃん狼に変化しては志郎たちを出し抜いて逃げ回るくらいにヤンチャですばしっこくなっていた。おかげで振り回されるこちらは毎日てんてこ舞いだ。

　助かっているのが、狼族の赤ちゃんは夜泣きをしないことだ。

　一度眠ると大抵朝まで目を覚まさないので、人間の赤ちゃんのように夜中も数時間ごとに起きてミルクをあげたりオムツを替えたりする必要がない。その代わり、昼間のミルクはしこたま飲む。最初は志郎の手からしかミルクを飲まなかったが、次第に兄姉たちにもらうことを覚えて、最後までそっぽを向いて拒んでいたガジュにも、今では積極的にミルクをねだるようになっていた。おかげで体重は順調に増加し、むっちりと肉付きのいい子に成長している。その分、体力もついて、大人顔負けの運動量だ。

　地球では縁がなかった志郎は、異世界《ここ》に来て子育ての大変さを身をもって知った。

　その点、ガジュは手馴れていた。一人でアカたちを引き取って育ててきた彼は、おむつ交換もお手のもの。湯浴《ゆあ》みもてきぱきと行うし、ギンが隠れそうな場所を熟知している。高速ハイハイを見失ってしまった志郎たちが助けを求めると、ガジュがまさに父と野性の勘で見つけ出してくれるのだ。悪いことをしたら、きちんとギンと向き合って叱りもする。

ガジュの厳しくも優しい父親っぷりを尊敬するばかりだ。彼のおかげで、子育て初体験の志郎もどうにか新米ママをやれている感じだった。

子育ての一方で、トキから依頼を受けたハーブ食品の販売が思った以上に好調だった。

志郎が作ったハーブ入りのお菓子やお茶は患者に大人気で、追加注文が毎日のように入ってくる。裏庭のハーブ畑は日々どんどん生育範囲を広げて、季節に関係なく、今では森の中まで様々な種類のハーブが連なっている。

――畑の水遣《みずや》りはお前がやれ。その方がハーブの育ちもいいはずだ。

何をもってガジュがそう言ったのか不明だが、確かに、子どもたちに水遣りを任せていた時よりも、志郎が担当してからの方がハーブの成長が著しい気がする。以前は見かけなかった種類まで生えてきて、いまや裏庭は緑の大海原だ。

ガジュの本業も順調だ。絵のモデルから一旦解放された志郎は、毎晩遅くまで描画作業に精を出す彼に差し入れをしている。決められた日中のおやつタイムとは違い、あくまで志郎が自主的に行っていることだ。子どもたちが寝静まった後の大人のご褒美タイム。そんなふうに名付けて、幸せそうに菓子を頬張るガジュを眺めているだけで、志郎はひどく幸福な気分になる。そのふわふわとした心地よい気持ちのまま眠りにつくのが好きだった。そして、そういう時は必ずといっていいほど、ガジュと白い赤ちゃんが仲良く戯れている夢を見た。

あの赤ちゃんは一体誰だろう。子どもたちの誰かかもしれないし、実は志郎の妄想が勝手に作り出した虚像なのかもしれない。現に、夢の中の赤ちゃんはガジュから当たり前のように『シロ』と呼ばれ、ガジュはいつしか狼ではなくヒトガタで現れるようになっていた。

今もまた、夢の中では、ガジュが『シロ』と呼び、赤ちゃんを抱き上げていた。赤ちゃんは嬉しそうに笑い、大好きでたまらないというふうに短い手を精一杯伸ばしてガジュの顔を抱き寄せる。そうして彼の精悍《せいかん》な頰に自分の唇をぶちゅっと押し当てるのだ。びっくり顔のガジュは、しかしすぐに目尻を下げて笑うと、お返しとばかりに赤ちゃんの頰にチュッとキスをする。赤ちゃんが無邪気にはしゃぐ。ガジュも幸せそうに微笑んでいる——。

ふわっとまどろみから目を覚ました。

降り注ぐ木漏れ日に目を細め、志郎は居眠りしていた自分に気がつく。庭の手入れの最中に木陰で少し休憩をしていたのだった。このところの忙しさで寝不足気味だったから、うっかり目を瞑った拍子に意識を手放してしまったらしい。

大木に寄りかかっていた体を起こそうとして、肩からするりと何かが滑り落ちた。

上着だ。見覚えのあるそれにはっとした志郎は、振り返ってぎょっとする。

妙に温かい幹だと思ったら、隣に座っていたのはガジュだった。しかも、すうすうと気持ちよさそうな寝息を立てている。どうやら志郎は彼の肩を枕にしていたらしい。

「え、ガジュさん？　いつの間に帰ってきたんだろ、全然気づかなかった……」

ゆうべも徹夜仕事だったようだが、そんな疲れも見せずに彼は今日も朝から一人でどこかへ出かけて行った。いつも帰宅は日が落ちてからなのに、今日は珍しく早い。

どうりであの夢を見たわけだ。

志郎はガジュの上着を手繰り寄せた。ふわっと独特のにおいが鼻腔《びこう》をついて、どきっとした。病院のにおいだ。微かに立ち上る消毒薬のにおいに無性に不安を駆られる。

トキと会っていたのだろうか。

街に出かけたガジュが、そこで何をしているのか志郎は知らない。知りたくもなかった。

「そんなに俺はここにいちゃいけないのかな……」

ガジュは、邪魔だから志郎を追い出したいわけではないのだろう。確かに人間をかくまうことは大変なリスクを伴うが、彼は志郎を必要だと言ってくれた。だとするならば、思い出されるのは、以前にガジュとトキが二人で話していた意味深な内容だ。

——まあ、君の強すぎるフェロモンが人間にどういう影響を与えるのか興味はあるけど、彼の体調が心配だね。こちらに来てもう二月近くになるのか。その間、彼はずっと君と一緒にいて、君のフェロモンを浴び続けているわけだから……。

更に気になるのは、最近やたらとガジュが「体調はどうだ」と訊いてくることだった。

「心配、してくれてるんだろうな。ガジュさんのことだから、きっと……」

志郎は複雑な思いでガジュを見つめた。

ガジュは優しい。だけど、その優しさが一層志郎を切なくさせていることを、彼は知らないのだろう。

熟睡しているガジュを見つめる。少しやつれて見えるのは気のせいだろうか。通常の仕事に加えて外出が増えているから、疲労も溜まっているに違いない。

「あ、睫毛《まつげ》が長い。改めて見るとすごく綺麗な顔してるな。漫画に出てくる王子様みたいだ」

実際、彼は本物の王子様だったのだ。そして、幻の狼族の王――。

やわらかな風とともに一枚の花びらが飛んできた。

純白の梅の花に似たそれは空中で翻り、ふわりとガジュの唇にくっつく。

マートルだ。葉を揉むとかぐわしい香りが漂う、鎮静作用や消毒効果などの効能があるハーブだ。和名は銀梅花《ぎんばいか》。長いおしべが特徴的で見た目も美しく爽やかで甘い香りがする。畑から飛んできたのだろう。

うっとりとするいいにおいがして、志郎は思わず深く空気を吸い込んだ。そうして、ガジュの寝顔を覗き込むようにゆっくりと自分の顔を近づける。

厚めの唇に張り付いた花びらを慎重にそっと摘まみ取る。心臓が高鳴りだした。これだけ近づいても何も言われないことに気を大きくした志郎は、無防備な整った美貌《びぼう》をまじまじと見つめる。やはりかっこいい。同じ男でも見惚れてしまう。男の色香漂う唇が目に入った瞬間、体の奥から妖しい衝動が込み上げてきた。心臓の音が一層どくどくと激しくなる。

志郎は両手を地面につき、伸び上がるようにして顔をガジュに寄せた。ゆっくりと距離を縮めていき――。

ぴくっとガジュが身じろいだのはその時だった。

志郎が瞬時に我に返って固まった途端、ガジュが目を覚ます。息がかかりそうなほどに間近で視線が絡み、ガジュが驚いたように数度目を瞬かせた。

「シロ……？」

志郎は声にならない悲鳴を上げて、急いで後退った。体温は急上昇し、顔が火を噴く。

「あ、あの、花びらが、飛んできて、それで、取り除こうと思って……っ」

しどろもどろに言い訳しながら、慌てて指に摘まんだ花びらを見せる。ガジュが「そうか。ありがとう」と微笑んだ。

志郎は焦った。顔の火照りが止まらない。一体、自分は寝ているガジュに何をするつもりでいたのだろうか。後ろめたさでガジュの顔がまともに見られず、変な汗まで滲み出す。

「すっ、すみません、起こすつもりはなかったんですけど……っ」

「いや、こっちこそすまない。気持ちよさそうに眠っていたから、しばらくしたら起こすつもりでいたんだが、いつの間にか俺の方が熟睡していたみたいだ」

ガジュがバツが悪そうに頭を掻く。その気恥ずかしそうな仕草を目にしただけで、志郎の胸はなぜか甘酸っぱく高鳴ってしまう。再び全身の熱がぶり返す前に、志郎は急いで彼の上着を畳んで差し出した。

「あ、ありがとうございました。ここにいては間が持たない。

一礼をして、足早に畑に向かう。俺、まだ畑の手入れの途中だったので戻ります」ところがどういうわけかガジュまでついてきた。

「俺も手伝う。何をすればいい？」

「え、そんなのいいですよ。戻ったばかりなんだから、部屋で休んでいてください」

「お前と一緒に寝たから問題ない。むしろすっきりしてる。さあ、何をするか教えてくれ」

ガジュはやる気満々だ。せっかくの厚意を無下にはできず、ハーブの剪定《せんてい》を手伝ってもらうことにした。物覚えのいい彼は少しコツを教えただけで器用に枝葉を取り除いてゆく。

「そういえば、ハーブを使った商品は好評のようだな。街に出たついでにトキのところにも寄ってみたが、シロ印の商品を買い求める客でごった返していたぞ」

「シロ印？」

「トキがそう呼んでいたんだ。お前が作った商品のブランド名だそうだ」

初耳だった。ガジュが「俺もひとつ買ってみたぞ」と、いそいそと懐《ふところ》から大事そうに小袋を取り出す。ジンジャークッキーだ。よく見ると、袋には屋敷から出荷する際にはなかったマークが付いている。丸の中に『シ』と書かれたオリジナルのロゴだ。

「わざわざ買わなくても。ガジュさん用のクッキーならすぐに作るのに」

「いや、これはこれでいいんだ。俺があの列に並んで買ってみたかった。本当にすごい行列でな、周りの奴らがシロの菓子の噂をしているのを耳にしながら、俺は誇らしかったぞ」

そう言って、目尻をやわらげながら嬉しそうにクッキーの小袋を眺めている。彼が行列に並ぶ様子を想像し、たちまち志郎の胸にくすぐったい歓喜が込み上げてきた。

作業も大方終わり、ふいにガジュが「一つ頼みがあるんだが」と、神妙な顔つきで言った。

「何ですか？」

「知人に、体調がすぐれず困っている者がいる」

どこか思い詰めたような表情を浮かべたガジュは、慎重に言葉を選ぶようにして続けた。

「医者にかかってもなかなか改善しない。もとより体が丈夫な方ではなかったが、特にここ数年は身の回りの環境が大きく変わって、一気に体調を崩してしまったようだ。なかなか回復の兆しが見えず、日に日に床に臥《ふ》せる時間が増えていると聞く。夜は寝つけず、うとうとしてもすぐに悪夢にうなされて目が覚めるのだとか。ろくに眠れず食欲もなくなり、体が弱る一方だ。せめてぐっすり眠れたらいいのだが——確か、不眠に効くハーブがあったよな？この症状を聞いてお前はどう思う？　何かよさそうなものをいくつか見繕ってくれないか」

志郎は面食らった。ガジュがそのような頼みをするのは初めてだったからだ。

「わ、わかりました。不眠の症状ならいくつかお勧めがあります。できればもう少し詳しい症状を聞かせてもらえますか。わかる範囲でいいので。それと、お医者さんにかかっておられるのなら、お薬との飲み合わせの相性があるので、一度トキ先生に確認してからの方がいいかと思います。その方からお薬の種類を教えてもらえると助かります」

「ああ、わかった。そっちは訊いておく。悪いな、どこを頼ればいいのかわからなくて困っていたんだ。お前がいてくれてよかった」

ガジュがほっと安堵したように微笑む。志郎もはにかむように笑った。ガジュに頼ってもらえるのがひどく嬉しかった。彼の役に立てるのだと思うと心がふわっと軽くなる。

「とりあえず、不眠の症状に効果のあるハーブと、あとストレス緩和とかも……あ、メモをとってもいいですか」

常備している紙片とペンをポケットから取り出す。とその時、違和感に気がついた。

「あれ？　え？　おかしいな、ポケットに入れてたはずなのに……」

志郎はズボンのポケットを引っ張り出す。だが、内袋が出てくるだけで他に何も入っていない。焦る志郎に、ガジュが怪訝そうに問いかけてきた。

「どうした、何かなくしたのか？」

「いえ、えっと、ここに入れて持ち歩いていたお守りが――なくなっていて……」

「お守りって、あのオ……イヌか？」

「そうです。洗濯物を干していた時はギンが握って遊んでいて、その後またポケットに入れて、俺は畑に水を遣りにここに来たから……でも、その時は確かにあったのに……」

記憶を総動員して編みぐるみの行方を探る。そういえば、水遣りの最中にハーブの摘み取り作業に関しての注意点をいくつかメモにとった。その時に落としたのかもしれない。

「この畑で落としたんだな」

ガジュが剪定したばかりのハーブを掻き分けて地面を探し始める。志郎は慌てて止めた。

「自分で探すんで、ガジュさんはもう家の中に戻ってください」

「二人で探した方が早い。ほら、突っ立ってないでお前も探せ。大事なお守りなんだろうが」

有無を言わせない口調で押し切られる。申し訳なく思いつつも、ありがたかった。

「……っ、はい。ありがとうございます。俺は向こう側を探すので、こっちをお願いします」

広い畑の主に西側、志郎が移動した場所を重点的にガジュと手分けして探す。

どれだけの時間が経っただろうか。

気づくと畑は夕焼け色に染まり、太陽が沈みかけていた。ハーブの茎葉に引っ掛かってないか一つ一つ慎重に掻き分け、額を地面にこすりつけるようにして編みぐるみを探す。頼むから出てきてくれ。志郎は祈るような気持ちで探した。あれだけは絶対に失《な》くせない。

「シロ！」と、ガジュの声がした。

志郎はハーブに埋もれた頭を撥ね上げた。遠くで手を振るガジュが叫んだ。

「あったぞ、お前の大事なお守りが見つかった！」

「本当ですか！」

足が縺《もつ》れそうになりながらガジュのもとへと走る。

「ほら、これだろ」

息を切らして差し出した手に小さな編みぐるみが乗せられた。

「ああ、よかった……っ」

志郎は戻ってきた白いイヌの編みぐるみを自分の胸に押し当てた。無事に見つかって本当によかった。張り詰めた気持ちが一気に緩んだせいか、じわっと目頭が熱くなる。

慌てて目元を手の甲で拭うと、俯いた志郎の頭をガジュがそっと撫でた。

「見つかってよかったな」

「……はい。ガジュさんのおかげです。一緒に探してくれてありがとうございました」

ふっとガジュが言葉もなく微笑むのがわかった。

頭を撫でる手つきがひどく優しい。いつもの子どもをあやすみたいなぽんぽんと手を弾ませるものではなく、指先で髪を梳《す》くように触れてくる。

ちらっと顔を上げた。

途端にガジュの甘い視線に搦め捕られて頬が火照る。慌てる志郎にガジュがふわっと優しく微笑んだ。

その瞬間、耳の奥で一気に拍動が速まる音がして、志郎は息を呑んだ。

心臓が激しく暴れ出す。胸を突き破って飛び出しそうな衝撃に自分でも驚き、同時に、急速に膨らむ感情の正体に気づいてしまう。

ああ、そうか。俺、ガジュさんのことを……。

風が吹き、ハーブの濃厚な香りが一斉に押し寄せてきた。

その中でも一際甘い花の芳香が二人を包み込む。すぐ傍に生えている低木のマートルだ。

エデンの園の香り——という別名があることを思い出した。

ここは志郎にとっての楽園だ。ここから離れたくない。ガジュの傍にずっといたい。

心臓が一層高鳴った。甘い香りにくらくらし、血の昇った頭がぐらぐらする。胸を占める覚えのある甘酸っぱさと泣きたくなるほどの切なさに、自分が彼に特別な感情を持っているのだと、否《いや》が応でも気づかされる。膨らみきった気持ちを止められない。

好きだ、と想う。

ガジュのことがどうしようもなく好きだ。

「——……っ」

体が熱い。

頭を撫でるガジュの手のぬくもりをもっと感じていたい。

マートルの甘い香りを吸い込みながら、この時間がずっと続けばいいのにと思った。

■7■

それからしばらく忙しい日々が続いた。

トキからの注文が相次ぎ、志郎《しろう》はみんなに手伝ってもらいながらハーブを扱った食品作りに追われている。

そんな中、ガジュは今日も朝からどこかへ出かけていった。

表向きは仕事の打ち合わせだと言っていたが、おそらく嘘だろう。昨日の夜遅くにはヒジリからの伝書鳩が飛んできたし、きっとまた新たに見つかった文献を紐《ひも》解き、人間が地球へ戻る手懸《てがか》りを探っているに違いない。

志郎は何とはなしに自分の両手を見つめた。

「……特に何もないよな？　黒狼のフェロモンの影響なんて、人によるんじゃないかな」

今のところ、志郎の体に異変はない。ガジュと一緒にいることで悪影響を受けるとは考えにくかった。だが、ガジュはそれを心配している。もし、この世界にいながら志郎の心身に不調が表れないことが証明できれば、ずっとここにいさせてもらえるのだろうか。

家族を亡くして、会いたい人もいない。仕事を辞めて目標も見失った。正直な話、志郎は地球に何の執着も未練もないのだ。一方、こちらには志郎の作った菓子を喜んで食べてくれるみんながいる。何よりガジュがいる。誰にも相手にされない世界より、誰かに必要とされるこちらの方が、今の自分にはよほど大切で価値のあるものに思えた。

もとの世界に戻りたいとは思わない。というのが志郎の本音だ。

できればこのままみんなと一緒に暮らしていきたい。

ガジュにはそういう気持ちがほんの少しもないのだろうか。志郎がもとの世界に戻っても構わないと考えているのだろうか。

「そう考えてるから、手懸りを探しに何度も足を運んでるんだよな。それもこれも、全部俺を思ってのことで……」

人間をかくまうリスクや煩《わずら》わしさなど自身の保身は微塵《みじん》もなく、ただ純粋に志郎の身を心配しての行動だと頭では理解している。

だが、ガジュに想いを寄せる志郎の心は、あるかないかわからない黒狼のフェロモンの影響を危惧してここから出て行くよりも、たとえ体調を崩したとしても、命が尽きるまでガジュの傍《そば》で笑っていたいと願ってしまう。

けれども、そんな本音を告げたら、きっとガジュは困るだろうこともわかっているのだ。

ガジュは志郎のことを家族として受け入れ、愛情をもって接してくれている。それは志郎が抱えている邪《よこしま》な情とは相反するものだ。

今後、地球に戻る術《すべ》をガジュが探し当てるかもしれない。

その時は、志郎は地球へ帰らざるをえないだろう。ガジュとはもう二度と会えなくなる。

そんな未来を想像して、胸の奥がぎゅっと潰れるような息苦しさを覚えた。

狼族の詳しい恋愛事情は知らないが、人間と同様に男女の性があり、互いがツガイになって子が生まれる。ガジュにもかつては結婚を考えた恋人がいたのだと、子どもたちが言っていた。この先、またそういう相手が現れることだってないとは限らない。

志郎は人間だ。いずれはこの世界から、もしくはこの屋敷から去る者として、ガジュへの気持ちを知られてはいけないと思った。去る時は何の蟠《わだかま》りも残さず、とびきりの笑顔でさよならを言いたい。最後までいい家族でありたい。

だからせめて、そっと心の中で想うのだけは許してほしいなと思う。

誰にも迷惑をかけないから、勝手にガジュのことを好きでいる分には構わないだろうと、そう割り切ることに決めた。

それから数日経《た》ったある日の正午前、一羽の伝書鳩が屋敷に飛んできた。

コツコツと嘴《くちばし》で窓をつついているのは、トキのところの鳩《こ》だ。ふかふかとした灰色の腹毛の一部が白く、ハート型に刳《く》り貫《ぬ》いたような模様が特徴的なその子は、『ハートさん』と呼ばれている。

志郎は急いでバルコニーに出て手紙を受け取った。志郎宛ての言《こと》の花《はな》だった。

「ハートさん、ご苦労さま。そうだ、トウモロコシがあるから食べていってよ」

すっかり顔なじみになったハートさんはクックルーと嬉《うれ》しそうに鳴いて、モモが運んできた器にさっそく顔を埋める。その様子をちらっ、ちらっとカーテンに隠れて窺《うかが》っていたのはギンだ。うずうずする彼は我慢できなくなったのか、ぽんっと赤ちゃん狼に変化したかと思うと、ころころと毬《まり》のように走ってきた。たんっと踏み切り、食事中の器に勢いよく頭から突っ込む。途端に器が引っくり返り、トウモロコシの粒がシャワーのように飛び散った。クルッポーと目を三角にして怒るハートさん。嘴でつつかれて、ギンがぎゃーとべそを掻《か》きながら逃げ回る。日常茶飯事の光景だ。

「こら、危ないよ――……っ」

ギンを捕まえようと手を伸ばしかけたその時、ふいにくらりと眩暈《めまい》がした。

志郎は咄嗟《とっさ》にバルコニーの柵《さく》に摑《つか》まって耐える。ぎゅっと目を瞑《つぶ》った。鼓動が早鐘をついたように速い。深く息を吸って、昂《たかぶ》った気持ちを落ち着かせる。そういえば昨日から少々熱っぽかった。一昨日に雨が降る中、ハーブを収穫したのがよくなかったのだろうか。

くしゅんとくしゃみが出た。基本的に健康体なので、久しくこの感覚を忘れていたが、風邪のひき始めかもしれない。あとでジンジャーティーでも飲んで温まった方がよさそうだ。

眩暈はすぐに収まった。急いで体勢を立て直すと、泣きついてきたヤンチャ息子を捕まえる。食事の邪魔をしてしまったハートさんに二人で謝った。

モモにトウモロコシのおかわりを頼み、涙と鼻水でぐちゃぐちゃのギンの顔を拭いてやりながら、志郎は言の花の茎を引っ張った。花が開き、トキの声が流れ出す。

その文言を聞き、志郎はさっと自分の顔色が変わるのを感じた。

「えっ、うそだろ……！」


トキから届いた緊急事態発生の報告は、すべて志郎のミスが原因だった。

今日の注文分はすでに出荷済みだが、その商品の個数が大幅に違っているというのだ。

志郎は慌てて受注書を確認した。そうして、桁《けた》を一つ間違えるという初歩的なミスの発覚に愕然《がくぜん》となった。受注書には今回から注文数を増やす旨がわざわざ書き添えてあったのに、それを見落としていたのだ。

とにかく注文数を確保しなければならない。急いで子どもたちを集めて事情を説明した。

「ごめん、俺が見間違えたんだ。多めにストックを作ってあるから、数は足りると思う。瓶詰めと箱詰めを手分けして頼めるかな」

「もちろんですよ」と、アカが言った。他のみんなも頷《うなず》く。

「でも珍しいですね、シロ様がそんなミスをするなんて」

「そういえば、昨日から少し変でした。ぼんやりしていて、計量ミスが多かったですし」

「商品用のクッキーも焦がして、変だなと思ったんです。お疲れなんじゃないですか？」

子どもたちの三角耳が揃《そろ》って心配そうにしゅんと垂れる。志郎は首を横に振った。

「考え事をしていて、うっかりしてたんだ。みんなにまで迷惑をかけて本当にごめん」

言い訳のしようもない。お菓子作りの基本である計量を何度も間違え、ぼんやりして炎石を余分にセットしてしまい、せっかくのクッキーを焦がしてしまった。普段の志郎ならありえないミスだ。

不調の本当の原因はわかりきっていた。だから余計にみんなに申し訳が立たない。

ガジュと顔を合わせる時は、自分の気持ちに蓋《ふた》をして必死に隠すようにしている。その反動なのか、ガジュの姿が見えなくなると、途端に思考が彼を追いかけ出すのだ。

更に、彼の不自然な外出は今も続いている。特にここ数日の彼はどこか鬼気迫る様子で出かけていくので、刻一刻と忍び寄るタイムリミットに不安は一層増している。

だが、そんなことは志郎個人の都合であって、お菓子作りの仕事には何ら関係ない。

こんなんじゃダメだ。しっかりしないと……！

志郎はぴしゃんと自分の頬をはたいて気を引き締めた。

それから一時間ほどかけて残りの注文の品をすべて準備し終えた。

慌しい厨房の異変に気づいたのか、様子を見にアトリエから出てきたガジュまでが一緒になって箱詰めを手伝ってくれた。

トキには商品が準備でき次第すぐに届けると、ハートさんに伝えてもらっている。いつもの荷馬車を手配する時間はないので、ガジュが自ら配達役を買って出てくれた。志郎は子どもたちと馬に荷物を積んでいるガジュに頼んだ。

「俺も一緒に連れて行ってください」

「駄目だ」

すぐさま却下された。

「街中は大勢の狼族が行き交っているんだ。お前はここでおとなしく待っていろ」

「でも、俺のせいでみんなに迷惑をかけたんです。きちんと自分の手で届けて謝罪をさせて下さい。お願いします」

必死に食い下がると、ガジュが思わずというふうに押し黙った。駄目押しで子どもたちまでもが一緒に頭を下げてくれる。「お留守番とギンの世話は僕たちにお任せください」と、四人揃って頼まれたら、さすがのガジュも断れなかったのだろう。数秒の沈黙ののち、盛大な溜《た》め息《いき》とともにガジュが折れた。

「……わかった」

「ありがとうございます！」

「ただし、連れて行くには条件がある。まずはその恰好《かっこう》をどうにかしろ」

ガジュは一旦《いったん》自室へ引き返していった。戻ってきた彼の手には本物そっくりの薄茶色の三角耳と太い尻尾《しっぽ》が握られていた。お手製の付け耳と付け尻尾だ。

「いざという時のためにこいつらの抜け毛を集めて作っておいたものだ。俺のフェロモンが混ぜてあるし、人間の気配を隠す役目は十分に果たすはずだ」

じっとしていろと言われて、姿勢を正した志郎にガジュ自ら耳と尻尾を取り付ける。耳はカチューシャのようになっていて、装着部分に地毛を絡《から》ませてつけると意外と安定感があった。尻尾はズボンのベルトに固定した。

「どうだ、つけ心地は」

「えっと、思ったほど違和感はないです」

ベニとモモが姿見を持ってきてくれる。鏡に映った自分の姿を見た志郎は我ながら少し引いてしまった。生まれつき色素の薄い頭部には、薄茶色の三角耳がまるで最初からそこに生えていたみたいにしっくりと収まっている。カチューシャのサイズは不思議と志郎の頭にぴったりで、ふさふさの立派な尻尾もとても作り物とは思えないほどに自然な毛並みだ。

それにしてもよくできている。ガジュの手先の器用さは知っていたが、この耳と尻尾を装着した志郎は狼族に混ざっても違和感がないだろう。

変装した志郎を見て、子どもたちが興奮気味に言った。

「シロ様、すごくよく似合ってますよ」「お耳も尻尾ももふもふしていて素敵です。ぼくたちとおそろいだ」「シロ様がつけるととってもかっこいいです」「ガジュ様と並べばお二人とも美しくて神々しさが一層増しますね」「しりょ、あうあうー！」

「えー、そうかなあ」

口々におだてられて、志郎は照れ笑いする。

「ガジュ様、シロ様にもすりすりをしなくていいんですか？」と、アカが言った。

「すりすり？」

志郎は首を傾《かし》げた。目が合ったガジュが「そうだな」と頷き、颯爽《さっそう》と歩み寄ってくる。次の瞬間、両手を開いたガジュに志郎はぎゅっと抱き締められた。

「……っ⁉」

びっくりして硬直する志郎を抱き締めたまま、ガジュはおもむろに頰をすり寄せてきた。

「っ、あっ、あの……っ」

「いいからじっとしていろ」

耳元で甘さのある低い声に囁《ささや》かれて、志郎はかあっと頰に熱が広がるのを感じる。

首筋や耳の裏まで鼻先をこすりつけられるようにされて、思わず息を止めた。剝《む》き出しになっている部分はもれなく触れられる。特に顔は念入りにすりすりと頰擦《ほおず》りされた。

何が起きているのかわからず石化していると、ようやくガジュが体を離した。

「よし、これでマーキングはいいだろう」

「マ、マーキング？」

動揺に掠《かす》れた声で訊《き》き返すと、にっこりと笑ったモモが説明してくれた。

「ガジュ様にすりすりをしてもらうと、黒狼のフェロモンの効果で悪いひとたちが寄ってこないから安心です。私たちも街へお出かけする時はいつもしてもらっているんですよ」

「……あ、そ、そうなんだ」

何だ、そういうことか。志郎は動悸《どうき》が治まらない胸を押さえながらなるほどと納得した。

だが、やるならせめて説明をしてからにしてもらえないだろうか。志郎は恨めしい気持ちでガジュを見やる。まるで何事もなかったかのような彼の平静さが憎らしい。ドキドキと胸を昂らせているのが自分だけなのはわかっている。そうはいっても、いきなりあんなふうに抱き締められたら志郎の心臓がもたない。

「シロ、何をぼんやりしているんだ。早く来い。出発するぞ」

いつの間にかガジュは玄関扉を開けたむこうにいて、荷物を積んだ馬に跨《また》がっていた。

「すみません、すぐ行きます」

まだ若干速めの鼓動を感じつつ、志郎は一抹の切なさを誤魔化《ごまか》すように走った。

初めて屋敷を離れて進入したまっくろ森はまるで迷路のようだった。

大きな木々が進路を阻むように左右から不規則に現れ、それを避けて進もうとすれば方向感覚が狂い、いつの間にか目的地とはかけ離れた場所にいる。そうして消息を断った者たちがごまんといるらしい。

そんな場所を、ガジュは馴《な》れた様子で馬を操り、すいすいと進んでいく。

一方の志郎は、庭の周辺をガジュに付き添ってもらって短い乗馬体験をさせてもらったことはあるものの、本格的な遠出は初めてだ。

スピードがある馬の背中は不安定に跳ねて尻が痛く、正直、乗り心地がいいとは言えなかった。だがそれよりも、背後から志郎を囲い込むようにしてぴったりと密着しているガジュの存在に意識がすべてもっていかれてしまい、気がつくと鬱蒼《うっそう》とした森を抜けていた。

のどかな田園地帯を進み、しばらくすると景色が一変する。

街に入ったのだ。商業施設や店が建ち並ぶ大通りは人で溢《あふ》れ返っていた。

久しぶりに人通りというものを見た気がする。がやがやとした喧騒《けんそう》も懐かしい。静かな森の中では味わえない光景だ。

物珍しさに、志郎はフードの下から視線をキョロキョロと忙しく四方に動かす。

行き交う人たちの頭と尻には、当たり前だが皆狼の耳と尻尾が生えていた。

高層ビルや大型商業施設はないものの、目に映る街並みは古い映画のワンシーンで見たことがあるような異国情緒溢れるもので、とても活気がある。

大通りの両脇にはかわいらしい花屋や雑貨店、行列ができている美味《おい》しそうなベーカリーに昼間から客が酒を掲げているバルなど、たくさんの店が軒を連ねている。

中央広場では毎日のように市が開かれていて、新鮮な野菜や肉、海産物が並ぶという。志郎たちがいつもヒジリに頼む買い物は、そこで購入しているのだろう。

そんな中、やはり違和感を覚えたのが、この街にはスイーツ店の看板が一つも見当たらないことだった。

以前の職場はこんな賑《にぎ》やかで華やかな街の中心にあった。志郎がいなくなっても、店は相変わらず繁盛し、有名パティシエのスイーツを求める客が長い行列を作っているのだろう。

嫌な記憶が蘇《よみがえ》ってきそうになって、志郎は慌てて頭を振って掻き消した。

その拍子にくらりと眩暈に襲われる。馬からはみ出して傾いた上半身を、「危ない！」とガジュが咄嗟に背後から支える。はっとした志郎はすぐさま意識をつなぎとめた。

「す、すみません……」

「まったく、はしゃぎすぎだ。キョロキョロと身を乗り出してまで夢中になるなんて子どもみたいなヤツだな。おとなしくしてないと落ちるぞ」

困ったヤツだとガジュが呆《あき》れたように笑う。志郎は返す言葉もなく、曖昧《あいまい》に笑った。

大通りから脇道に入る。

やがて白い建物が見え始めた頃、中から人影が飛び出してきた。コンだ。

手を振って誘導するコンは、ガジュと一緒に志郎もいたことに驚いたようだった。

「ごめん、俺のミスでみんなに迷惑をかけちゃって」

志郎が謝ると、コンは首を横に振って言った。

「いえ、まだギリギリ在庫が残っているので大丈夫ですよ。遠いところをお疲れさまです」

ガジュが下ろした荷物を志郎はコンと一緒に院内に運び込む。

診察室から抜け出してきたトキに「待っていたよー」と迎えられた。

「本当にすみませんでした」

「いやいや、こっちも急に数を増やしちゃったからね。シロくんの商品が大人気でさ。このままだと医者はいらないから菓子をくれって言われそうだよ」

冗談めかすトキは別のスタッフに呼ばれてすぐに行ってしまった。ハーブ商品を取り入れてから患者が殺到し、急遽《きゅうきょ》スタッフを増員したそうだ。それでも人手が足りないらしい。

「ガジュ様もシロ様も、どうもありがとうございました。あとはこちらでやりますから、人目につく前に気をつけてお帰りください」

志郎のことを気遣ってくれたのだろう。コンが心配そうに促す。志郎はそんな彼の前でフードを脱いでみせた。狼の耳を装着している志郎を見てコンが目を丸くする。

「ガジュさんに作ってもらったんだ。これがあれば人間だってばれないよ。俺にも何か手伝えることがないかな。遠慮せずに言ってもらえれば何でもするよ」

志郎の申し出にコンは戸惑った様子だった。だが、背に腹はかえられない状況だ。忙しさに目を回していた彼は申し訳なさそうに、それではと雑用を任せてくれた。

ちょうどそこにガジュがバックヤードへと戻ってきた。トキと何やら話があったようで、勝手に診察室に入っていったのだ。すぐに引き上げるつもりでいたガジュに、志郎は事情を説明する。案の定、顔を曇らせたガジュを説得し、志郎は商品の仕分け作業に取り掛かった。

せっせと手を動かす志郎の様子を、ガジュは半ば呆れながらも黙って見守っていた。

そのうち、妙に熱い視線を感じ始める。気になって振り向くと、決まってこちらを見つめているガジュと目が合った。志郎と視線を交わした彼は、こちらが赤面するほどに甘い眼差《まなざ》しを向けて優しく微笑《ほほえ》みかけてくるので、非常に困る。

志郎は作業に没頭するふりをしながら速まる鼓動を自制できない。どうしてあんなにじっと見つめてくるのだろうか。ガジュの視線が気になって仕方ない。

「そ、そういえば。例のお知り合いの方、調子はどうですか？」

いたたまれず、志郎は必死に頭をめぐらせて話題をガジュに投げかけた。

「あれから不眠症やストレスの具合は軽減されましたか」

先日、ガジュから相談を受けた件だ。志郎は不眠の症状と精神の安定に効果的なハーブを数種類見繕い、お茶やお菓子に加工してガジュに渡していた。

ガジュが「ああ」と頷く。

「お前に勧められたハーブを口にするようになってから、少しずつ調子がよくなってきたらしい。残り少ないようだから、また頼めるか」

「そうですか、よかったです。あ、ちょうどここに同じものがありますよ。俺が見たところ、こちらに生えているハーブは全部、地球のものと見た目も味も変わらないですね。そうだ、これもお勧めですよ。オレンジブロッサムと言って、不眠や精神的な不安を和らげてくれるんです。もしハーブが体質にあっているようなら、吐き気を伴う偏頭痛や関節炎の症状がなければ試してみるのもいいかもしれません。あとでトキ先生に相談してみて下さい」

「そうか。これとこれだな。ちょっと訊いてくる」

ガジュは志郎が勧めた商品を持って一旦席を外すと、再び勝手に診察室へ入っていってしまった。「それじゃあ、これもアヤに渡しておいてくれ」と、ガジュの声が聞こえてくる。

戻ってきたガジュが「大丈夫そうだから渡してきた」と微笑んだ。志郎は彼の行動の早さに呆気《あっけ》に取られるも、よかったと微笑み返す。するとまたガジュが嬉しそうににこにこと微笑むので、志郎は何とも言えないくすぐったさと甘酸っぱさに顔を火照《ほて》らせた。

相変わらずガジュの視線がうるさい。

目は口ほどに物を言うというが、まさにそんな感じだ。見られている緊張で血が上った頭がぐらぐらする。何だか体温まで一気に上昇したようで全身が熱い。

煮詰めた甘い砂糖水に浸ったみたいな沈黙の中、天の助けが割って入った。

「シロくーん、風邪用のシロップがなくなったからこっちに運んどいてくれる?」

隣室からトキの声が聞こえてきて、志郎は瞬時に我に返った。

「はっ、はい！　わかりました。すぐに運びます」

熱に浮かされた頭をぶんぶんと振り、急いで立ち上がる。ガジュが不愉快そうに悪態をついた。「まったくシロに甘えやがって。自分でやればいいものを」

志郎は苦笑し、急いでジンジャーシロップが入った箱を探す。先ほど別の箱に詰め替えて棚に押し込んだばかりだ。床に散らばった空き箱を掻き分けて棚の上段に手を伸ばす。

背伸びをして箱を引き出そうとしたところで、またもや眩暈に襲われた。今までよりも強いそれに、志郎はたちまち平衡感覚を失う。

「おい、シロ！　上！」

はっと自分を取り戻した時には、志郎は床に倒れ込んでいた。頭上にシロップの瓶が詰まった箱が不自然な恰好をして落ちている。

自分の下敷きになっているガジュの姿を認めて、さあっと血の気が引いた。

「ガジュさん、しっかりしてください！」

ガジュは全身で志郎を守るように大きな背中を丸めて倒れていた。彼の腕に抱き締められていた志郎は慌ててガジュの顔を覗《のぞ》き込む。閉じた瞼《まぶた》が薄《う》っすらと開いた。

「ガジュさん！　大丈夫ですか！」

目を開けたガジュは「大丈夫だ」と頷き、ゆっくりと上体を起こす。そうして心配する志郎を見やると、「何て顔をしているんだ」と笑った。

「俺は平気だ。シロップも大丈夫みたいだな。ほら、早くこれを持っていけ」

何事もなかったかのように素早く箱の中身を確認したガジュが促してくる。両手で箱を受け取った志郎はその思った以上の重量に嫌な予感がした。

急いで運んで戻ってくると、ガジュは棚から一緒に落ちた商品を拾って片付けていた。

「すみません。ここはいいです。あとは俺がやりますから……」

転がった容器を拾いながら、ふとガジュの項《うなじ》に目が留まった。赤いものが滲《にじ》んでいる。

「ガジュさん、血——血が出てます！」

志郎は焦った。

「さっき俺を助けてくれた時に怪我《けが》したんですよ。早く手当てしないと」

慌てふためく志郎をよそに、ガジュはいつもの平静さで自分の項を擦《こす》る。指先に僅《わず》かに付着した赤色を見やり、拍子抜けしたように言った。

「お前が騒ぐからどれほどのものかと思えば、これくらい何でもない」

「何でもなくないですよ！　とりあえず消毒しないと……コンに救急箱を借りてきます」

志郎は部屋を飛び出す。コンに事情を説明して、空いている治療室に案内してもらった。大袈裟《おおげさ》だと顔を顰《しか》めるガジュを無理やりベッドに座らせて、志郎は消毒薬を手に取る。自分もベッドに乗り上がり、彼の背後に回った。

落ちてきた箱と接触してできたものだろう。ガジュの項には数センチほどの擦《す》り傷ができていた。それほど血は出ていないが、皮膚が擦り剝けて痛そうだ。

丁寧に消毒してガーゼを当てて処置する。その時、ガジュの左肩に志郎の手が当たった。ガジュが微《かす》かに呻《うめ》く。すぐに異変を感じ取った志郎は、嫌がるガジュのシャツを強引に脱がせた。そうして目を瞠《みは》る。筋肉の盛り上がった肩が赤く腫《は》れ上がっていたのだ。あの重い箱がぶつかったのはおそらくこの部分だ。

志郎は申し訳ない思いでいっぱいになった。

「すみません、俺のせいで」

「たいしたことないと言っているだろう。俺よりお前の方こそ何ともなかったのか？」

「全然、俺は何ともないですよ。ガジュさんが守ってくれたから」

つい語気を強めてしまう。自分のことよりも志郎を気遣ってくれるガジュの優しさが嬉しくて、無性に歯痒《はがゆ》い。

「そうか、ならよかった」とガジュがほっと安堵《あんど》の息をついた。

「そういえば、前にもこんなことがあったな」

ふと思い出したように言う。まさに今同じことを考えていた志郎は頷いた。

「厨房で……俺が小火《ぼや》騒ぎを起こした時にも、助けてもらいました」

「ああ、そうだったな。あれからどうだ。変わりはないか？　火の扱いに困ることは？」

「ないですよ。ガジュさんもよく知ってるじゃないですか。最近は忙しくて回数が減りましたけど、一緒にお菓子作りをしながら傍で見てたでしょ」

「……そうだったな。わかっていても、心配なんだ。俺がいないところでまた怯《おび》えているんじゃないかと思って」

ぽつりと呟《つぶや》かれた言葉に、志郎は思わず息を呑《の》んだ。心臓をぎゅっと鷲摑《わしづか》みにされたみたいに苦しくて、ふいに泣きそうになる。胸の奥からどっと突き上がってきた抑えがたい情動を、口に出すすんでのところで飲み込んだ。

ガジュが言った。

「何かあったら必ず俺を呼べ。すぐに助けにいく」

「……はい、ありがとうございます。肩に湿布を貼っておきますね」

恋しさをひた隠しにする志郎の声に、何も知らないガジュは前を向いたまま頷く。

志郎は湿布を貼り、項のカーゼを覆うように手のひらを置いた。すっと息を殺す。逞《たくま》しい肩にゆっくりと顔を近づける。激しい鼓動の音が耳の奥でけたたましく鳴り響いている。

湿布越しのガジュの肩にそっと口づけた。独特のすーっとするにおいを嗅《か》ぎながら、熱に浮かされたみたいにぎゅっと強く唇を押し当てる。

ガジュがびくっと体を震わせた。

「シロ、今何かしたか?」

「え」

瞬時に現実に引き戻された。志郎は反射的に体を離す。みるみるうちに頭に血が上るのが自分でもわかった。

「い、いえ、湿布を貼っただけです。すみません、痛かったですか……っ」

「いや、痛くはないんだが」と、ガジュが戸惑うように言葉を濁す。

「俺っ、手当てが終わったらすぐに戻すように言われてるので、これを片付けてきますね」

志郎は救急箱を持ってそそくさとベッドを下りる。ガジュの顔をまともに見ることができず、逃げるようにして治療室を出た。

廊下を歩きながら、志郎は酸欠で今にも倒れてしまいそうだった。心臓がばくばくと暴れ回っている。体内に熱がこもり、全身がどうしようもなく熱い。

「はあ、はあ、はあ……どうしよ、本気で苦しくなってきたんだけど」

突然激しい眩暈に襲われて、志郎はその場にしゃがみ込んだ。息も上がって苦しい。

ふいに頭頂の辺りに痛みが走ったのはその時だった。経験したことのない部位の疼痛《とうつう》に志郎は思わず項垂《うなだ》れる。俯《うつむ》いた拍子にかしゃんと頭から何かが落ちた。耳付きのカチューシャだ。まずいと思い、意識が朦朧《もうろう》とする中、咄嗟に頭に手をやって隠す。

「つぅっ……え？」

しかし、そこにあるはずのないものが存在して、志郎は一瞬混乱した。手に当たる感触が明らかにおかしいのだ。動揺していると、尻にまで疼痛が走り始めた。焦って振り返り、ぎよっと目を剝く。そこにはふさふさの尻尾が生えていた。ガジュに取り付けてもらった偽物の尻尾は床に落ちていた。

「え、何だよこれ……っ！」

もはや何がなんだかわけがわからなくなる。

志郎はどうにか立ち上がり、壁を伝って歩きながらすぐ傍の手洗い場に転がり込んだ。運良く、そこには誰もいなかった。鏡がある。志郎は恐る恐るその前に立った。そして次の瞬間、自分の目を疑った。

「嘘だろ、何で俺にこんなものが……⁉」

鏡に映る虚像は、志郎が知る自分の姿ではなかった。

頭と尻に、狼の耳と尻尾。驚いたことに、そのどちらもが真っ白な毛で覆われている。闇雲《やみくも》に引っ張ってみたが、どちらも取れるものではなかった。引っ張った箇所からじんじんと痛みが広がり、完全に志郎の体と一体化している。

何だこれ、どうなってるんだよ……！

パニックに陥ったその時、廊下から近づいてくる足音と声が聞こえてきた。

志郎は焦った。頭より先に体が動き、腰に巻きつけていた上着を急いで羽織る。フードを目深《まぶか》に被《かぶ》り、長衣に尻尾が隠れていることを確認する。

まもなくして手洗い場に二人の男が入ってきた。どちらも茶色の耳と尻尾が生えた四十路《よそじ》から五十路《いそじ》の中年だ。

志郎は息を呑んだ。心臓がどくどくと鳴っている。用を済ませたふりをして、彼らと入れ違いに出るつもりでいた。ところが、ふいに男の一人が志郎の前に立ちふさがった。顔を覗き込むような仕草をしてみせる。

「あんた、先生のとこの助手さんか。さっき荷物を運んでただろ。見ない顔だと思ったが、新人さんか」

急に問われて、志郎は一瞬頭が真っ白になった。奥にいたもう片方の男も「そういえばさっきもそんな話をしてたなぁ。この兄ちゃんのことか」と、わざわざ引き返してくる。

二人に囲まれて、志郎はぎくりとした。咄嗟に体を引いて俯く。

「あ、えっと、臨時の手伝いで……それじゃ、失礼します」

軽く会釈をして足早にその場を去ろうとするが、「待ちなよ」と腕を摑まれた。

「こいつがまた、なかなかの美男子なんだよ。お前も見てみたいって言ってただろ」

志郎を目撃した方が連れの男に言った。「兄ちゃん、ちょっとこいつにもその綺麗《きれい》な顔を拝《おが》ませてやってよ」と、冗談めかしながら志郎のフードに手をかける。

「え？　あっ、ちょっと、やめっ――やめてください！」

ぎょっとした志郎は力任せに男の手を振り払った。「いてっ」と男が悲鳴を上げる。志郎の態度が気に入らなかったのだろう、もう片方の男も気色《けしき》ばむ。

「おいおい、そんなに嫌がらなくてもいいだろうが。たかだか顔を見せるだけで」

冗談じゃないと志郎は恐怖した。今フードを脱いだら例の白い耳を見られてしまう。

白毛種はこの世界では禁忌なのだ。

脳内で警鐘が鳴り響き、それまで耳にした情報が頭の中を走馬灯のように駆け巡る。この場で志郎の白毛を目にした彼らがどんな行動を取るのか、恐ろしくて想像もつかなかった。

とにかくここから逃げなくては。志郎は咄嗟に踵《きびす》を返した。

だが男たちも躍起になってそれを阻もうとする。必死に抵抗するが、相手は体格のいい二人だ。彼らは示し合わせたように両脇から志郎の腕を捕らえてきた。懸命に叫んで助けを呼ぼうとするも、すぐさま手で口を塞がれる。二人がかりで引き摺《ず》られそうになったその時、バーンッと怒号が鳴り響き、手洗い場のドアが外から蹴破《けやぶ》られた。

「シロ！」

切羽詰《せっぱつ》まった叫び声と共に入って来たのはガジュだった。男二人に絡まれている志郎を目にして、ガジュの顔色が瞬時に変わる。

「おい、そこで何をしている。一体誰の許可を得て、その汚い手がこいつに触れているんだ」

低く凄まれた途端、男たちはびくっと金縛りにあったみたいに動かなくなった。直後、志郎はガジュに抱き寄せられたかと思うと、あっという間に男二人が腕を捻《ひね》り上げられる様子を目《ま》の当たりにする。彼らは揃って悲鳴を上げ、まるで糸が切れた操り人形のようにその場にかくんと頽《くずお》れた。恐怖に戦慄《わなな》く声で叫ぶ。「な、何でこんなところに黒狼がいるんだ！」

男たちは転がるようにして手洗い場を出て行った。

「大丈夫か、シロ」

二人きりになり、ガジュが志郎の両肩を摑んで訊いてきた。志郎は大丈夫だと頷き、今にも泣きそうな気持ちで告げた。

「それよりガジュさん、俺、どうしよう……」

「どうしようって、何がだ。あいつらに何をされた」

ガジュの声が怒りに震える。志郎はそうじゃないとかぶりを振った。そして、男たちから必死に守り抜いたフードを脱ぎ、ガジュの前に頭部を晒《さら》した。

ガジュが言葉を失う。はっきりと音が聞こえるほどに大きく息を吸い込んだ。

「さっき、急に頭が疼《うず》いて、気がついたらこんなことになってたんです。何で俺にこんなものが生えるんですか？　だって俺、人間なのに……っ！」

説明を求めて志郎はガジュを見つめる。しかし、ガジュは何とも言えない表情で志郎の白い耳を凝視していた。自分にだって何が起きているのか理解し難い。そんなふうに揺らぐ瞳は、まさかという驚愕《きょうがく》の中にもどこか拭《ぬぐ》い切れない諦観のような感情が見え隠れしている気がした。

彼は重大な何かを知っている。志郎は胸が激しくざわつき始めるのを感じていた。

生えてしまった白い耳と尻尾はもはや隠しようがなく、志郎は体調不良を理由にガジュと共に医院から急いで引き上げた。

フードを被った志郎をガジュが人目から隠すようにしっかりと抱き囲む。馬は往路よりも速度を上げて走り、みるみるうちに賑やかな街並みが遠ざかっていった。

ほとんど志郎の記憶がないうちに、馬は再びまっくろ森に戻った。

森に入ったことに気がついて、ようやくまともに息ができた気分だった。

森の中を走り、やがて現れた沢の畔《ほとり》でガジュは馬を止めた。

先に馬から下りたガジュが両手を差し伸べてくる。志郎は抱きつくようにして自身の体を預ける。並んで座り、しばしの沈黙が流れた。

「何から話せばいいんだろうな」

言葉を探るようにして、ガジュが口を開いた。

「お前のその耳と尻尾は紛れもないお前自身のものだ。お前も知っている通り、うちの子たちと同様、白毛のそれらは狼族と人間との間に生まれた子の象徴だ。つまり――」

ガジュが目を合わせてくる。志郎の喉が無意識に鳴った。

「シロ、お前は純粋な人間ではなく、狼族と人間の子なんだ」

「俺が、人間じゃない……？」

恐る恐る頭と尻に手をやる。ふさふさの獣毛に包まれた耳と尻尾はガジュのそれと同じで温かく、血が通っているのだと知れる。だがこれらが自分の体の一部だとは、すぐには受け入れられなかった。

「でも俺、ずっと人間として地球で暮らしていて、じいちゃんやばあちゃんとも……」

そうだ。志郎が人間でないというのなら、祖父母はどうなのだ。両親は？

ガジュが少し躊躇《ためら》うような素振《そぶ》りを見せたあと、言いにくそうに打ち明けた。

「光一郎《こういちろう》と喜美子《きみこ》はお前の本当の祖父母ではない。血の繋《つな》がりはまったくないんだ」

志郎は絶句した。ガジュはそんな志郎を気遣い、ゆっくりと努めて平静な口調で続けた。

「お前が光一郎から両親だと聞かされていた二人も、お前の本当の父親と母親ではない。俺も彼の手紙で知ったが、確かに光一郎夫妻は実の息子夫婦を早くに事故で亡くしている。当時、嫁の腹には子が宿っていた。だが、凄惨《せいさん》な事故に巻き込まれて三人とも亡くなったんだ。光一郎がお前を引き取ったのはその後の話になる」

一度深く息を吸い込んだガジュは、茫然《ぼうぜん》とする志郎を真正面から見つめて言った。

「お前の本当の母親は数十年前にこちらへやってきた人間の女性だ。そして、父親は俺の従《い》兄弟《とこ》――シュカなんだよ」

「――……っ！」

脳を激しく揺さぶられるような不快感に襲われる。頭の中で聞き覚えのある名がこだまする。志郎は信じられない気持ちでガジュの口から明かされる自分の出自を聞いていた。

シュカがその人間の女性と出会ったのは今から三十年近く前のことだ。

女の名前はミズキといった。日本の田舎《いなか》町の出身で、彼女は不思議な力を持っていた。

当時、ミズキは二十代半ばだったが、正確な年は本人もわからないと言っていた。十五歳になったばかりの頃、ある日突然こちらに飛ばされてきたらしい。山中で倒れていたところを運良く通りかかった狼族の旅人に助けられた。

偶然にも、旅人は過去に別の異世界人との接触があった。なので、ミズキを見ても驚かなかったという。彼は途方に暮れる彼女を宥《なだ》めて保護し、しばらく山中の山小屋を拠点にして一緒に暮らしていた。

旅人は動物の言葉がわかるようだった。山の動物たちも旅人とミズキを受け入れ、次第に彼女も心を開き、動物たちとも通じるようになっていった。彼女は代々シャーマンの家系に生まれ、彼女自身もその力を受け継いでいた。自らの体に精霊を降《た》ろし、精霊の力を借りて他者の病を治すことができる。また、あらゆる薬草の扱いにも長けていた。地球ではその特殊能力から大人の欲望に利用される自分が嫌でたまらなかった彼女は、こちらの世界で事故や狼族に故意に傷つけられた鳥獣たちを癒し、命を救うことで生きがいを見出《みいだ》していった。

やがて旅人は山を離れることになった。しかし、ミズキは彼についていかず、山で動物たちと暮らすことに決めた。この世界で異世界からやってきた人間が、あるいはその人間とかかわりあった者がどういう扱いを受けるのかを知った彼女は、人の手が届かない山の奥深くで動物たちと共にひっそりと生きていく道を選んだ。

それから更に数年が経ち、ミズキがシュカと出会ったのもやはり山の中だった。

動物たちの異変に気づいた彼女は彼らの先導で山を下り、そうして倒れているシュカを見つけたのだ。

シュカは知人の趣味に付き合って山狩りに出かけていた。もともとそういった遊びが好きではなかったシュカは山中で傷ついた猪《いのしし》の子どもを見つけた。知人と別れた後、シュカは猪の子どもを保護しようと戻った。だがそこで親猪と遭遇してしまう。興奮した猪に襲われ、必死に逃げたシュカは足を踏み外し、崖《がけ》の下に転がり落ちた。もう駄目かもしれない。そう覚悟したシュカは、そこに動物たちの導きで現れたミズキによって命を救われたのだった。

回復力が高い黒狼族とはいえ、シュカの状態は普通なら生死を彷徨《さまよ》うほどの重体だった。

それがミズキの治癒能力のおかげで、大きく損傷した臓器も骨も驚くほどの速さで回復したのである。

人間の彼女に好意を抱いたシュカは、その後、一人忍ぶように足繁く山へ通った。

最初は警戒していたミズキも、人のいいシュカの明るく真《ま》っ直《す》ぐで心優しい人柄に徐々に心を開き、やがて二人は恋仲になっていった。

逢瀬を重ねてしばらくして、ミズキが身籠《みごも》った。

そうして、二人の愛の結晶として生まれたのが、志郎だった。

俄には信じ難い話だった。

まったく記憶のない志郎にとって、それは小説か何かを読み聞かされたフィクションみたいで、ひどく現実味に欠ける。

だが、ガジュが嘘をつく理由はなく、否《いや》が応でも受け止めなければならない真実であることを突きつけられた気分だった。自分の身体的な変化が何よりの証拠だ。

ガジュは混乱する志郎を気遣いつつ、話を続けた。

「シュカは山の麓《ふもと》一帯を買い上げて、誰も立ち入らないそこでミズキとシロと一緒に暮らし始めた。変わり者と言われて親族から敬遠されていた彼は、もともと一族から距離を置いていたし、誰も彼が何をしているか興味がなかったからな。唯一《ゆいいつ》、シュカから事情を知らされていたのが俺だったが、俺も光一郎と知り合ってから人間との交流に抵抗はなくなっていたから、隙を見ては王宮を抜け出して彼らの家に通っていた」

シュカはミズキと出会う以前に、すでに光一郎と出会っている。ガジュも光一郎の自宅で居候《いそうろう》経験があり、彼らは日本語をある程度マスターしていたおかげで、日本人のミズキとのコミュニケーションにも困らなかった。彼女も二人には心を開き、信頼していたという。

シロが生まれて以降、光一郎がこちらの世界を訪れることはなくなっていたが、ミズキのことは知っていた。実際に会わなくとも、シュカと光一郎は泉と水槽を介して文通を続けていて、シュカは彼女とのことをよく光一郎に相談していたからだ。

二つの次元を行き来できる術があると知っても、ミズキは地球に戻りたいとは言わなかった。シュカと一緒にいたいと真っ直ぐな眼差しで言い切った意思の強いミズキを、ガジュは好ましく思い、彼らの幸せを心から願ったそうだ。

「二人の間にお前が生まれた時は、まるで自分のことのように嬉しかった。お前にシロと名付けたのは俺なんだ」

「え？」

志郎は思わず訊き返した。水面を眺めていたガジュがこちらを向いた。

「真っ白で美しい毛並みをした純粋無垢《むく》なお前にぴったりだと思って、『シロ』と名付けた。地球の言葉で俺が最初に覚えた色の名前だ」

少し懐かしむように、愛《いと》しげな眼差しで微笑む。

「真っ白なキャンバスにわくわくしながら色を載せていくみたいに、お前もこれからたくさんの経験をして、お前らしい色で自分の未来を明るく染めていけますように――。そんな気持ちを込めて名付けたんだ」

たちまち志郎の胸は切なく疼きだした。何もかもが初めて耳にする話で戸惑いながらも、じわっと目元が熱くなる。

ガジュは再び水面に視線を移し、静かに思い出し笑いをして続けた。

「まるで、天使が現れたようだった。俺が家を訪ねると、俺の声を聞きつけたお前は遠くから一生懸命ハイハイしてやって来て、『抱っこしてくれ』と両手を伸ばして催促するんだ。抱き上げてやると、満面の笑みで俺の顔に頬擦りをしてきた。それが本当にかわいくてな。俺はお前に会いにいくのが楽しみで仕方なかったんだ」

まるでそこに赤ん坊の志郎がいるかのように、ガジュが両手を差し出し構えてみせる。

ふいに志郎の脳裏に蘇る声があった。

――もっとゆっくり動け。危ないだろうが、手足が短いくせに。

ガジュの声だった。同時に夢の中の光景まで蘇る。

――がじゅ、がじゅ……だいしゅきよ。

舌足らずな言葉でありったけの愛を伝えながら、その子がにっこりと笑う。黒狼のガジュはいつの間にかヒトガタに戻り、そうして眩《まぶ》しそうに微笑んで言うのだ。

――ああ。俺も大好きだよ……シロ。

一気に心臓が高鳴り出した。胸が強く締め付けられて、涙腺が緩む。ああ、そうだったのか。志郎は確信した。あの夢は志郎の妄想などではなく、現実にあったことだったのだ。

「俺は、もっとずっと前にガジュさんと出会ってたんですね……」

視線を交わしたガジュがやわらかく目を細めて頷いた。

「ああ、そうだ」

「シュカさん――俺の父は、もう亡くなったと聞きましたけど、母は？」

訊《たず》ねると、ガジュがわかりやすく息を呑んだ。その仕草で母もすでにこの世にはいないのだと悟る。

「ミズキ――お前の母も、シュカと一緒に亡くなったんだ。そして、シロ。お前もこの国の公式な記録では亡くなったことになっている」

「え？」

思わず声が裏返った。母の死は受け入れるが、まさか自分までもが亡くなっているとはどういうことだろう。

志郎が凝視する中、ガジュは気を鎮めるように一つ深呼吸をすると、「辛《つら》い話になると思うが、落ち着いて聞いてくれ」と前置きをして、続けた。

「お前たち三人はまさに幸せそのもので、仲良く平穏に暮らしていたんだ。だがある時、ミズキとシロの正体に気づいた者がいた。話を聞きつけた衛兵たちがお前たちを捜してあの山の麓までやって来たんだ」

最初にその噂《うわさ》をいち早く耳にしたのはガジュだった。宮中のサロンに集まった貴族の誰かが話しているのを聞いたのだ。ガジュは急いで馬を走らせ、シュカたちに危険が差し迫っていることを伝えた。日が昇ればすぐにもここに衛兵隊がやって来るだろう。時間がない。

ガジュはシュカに今すぐミズキとシロを連れて逃げるよう指示した。山を越えればひとまず安心だと踏んだ。山のことなら自分の庭のように熟知しているミズキがいる。動物たちの手を借りればどうにか逃げ切れるはずだ。ガジュは再び王宮に引き返すと、自らも衛兵隊に加わり、意図的に情報を錯綜《さくそう》させてシュカたちが逃げるまでの時間稼ぎをしたのだった。

「逃げ切れたのだと思っていた。山の麓の家はすでにもぬけの殻で付近の捜索をしても何の手懸りも見つけられなかったんだ。しまいには通報自体がデマなのではないかという空気にすらなって、俺は内心ほっとしていた。だが、その翌日、山から離れた湖で遺体が発見されたんだ。シュカとミズキだった。そして一緒に見つかったのが、当時のお前がよく履いていた小さな靴だった」

結局、その時の捜索で赤ん坊の遺体は発見されなかったが、湖には凶暴な肉食魚が多数生息していた。

いずれにせよ、小さな子どもが深い湖に落ちたらひとたまりもないだろう。上はそう結論づけて早々に幕引きを図った。

それというのも、人間の女と一緒に発見されたのが、王族の一人であるシュカだと判明したからだ。衝撃の事実に王宮内に激震が走った。国として、決して民に知られてはならない真実だった。事件の関係者には緘口令《かんこうれい》が布《し》かれ、たちまちなかったことにされたのである。

一方、遺体発見の一報を受けて、ガジュはすぐさま現場に駆けつけた。

信じられなかったが、変わり果てた姿で目の前に横たわっていたのは、紛れもなく敬愛する兄貴分とその妻だった。二人は決して離れないように固く手をつなぎ、それぞれが大切そうに小さな靴を片方ずつ胸に抱き締めていたのだった。

シロの亡骸《なきがら》だけが見つからず、ガジュは捜索が打ち切られたあとも一人で湖に潜り、必死にシロを捜し続けた。彼にはどうしても納得のいかないことがあった。なぜシュカはガジュの指示通りに山を越えず、そこから離れてわざわざ湖になど向かったのか。そのせいで、別方面から山に向かっていた衛兵隊と鉢合わせしてしまったのだ。

「俺はその場に居合わせた者を捜し出して詳しく話を聞きだした。シュカたちは奴らに見つかった時、馬には乗っておらず、徒歩だったそうだ。彼らは力尽きたようにふらふらで、すぐに捕まると思われたが、急にどこからか一頭の馬が動物の大群を引き連れて現れたらしい。動物たちは一斉《いっせい》に衛兵たちに向かって押し寄せてきた。そのせいで一旦はシュカたちを取り逃がしたものの、動物を撒《ま》いて再び彼らを囲い込み、とうとう崖まで追い詰めた。その直後だったそうだ。先にミズキが足を滑らせた。一緒に手を取り合って逃げていたシュカも引き摺られるようにして共に崖から落ちたらしい」

衛兵の言い分では、あくまで本人たちが足を滑らせて転落したのであって、こちらから手を出したのではないということだった。また、シュカの腕には毛布でくるんだ赤ん坊が抱かれていたという。その証言が決め手となり、忌《い》み種《しゅ》の赤ん坊と人間の女を含む三人の死亡が確定されたのだった。

「それからしばらくして、湖から子どもの遺体が上がった。小さな赤ん坊だったと聞かされて、俺は絶望した。ちょうどその頃、シュカたちのことを執拗に調べまわっていた俺にも疑いがかけられていた。シュカがひそかに書き留めていた異世界や異世界人に関する記録が見つかったんだ。その中には日記もあって、光一郎や俺のことも綴《つづ》られていた。俺がしばらく地球に滞在した時の話もシュカは詳細に記していたから、そこから光一郎との関係までがすべてばれた。それがきっかけで、日記などの記録に記されていた例の泉は人工的に涸《か》らされ、俺も処分を受けることになったんだ」

ただ、光一郎については、シュカが『ある時期を境に交流が途絶え、以後姿を見ていない』との一文を書き残していたおかげで、彼自身に注目は集まらなかったという。

光一郎に被害がないと確信したガジュは、その後、ことが大きくなる前に自ら王室を離脱してこの森に引きこもる選択をしたのだった。

「俺は悔やんでも悔やみきれなかった」

苦悶《くもん》に顔を歪《ゆが》ませたガジュは低い声を絞り出すようにして言った。

「お前たち三人を救えなかった自分が心底情けなかった。それからは、白毛種の噂を耳にしては秘密裏に駆けつけ、保護してまわった。贖罪《しょくざい》と言うのもおこがましいが、もう二度とシロみたいな目に遭う子が現れないように、せめて自分がこの子たちを守ってやらなければいけないと思ったんだ。子どもたちを育てながら、シロが生きていたらどんなふうに成長していただろうと、いつもお前のことを考えていた。忘れたことなど一度もない。その一方で、シロはもうこの世にはいないのだと、毎日自分に言い聞かせていた。だから、驚いたんだ。光一郎の孫として現れたお前が実はあのシロだと言われても、まさかそんな眉唾《まゆつば》な話をすぐに信じることなどできるはずがないだろう」

二十年以上も前に死んだはずの赤ん坊だ。それこそ亡霊だと言われた方がまだ納得できたと、ガジュは苦笑気味に志郎がこの世界にやってきた日の心境を語った。

彼に渡した光一郎の手紙には、その真相が書いてあったのだ。

光一郎がシュカとの交流を断ち、音信不通になっていた理由は、ちょうどその頃に息子夫婦を不慮の事故で亡くしたからだった。母親のおなかの中にいた孫も亡くなったと知り、光一郎と喜美子は深い悲しみに暮れていた。

そんな時だった。心が塞ぐ中、しばらく見向きもしなかった水槽から突然水が溢《あふ》れ出した。驚く光一郎の眼前に現れたのは、なんと敷布にくるまれた赤ん坊だったのだ。

赤ん坊の手には『言の花』がくくりつけられていた。光一郎が茎を引っ張ると、流れてきたのは耳慣れた友人の声だった。記憶にある快活な彼の声とは違って息切れが激しく、しゃがれており、ひどく焦っているようだった。それだけでも何か尋常ではないことが起こっているのだとわかった。久々に異世界の友人から届いた伝言は、光一郎を愕然とさせた。

彼らに身の危険が迫っていること。そして、おそらくそれらからは逃れることができないということ。自分たちは覚悟ができている。だが、せめて子どもだけはこの争いから遠ざけたい。二人でそちらへ送るから、どうか地球でこの子をかくまってほしい――。

両親の願いとともに光一郎のところへやって来た赤ん坊は、全体的に色素が薄かったものの、見た目は完全に人間の子どもだった。シュカとミズキが最期の力を振り絞って我が子の狼族としての性質を封じ、人間の子どもとして不自然がないよう変化させたのだろう。

光一郎と喜美子はすべてを受け入れた。そしてシロを自分たちの孫として育てることに決めたのだ。

「実の子と孫を一度に亡くした光一郎たちは、このことを自分たちに与えられた使命だと思ったのだそうだ。友人に託された赤ん坊、『シロウ』を自分たちの養子という形で引き取り、立派に育て上げてみせると、その時彼らに誓ったのだと手紙には書いてあった。おそらく『言の花』から聞こえたシュカの声が不明瞭《ふめいりょう》だったために、光一郎には『シロ』という名が『シロウ』に聞こえたんだな」

ガジュが強張《こわば》らせていた表情を少しだけ緩めた。

志郎は頭の整理が追いつかず、彼の話をどこか他人事《ひとごと》のように聞いていた。

『シロ』という呼び名は、この国の発音だと『シロウ』が呼びづらいので、ガジュが便宜上あえてそう呼んでいるのだと思っていた。しかし、真実は逆だった。シロは呼び名ではなく本名であり、それを志郎に与えてくれたのは、他でもないガジュ本人だったのだ。

自分が知っている過去が過去でなくなってゆく。人間として過ごした二十数年間の歴史がどんどん塗り潰されて真っ白になってしまいそうで、志郎は動揺を隠せない。

困惑する志郎を見やり、ガジュがゆっくりと言葉を区切るようにして続けた。

「あの時、シュカたちがどうして山を越えずに湖に向かったのかようやく理由がわかった。正確には湖に向かったんじゃない、当時あの付近に湧いていた例の泉に用があったからだ。シュカたちは泉でお前を地球へと送り、その後できるだけその場から離れようとしたに違いない。たまたま衛兵たちと鉢合わせたのが湖の近くだったんだ。馬を逃がしたが、その馬が森の仲間を連れて戻ってきた。おそらく彼らを助けるために。だが、シュカたちにはもう衛兵らから逃げ切る余力がなかった。だがそれでよかったんだ。二人は計画通り、湖に飛び込んだ。腕に赤ん坊を抱いていると衛兵たちに見せつけることで、三人一緒に身投げしたのだと思い込ませたかったのだろう。そうすれば、お前の行方をそれ以上追う者はいなくなる」

「何で俺だけ……二人も一緒に、泉に入っていたら……」

思わず言葉が口をついた。ガジュが弱ったように言った。

「当時、シュカと光一郎が発見した泉から地球へ行き来する方法には、いろいろと制約があったんだ。いくつかの条件が満たされなければ泉の力は発動しない。その中の一つが満月の夜であること。そして、その一晩に通り抜けできるのはたった一人。つまり、お前を地球へ送れば、それでその日の泉の効力はなくなるんだ」

志郎は絶句した。頭がぐらぐらと揺れているようで、思考がまったく働かない。

「光一郎の手紙に記されていた内容は目から鱗《うろこ》が落ちるものだった。だが、あの手紙をそのまま鵜《う》呑《の》みにするには腑《ふ》に落ちない点がいくつかあった。まずは尻の痣《あざ》だ。以前も話したが、シロの尻にはあった痣がお前にはなかった。その他にも細かい点がいろいろ——第一、湖から上がった赤ん坊の遺体の説明がつかなかった」

ガジュも大いに混乱したのだ。

だから、ヒジリを使って調べさせた。画商と聞いていた彼の正体は、かつてのガジュの側近であり、現在も王宮勤めの近衛《このえ》兵隊長だった。ガジュが王室を離れてからも、彼を慕い、右腕となって暗躍している。

ガジュの命《めい》に従い、そうしてヒジリが突き止めたのは、当時発見された赤子の遺体が、実際は別の動物の骨を用いた可能性が高いということだった。では、なぜわざわざそんな偽装をしたのか。その理由を知って、ガジュは愕然となった。当時、事件の真相を探ってこそこそと嗅ぎまわっていた息子の不審な動向に憤然とした前国王が、これ以上身内の恥を晒すわけにはいかないと、側近に偽の遺体を作り上げるよう指示したのだ。

つまり、シロが亡くなったという決定的な証拠は存在しないということになる。

「お前が紛れもないシロ本人であるという大方の証拠は固まった。更に疑いようもなく確信したのは——お前が、あのお守りをずっと大切に持っていたのを知った時だ」

志郎ははっとして、ズボンのポケットに手を差し入れた。白い編みぐるみを取り出す。

「このイヌ……」

「そいつはイヌじゃない」

バツが悪そうにガジュが明かす。

「狼だ。白狼《はくろう》——お前に、俺が作ってやったものなんだ」

「え？」と、志郎は思わずガジュを凝視した。

「モデルにしたのは生まれたばかりのお前の姿だ。どこからどう見ても狼だろうが。何でこれがイヌやらクマやらに見えるんだ」

ガジュが不貞腐《ふてくさ》れたように唇を歪ませる。志郎は面食らった。目を瞬《しばたた》かせて、視線をお守りとガジュの間を忙《せわ》しく行き来させていると、彼が不満げにぼそっと小言を漏らした。「初めて作ったんだから、そんなもんだろ。今ならもっと上手《うま》く作れる」

志郎は戸惑った。

「俺、じいちゃんからは、これは両親の形見だって聞かされていて……」

「光一郎はそう思っていたんだろう。実際、シュカとミズキはお前にそれを持たせて地球に送ったんだ。ただ、そいつを作ったのが俺だったって話だ」

ガジュがふと懐かしそうに目を細めた。

「お前は俺がやったその狼のおもちゃをやたらと気に入ってな。ずっと握り締めて、眠る時も常に傍に置いていた。それなのに、お前たちがいなくなった家の中からも、湖からもこいつは見つからなかったんだ。シロが最期まで離さずに握り締めていて、一緒に天に召されたのだと思っていたよ。それが、また揃って一緒に俺の前に現れてくれたんだ。あの時ほど天に感謝したことはない」

ふいに眉を下げて、泣き笑いのような表情を浮かべてみせる。

志郎は胸が詰まるような切ない息苦しさを感じつつ、ふと既視感に襲われた。そういえば厨房でこのお守りを見せた時に、ガジュはひどく驚いた顔をしていた気がする。そしてほんの一瞬、今みたいなどこか泣き出しそうな笑みを浮かべていた。

たちまち胸の奥からつき上がってきた情動に、志郎はぶるっと体を震わせた。じわっと目元が熱くなる。

目を瞑ったガジュは、ゆっくりと言葉を嚙み締めるようにやわらかな口調で言った。

「あのシロが生きていた。信じられない奇跡のような話に、俺は夢を見ているのではないかと思ったくらいだ。立派な青年に成長し、人間の姿で現れたかつての赤ん坊は、俺のことなどすっかり忘れていたが、元気に生きていてくれただけで嬉しかったよ」

静かに目を開ける。志郎と視線を交わした彼は、ふっと優しく微笑む。

「俺は、お前と再会できて本当に嬉しかったんだ。だからこそ、お前を再び危険に晒したくはなかった。こちらの世界にいれば、普通の人間でも多少なりと狼族のフェロモンの影響は避けられない。特に俺のフェロモンは強烈だ。せっかくシュカたちが命を削って封じ込めたお前の本性を目覚めさせていいものか悩んだよ。日に日にお前が本来の能力を発揮しだす様子を目の当たりにして、気が気でなかった。できることなら、何も知らないままお前を早く地球に戻してしまいたいと思っていた。その方が、お前は幸せに暮らすことができるんじゃないかと思って……」

だが、それも間に合わなかったなと、ガジュがおもむろに自分の項に手を回した。先ほど貼ったばかりのガーゼを躊躇《ちゅうちょ》なくベリッとはがす。

「あっ」と、志郎は咄嗟に声を上げた。しかし、こちらに向けられた項を見て目を瞠る。皮が捲《めく》れ血が滲んでいたあの痛々しかった傷《きず》がどこにも見当たらない。

「肩の打撲もすでに治っている。お前が傷に触れた時、一瞬、体の中に何か熱い気のようなものが流れ込むのがわかった。おそらくお前自身のフェロモンだろう。これが、お前が母親から受け継いだ癒しの力だ」

その上、志郎には黒狼族のシュカの血も流れている。シャーマンとして有能だったミズキと比べてもより強力な癒しの力が備わっている可能性が強いと、ガジュは言った。

「俺にそんな力が……？」

志郎は思わず自分の両手を凝視する。

「封じ込めていた狼族のフェロモンが覚醒したことで、より強い癒しの力を発揮できるはずだ。しかし、これが発現してしまったら、もうもとの人間の姿に戻ることは困難になる」

ガジュが手を伸ばし、志郎の頭に生えた獣の耳にそっと触れる。付け耳だと何も感じなかったが、今は獣毛を掻き分ける指の感触も、少し低めの彼の体温までもが伝わってくる。一気に拍動が速まる音がした。

「たとえむこうの世界に戻れたとしても、この姿を人目に晒すわけにはいかないだろう。お前はかえって居づらくなり、辛い目に遭うかもしれない。こうなる前に何か手段を見つけられればよかったが、結局、こっちに引き止めるしかなくなってしまった。すまない、お前を不安にさせるばかりで」

ガジュが殊勝に謝る。志郎は反射的に首を横に振った。心臓に疼痛が走り、思い詰めた眼差しで彼を見つめる。そんなふうに謝らないでほしい。だって本当は、不安だなんて思うどころか、自分は――。

視線がふいに交錯する。咄嗟に息を呑むと、ガジュが申し訳なさそうに顔を強張らせた。

「大丈夫だ」

手が伸びてきて、志郎をぎゅっと抱き寄せる。

「これからは子ども《あい》たち《つら》のように、お前のことも俺が守っていく。その体になって不安だろうが、何かあればすぐに言え。俺はお前の傍にいるし、責任をもって守るから安心しろ」

宥めるように優しく頭を撫でられた。

「………っ」

志郎はガジュの胸元に顔を埋めながら、ますます加速する鼓動の高鳴りにおかしな高揚を覚えていた。

確かに思いもしなかった自分の出自には驚きを隠せなかった。初めて聞かされた実の両親のこと、光一郎と喜美子がすべてを知った上で志郎を引き取り、育ててくれたこと。彼らに対する様々な感情が入り乱れ、頭の整理が追いつかない。

だが、今、志郎の胸を昂らせているのは、それとはまた別の感情だった。

狼族の姿に変化した体を不安に思っているだなんてとんでもなかった。志郎は人間ではない獣の耳と尻尾が生えた自分をむしろ歓迎していたからだ。

これでむこうへ戻らなくてはならない理由はなくなった。

ガジュと離れなくてもいい。ずっとここで一緒にいられる――。

志郎はガジュに抱き締められながら、密かにそんな下心に胸を躍らせていた。

■8■

ガジュから志郎の正体を聞かされた子どもたちは、皆大いに驚いていた。

唯一、末っ子のギンだけは何のことやらピンときていなかったが、志郎の白い耳と尻尾を見つけると一気にテンションが上がったようだった。子狼姿になりぴょんぴょんと飛び跳ねて、嬉しそうに志郎の尻尾にじゃれついてきた。

四人は志郎が人間ではなく自分たちと同じ白毛種であったことを知ると、揃って言葉を失った。しかしすぐに目を輝かせて、志郎を取り囲んだのだった。

「それでは、シロ様も狼の姿に変化できるのですか？」「わあ、きっととてもお美しいのでしょうね！」「いつも私たちのブラッシングをしてくださるので、今度は私たちにやらせて下さい」「大丈夫ですよ。痛くしないように気をつけますから」「あうあうー！」

思った以上の食いつきをみせる彼らに、志郎の方が面食らってしまったくらいだ。

「期待に沿えなくて悪いんだけど、実は変化は全然できなくて……。頭とお尻に耳と尻尾が生えただけで、みんなみたいに気のコントロール？　が、いまいちよくわからなくてさ」

「人間として過ごした期間が長すぎたせいだろう。そのうち狼族の勘が戻ってくる」

ガジュが横から口を挟む。子どもたちも納得したように頷いた。

「それは仕方のないことです」「でも、白毛のままだと危ないし、毛染めが必要ですね」「だったら、ぼくたちと一緒にしたらどうですか?」「それがいいですよ! ねえ、ガジュ様」子どもたちが揃ってガジュを見やる。ガジュが笑いを堪《こら》えた声で「そうだな」と言った。

「いつもより多めに毛染め液を準備しておこう」

「シロ様にはちゃんと私たちがお教えしますからね」「大丈夫です、怖《こわ》くないですよ。ガジュ様が丁寧に染めてくださいます」「あうう━」

志郎は笑って返しながら内心意外に思った。

もっと深刻な話として扱われ、子どもたちからも同情され気を使われるのだと思っていたからだ。だが、そんなことはなかった。いつにないテンションの高さで口々に志郎に話しかけてくる彼らは、志郎の身体的変化を戸惑うどころかむしろ喜んでいるように感じられた。

その頃から、志郎が見る夢にも変化が現れた。

何度も繰り返し見てきた白毛の赤ちゃんとガジュの夢は、より色鮮やかに、よりリアルに繰り広げられる。これらは決して志郎の妄想などではなく、すべて現実にあった出来事なのだと教えられているようだった。

幼少の志郎は舌足らずな声で嬉しそうに『がじゅ、がじゅ』と呼び、その呼びかけにガジュは面倒くさそうにしつつも、『何だ、シロ』と、盛大に頬を緩ませて優しい声を返す。

それから先の映像は、これまでに見たことのないものが増えた。

ガジュに抱かれて二人で散歩をする夢。志郎が狼姿のガジュの上に這《は》い上がってはしゃぐ夢もあれば、一緒に食事をする夢もあった。ゴクゴクとミルクを飲んで汚れた志郎の口周りを、ガジュがその立派な尻尾で甲斐甲斐《かいがい》しく拭いてやっている。ああ、この光景はいつかも脳裏を過《よ》ぎった気がすると、志郎は思い出した。あれは確かに自分が経験した記憶だったのだ。せっせと世話を焼くガジュを眺めながら、遠くから誰か知らない男の声が言った。『こうやって見ていると、ガジュが父親みたいだな』その隣で一緒に見守っていた女性が品のいい笑い声を聞かせる。『本当にね。シロもガジュが大好きだもの。ねえ、シロ』『あーい!』

夢から覚《さ》めると、涙を流していることが度々あった。

夢の中で聞いた声が実の両親のものだと気づいて、また涙が溢れた。志郎は二人のことを憶《おぼ》えていないのに、シロの記憶にはちゃんと残っている。そのことが嬉しくもあり、同時に自分のルーツはやはりこちらの世界にあるのだと、改めて思い知らされたのだった。

志郎の能力の片鱗《へんりん》は、本人が知らないうちにもあちこちに影響を及ぼしていたらしい。

ハーブ畑が一夜にして急成長したのは、やはり志郎が原因だった。ギンのミルクも志郎がいろいろと念を込めたために栄養素が格段にアップしたと考えられる。その結果、弱っていたギンの体調が瞬く間に回復した。一方、ミルクを冷やした水にまでも、まったく本人の自覚がないままに志郎のフェロモンが溶け込んでいたのだ。畑にその水を撒いたおかげで、癒しの能力の影響を受けた植物が育ったに違いない——とは、ガジュの独自の見解だ。

確かに、この畑では多種多様なハーブが同じ環境で一斉に生育していて、地球ではまずありえないその現象が志郎にはずっと不思議だったのだ。ここが地球ではない別の世界だからと言ってしまえばそれまでだが、特殊な力が働いているからだと考えると腑に落ちた。

ある日、モモと日課の畑の手入れをしていた時のことだ。

剪定をする手を動かしながら、彼女はふと恥らうようにこんな話をした。

「シロ様はご自身の正体を知って、とても不安だったと思います。でも、不謹慎な話なんですけど、実は私たちはガジュ様からシロ様が人間ではなかったと聞かされた時、すごく嬉しかったんです。人間のシロ様は、いつかもとの世界に戻ってしまうかもしれない。だけど、私たちと同じ種族なら、ずっとこちらにいられるでしょ？　だから、シロ様たちがお部屋に戻られた後、みんなで飛び上がって大喜びしてしまったんですよ」

ごめんなさいと言いつつも、嬉しさが堪えきれないみたいに、はにかむように笑った彼女を、志郎はぎゅっと抱き締めたい衝動に駆られてしまった。胸の奥がじんわりと温かくなるのを感じる。感激していると、ふいにモモが思い出し笑いをしてみせた。

「そうそう、ガジュ様もすっごく喜んでおられたのですよ！」

「え、ガジュさんが？」

「実はガジュ様は、いずれシロ様がもとの世界に戻ることになったら、その時は引き止めることはせずきちんと見送るようにと、私たちに言い含めておられました。それがシロ様のためなのだと仰《おっしゃ》って。私たちも、寂しいですけど……その日が来ることを覚悟していました」

初耳だった。ガジュと子どもたちの間でそんな話が交わされていたとは知らなかった。

僅かに俯いたモモが、「でも」と顔を撥ね上げた。

「こういう形になって、私たちはガジュ様に『もう、シロ様を見送る覚悟をしなくていいんですよね』と確認したんです。そうしたら、ガジュ様は嬉しそうに『そうだ』と頷かれました。そして、『シロは大事なうちの子だ。もう絶対に手放すことはない』と仰ったんです！ガジュ様も本当はシロ様にずっとここにいてほしかったのだと思います！」

彼女は小鼻を膨らませ、「だって」と興奮気味に続ける。

「あんなに嬉しそうに鼻歌を口ずさむガジュ様を初めて見ました。去っていく後ろ姿もいつものキビキビした様子とは違って、床から数センチ浮いているかのように足取りがふわふわウキウキとされていたんですよ。普段のガジュ様もかっこよくて素敵ですが、あの時は何だかこう、全身から甘いお菓子がぽんぽんと飛び出すような幸福感に包まれて、見ているこちらもとても甘くて幸せな気分になりました。言葉はなくても、ガジュ様のお気持ちが伝わってきて……ふふ、ガジュ様はとてもとても大好きなんですよ、シロ様のことが！」

純粋無垢な笑顔を向けられて、志郎は全身から火を噴きそうになった。彼女の率直な言葉は、すなわちガジュのありのままの姿を表していて、想像すると一気に鼓動が跳ね上がる。

もちろんガジュのそれは家族愛だとわかっている。

それでも律儀《りちぎ》に動揺してしまう志郎に、モモが無邪気な質問を投げかけてきた。

「シロ様はガジュ様のことをどう思っておられるのですか？」

志郎は何もないのに咳《せ》き込んだ。

モモがキラキラと期待に満ちた目で見上げてくる。子どもの問いかけだ。深い意味などないとわかっていても、志郎の声はみっともなく裏返り、しどろもどろになる。

「そ、尊敬しているよ。優しいし、かっこいいし。俺も、ガジュさんのこと……好きだし」

蚊の鳴くような声に、モモがぱあっと顔を輝かせた。至極嬉しそうになぜかパチパチと拍手をされて、たちまち血が上った頭がぐらぐらしだす。

「シロ様のお気持ち、ガジュ様にもきちんと伝えておきますね！　あっ、ちょうどアトリエの窓からガジュ様がこちらを見ておられますよ。手を振ってます。おーい、ガジュ様！」

モモが嬉しそうに手を振り返して駆け出す。志郎は瞬時に我に返り、大いに焦った。

「ちょ、ちょっと待った！　ダメだ、今のは絶対に誰にも言っちゃダメ！」

慌てて引き止め、きょとんとするモモに必死に言い訳と口止めをする羽目になった。

ガジュは志郎の出生の秘密を明かしたことで、肩の荷が少し下りたようだった。

そしてそれを機に、今まで密かに抑え込んでいた溢れんばかりの父性を解禁したらしく、志郎と二人でいる時は殊更《ことさら》に世話を焼きたがった。

日課のおやつを差し入れると、なぜか志郎まで招き入れ、わざわざガジュ自らお茶を淹れてくれる。好物の菓子もこれは志郎の分だと半分ずつくれるし、食べながら交わす志郎の世間話にもいつも楽しそうに耳を傾けてくれる。

しかし時折、度を超した世話の焼き方をするのが困りものだった。志郎の口の端についたクリームを優しく指先で拭ってくれたまではよかったが、その指を自分の口に含んで舐め取った時はぎょっとした。まるで少女漫画みたいな仕草をさらっとやってのけるので、志郎の方がどぎまぎさせられる。

他にも、志郎が湯浴みをしていたら、いきなり入ってきて背中を流そうとするし、志郎の尻尾のブラッシング当番を子どもたちに混ざって競い合うし、夜は絵のモデルがなくても何かと理由をつけて部屋に呼びたがる。そうしてベッドの上ですでに夢の中にいるギンを間に挟んで川の字に寝そべると、彼は嬉しそうに昔話をして聞かせるのだった。

——オムツの替え方はお前で学んだ。オムツを替えた途端にまたおしっこをするもんだから、俺はよくびしょ濡れにされたもんだ。濡れた俺を見上げて、お前はきゃっきゃと嬉しそうに手を叩いて笑っていたなあ。あの時のお前は、天使の顔をした悪魔に見えたぞ。

——ミルクもよく飲ませてやった。何を思ったのか知らんが、お前は狼姿の俺の乳首を探してちゅぱちゅぱと吸い付いてきやがった。乳なんか出ないと言っているのに離れようとしないんだ。ヒトガタの俺にまで服の中に潜り込んでちゅぱちゅぱしだした時は、さすがのシユカとミズキもうちの子は大丈夫だろうかと心配していたもんだ。でもなぜかシュカの乳首には無関心でな。父親にはぷいっとそっぽを向いて、俺のところばかりやってくるから、ヤキモチを焼いたシュカが臍《へそ》を曲げて大変だったんだぞ。ミズキは大笑いしていたがな。

――お前は俺が作ってやった白狼の編みぐるみが大のお気に入りで、どこへ行くにも銜《くわ》えて持って行っていた。その不恰好な歪みはお前がいつもガジガジ咬《か》んでいたせいでもあるんだぞ。おかげで涎《よだれ》でベタベタになり、それをまた俺の顔にくっつけてくるもんだから、俺の顔はおまえの涎まみれだ。お前は俺の尻尾に巻かれて眠るのが大好きだったから、お前の昼寝に付き合った後の俺の尻尾は決まって涎でカピカピになっていた。自分の毛も寝癖と涎でいつも面白いことになっていて、みんなでよく笑ったもんだ。

懐かしげに語るガジュの思い出話に、志郎もいつしか夢中になっていた。

たとえ一緒に過ごした時間は短くとも、志郎が彼らにどれほど愛されて育ったのかは十分伝わってきた。両親とガジュと過ごした幸せな日々を想像して切なくなる。

ガジュは生まれたばかりのシロを初めて見た時のことを、まるで昨日のことのように鮮明に思い出すと言った。

彼の口から紡《つむ》がれる思い出はどれもきらきらと宝石のように輝いていて、記憶のない志郎にはひたすら眩しかった。ガジュがとても大切にしている宝箱を志郎も覗かせてもらっている。そんな感覚に等しい。記憶にない過去の話をされるのは赤面ものだったが、ガジュの口を通して聞くと、胸の奥から妙に甘酸っぱいくすぐったさが込み上げてくる。何より、ガジュが志郎との他愛もないやりとりまで事細かに覚えていてくれたことが嬉しかった。

――あんなに小さくてころころとしていたヤツが、こんなに大きくなったんだな。

ある思い出話の後に、ガジュが志郎を見つめて、そう感慨深げに呟いたことがあった。

優しい眼差しは慈愛に満ちており、父親が愛しい我が子を思うそれに似ている。そのことに気づいてしまうと、志郎の胸のうちは複雑だった。ガジュの気持ちはわからなくもない。彼はシュカとミズキを助けられなかったことを今でも強く悔やんでいるのだろう。だから、彼らの忘れ形見である志郎に特別な情を持たずにはいられない。

けれでも、その特別な情というのは、志郎がガジュに望んでいるものではないのだ。天涯孤独の志郎を家族として受け入れてくれたガジュの愛情を、自分の邪なそれと一緒にしてはいけない。ガジュのきらきらとした思い出話を聞くたびに、そんな彼に不適切な想いを抱いてしまう自分が後ろめたかった。

ガジュの一挙手一投足に、どうしようもなく甘酸っぱい気持ちを抱く自分が嫌になる。こんな想いが彼にばれてしまったら、もうここに置いてもらえないかもしれない。地球に戻る必要はなくなったけれど、今度は別の理由で彼の傍にいられなくなってしまう。

だが、自制しようとすればするほど、かえってガジュを意識してしまうのだから、どうしていいのかわからなかった。

「おい、シロ。次はお前の番だぞ」

ふいに呼ばれて、志郎ははっと我に返った。ガジュが盥《たらい》の傍から手招きしている。

今日は朝からよく晴れて、絶好の毛染め日和《びより》となった。

すでに子どもたちは毛染めを終えて、シートの上では五匹の子狼が揃って同じ方向を向いて眠っている。今日はコンは忙しくて来られないそうだ。残すは今回が初体験の志郎のみ。

「今行きます」と少し緊張気味に答えて、志郎は急いでガジュが待つ盥へ向かった。

「えっと、俺はどうすればいいんでしょうか？」

発現したばかりの耳と尻尾を持て余し、困惑する。子どもたちのように自由自在に狼姿に変化できないし、まさか全裸になって盥の中に入れと言われたらどうしよう。戸惑っていると、ガジュがこっちに来いと再び手招きした。

おずおずと盥を迂回《うかい》し、ガジュの傍に歩み寄る。すると突然、頭に輪っかのようなものを装着された。見覚えのあるピンクのそれは、地球ではシャンプーハットと呼ばれている。

シャンプーハットを被った志郎を、ガジュは当たり前のように自分の膝に座らせた。

もともとスキンシップは多い方だったが、最近ますます増えた気がするのは志郎の思い過ごしではないだろう。離れていた時間を取り戻すかのように、ガジュは志郎を甘やかし、傍に置きたがった。

そわそわする志郎の気も知らないで、ガジュは楽しそうに盥とは別の容器を引き寄せる。

中には薄茶色の泡が入っていた。志郎用に特別に作った染液だそうだ。

「お前はあいつらのように盥の中に飛び込むわけにはいかないからな。こっちの方がいいだろう。じっとしていろよ、動くと泡が飛び散って目に入るぞ」

ガジュがもこもこに泡立てた染液を手に掬《すく》って、志郎の獣の耳に丁寧に塗りつけてゆく。

「小さい頃にも、こうやってお前を洗ってやったんだ。あの頃は落ち着きがなくてじっとしていろと言ってもちっとも言うことを聞かなかったが、随分と聞き分けがよくなったな」

「……赤ちゃんの頃と比べないで下さい。俺のこと、いくつだと思ってるんですか」

頬を火照らせる志郎は思わず拗《す》ねたような口ぶりになる。ガジュが笑った。

「そうだな、もう立派な大人だ」

悪い悪いと言いつつも、ガジュが現在の志郎を通して過去の幼い志郎を見ているのはわかってしまう。子どもがいくつになろうと親にとってはいつまでも子どもだと言うように、ガジュにとって志郎もそうで、この先もずっと子ども扱いされるのだろうか。

それは嫌だな……。

シャンプーハットの下でこっそり溜め息を零した志郎は、ふと昨夜のことを思い出した。

ゆうべは久々に絵のモデルを頼まれたのだ。ガジュはスケッチしながら、いつものように思い出話に花を咲かせ、志郎は何度も赤面しながら、いつの間にか眠りに落ちたのだった。

ゆらゆらと心地よい揺れに意識を半分覚醒させた志郎は、自分がガジュに抱えられていることに気がついた。いつも寝落ちした時は、必ずガジュがこんなふうにベッドまで運んでくれるのだと知っていた。ふかふかのベッドに下ろされると、隣ではギンが眠っていた。彼はベビーベッドがお気に召さないようで、広々としたガジュのベッドを占領している。

志郎はそっと薄目を開けた。ベッドの反対側に立つガジュが、ギンが蹴飛ばした上掛けを掛け直してやっている。小さな頭をそっと撫で、ふくふくとした頬に静かに唇を寄せる。

とても微笑ましい光景に、志郎はふわりとあたたかな気持ちになった。思わず頬を緩ませると、ガジュが再びこちらに戻ってきた。慌てて目を瞑った志郎の頭上で、ガジュが「おやすみ」と囁く。鼓膜をとろかすような甘い声に拍動が跳ね上がった直後、志郎の頬にちゅっと微かな音を立ててやわらかな感触が押し当てられたのだった。

咄嗟に頬に手をやって思い出していると、「どうした?」と、背後から声をかけられた。ガジュが怪訝そうに首を伸ばし、脇から顔を覗き込もうとしてくる。にやにやしているのを見られて、かあっと羞恥《しゅうち》に駆られた志郎は慌てて何でもないとかぶりを振った。

耳の毛染めが終わり、続いて尻尾に移る。

まず尻尾に丁寧にブラシをかけてもらい、それから泡を塗り込まれた。

ガジュに触られると、なんだか尻の辺りが無性にむずむずしだして困った。

毛を梳くように指が絡まり、薄い皮膚まで優しく撫でていく。その手つきがやけに色っぽく感じられて、志郎は落ち着かない気分になる。

敏感な皮膚に指先があたって、びくっとした。

「よし、終わったぞ。これで少し馴染《なじ》ませたあと、あいつらと一緒に余分な泡を洗い流せばいい。シロ？　どうした、液が沁《し》みたか？」

思わず漏れそうになる声を必死に嚙み殺していると、ガジュが心配そうに顔を覗き込んできた。熱っぽく潤《うる》んだ目にガジュの端整な顔が映る。

視線が絡んだ一瞬、沈黙が落ちた。軽く目を瞠ったガジュが思わずといったふうにひゅっと息を吸ったのがわかった。途端に志郎は顔を熱くして、弾《はじ》かれたように視線を外す。「大丈夫です」と上擦《うわず》った声で答えた。

「……あ、ありがとうございました」

気まずい思いのまま恐る恐る目を向ける。ガジュは何事もなかったかのように頷き、笑っていた。容器を片付け始めた彼の頰に茶色い泡が付着しているのが目に留まった。

「ガジュさん、泡がついてますよ」

「ん？」と、ガジュが自分の体を手で払う。「どこだ？」

「頰です。そこじゃなくて……ちょっと待ってください。今、拭きますから」

志郎は置いてあったタオルを取ると、ガジュの傍まで膝でにじり寄った。そっと頰を拭いてやる。よく見ると、彼の白いシャツにもところどころ薄茶色の染みができている。

「服が汚れちゃいましたね」

「ああ、ギンのヤツが思い切り飛び込みやがったからな。まったく、世話の焼ける」

ぶつぶつとぼやきながらも、ガジュの顔は笑っていた。

「あとで洗濯しますね」

「悪いが頼む。おい、またそいつが落ちかけてるぞ」

ガジュが志郎のズボンを指さした。見ると、ポケットから白い編みぐるみがひょっこり頭を出していた。最近は落とさないように紐をつけて首に掛けるようにしているのだが、毛染めで汚れてはいけないと外しておいたのだ。

足を動かした途端、小さな白狼がぽろっとポケットから転がり落ちる。「あっ！」下は水溜《たま》りだ。水面ギリギリのところでガジュの大きな手がキャッチした。

顔を見合わせた二人は、揃ってほっと息を吐き出した。

「ありがとうございます。何だかこの子はガジュさんに助けられっぱなしですね」

「まあ、なにせ生みの親だからな。責任はとらないと」

ガジュが冗談めかす。志郎も笑った。

「俺は生まれた時からずっと、この子に見守られてきたんですよね。じいちゃんやばあちゃんには話せないことも、いろいろと聞いてもらったりして。心の安定剤みたいなものだったのかな。今思うと、この子はガジュさんの代わりに俺の傍にいてくれたんだなって……」

指先で編みぐるみをそっと撫でつつ、俯けた顔を上げる。ガジュと目を合わせた。

「俺はこの子に随分と救われました。この子を生んでくれてありがとう、ガジュさん」

微笑みかけると、ガジュは虚をつかれたような顔をした。

「……イヌだか、キツネだか、何だかわからないような不恰好なヤツだけどな」

「もう狼にしか見えないですよ。この円《つぶ》らな瞳とか、とぼけたような表情とか、ますます愛着が湧いてきて、まるで自分の子どもみたいですごくかわいいし、大好きです！」

面食らった表情でガジュが固まる。まるで時間が止まったような数瞬の間の後、ようやくガジュは呼吸をするのを思い出したみたいにはっと息を吸った。

自分の息遣いで我に返った彼は、「そうか」とぼそっと呟くと、急いで視線を虚空に逸《そ》らした。どこか焦ったようにそわそわと地面を手で探り、片付け途中の容器に指を引っ掛けて乱暴に引き寄せる。その拍子に容器が大きく傾き、陽光を反射した虹色の泡が飛び散った。

「あ、また泡がついてますよ。目の横だから触らない方がいいです。すぐに拭きますから」

「い、いや、平気だ。こんなのは、放っておけばすぐに蒸発して……」

狼狽《うろた》えるガジュににじり寄り、志郎はタオルを持った手を伸ばす。しかし、地面に投げてあった別のタオルに膝を取られてしまい、ずるっと滑った。「うわっ」

前のめりに倒れ込んだ志郎は気づくとガジュに抱きついていた。

「お、おい、大丈夫か？」

「は、はい。すみません、滑っちゃって……」

顔を上げた途端、至近距離でガジュと視線がぶつかった。ふいにいつもとは違う緊張感が二人の間に生まれて、思わず互いに押し黙る。

何とも言えない沈黙が横たわった。

志郎は焦った。すぐ傍にあるガジュの顔がいつになく神妙な面持《おもも》ちをしていて、たちまち鼓動が高鳴り始める。熱を孕《はら》んだ目でどこか切なげにじっと見つめられれば、逸らそうにも逸らせなくなる。

ふっと影が動いた。

ガジュの熱っぽい眼差しが僅かに近づいた気がして、志郎は咄嗟に息を止める。

「シロ様ー、今日のおやつは何ですかー」と、甲高い声が飛んできたのはその時だった。

びくっと震えた二人は瞬時に我に返った。揃って弾かれたように振り返る。

大きな寝言を叫んだ子狼は誰だったのか、五匹は揃ってすやすやと寝息を立てていた。

それから数日が経ったある日、ヒジリの伝書鳩がガジュ宛てに手紙を運んできた。

手紙を受け取ったガジュから、みんなに「午後に来客がある」と告げられる。

ヒジリの来訪でそんなふうに知らせることはないので、別の客が来るのだろう。珍しいことだ。

おもちゃで遊んでいるギンを横目で見ながら玄関ホールを掃除していると、ふいに嗅覚が反応した。最近、特に匂いに敏感な気がする。これも狼化の影響だろうか。すっかり感覚に馴染んだ匂いに舞い上がるような気持ちで振り返ると、案の定、ゆったりと美しいカーブを描く階段にガジュが現れた。

志郎の心臓は瞬く間に早鐘を打ち出す。

ただでさえガジュを意識しているというのに、先日の意味深な言動が気になってますます挙動不審になってしまう志郎だ。

あの一瞬、もしかしてガジュにキスをされるのでは——と、思ってしまった。

それくらい二人の間は甘酸っぱい沈黙と緊張感と熱量で満ちていた気がしたのだ。

結局、子どもの寝言であの場はうやむやになったけれど、あれからガジュの姿を見かけただけで志郎の心臓は壊れたみたいに派手な音を立てるようになってしまった。

対してガジュはと言うと、まるで何事もなかったかのように平然と階段を下り、志郎の前に立った。

「シロ」

「は、はいっ」

咄嗟に姿勢を正す。ガジュがいつも通りの冷静な口調で言った。

「今日の来客にはお前にも立ち会ってもらいたい」

「え？　俺もですか」

「ああ、お前の力を貸してほしいんだ。今日ここに来るのは、患者と思ってくれればいい」

「患者さん……ですか。わかりました」

志郎は医者ではない。それはガジュも重々承知している。ガジュが言っているのは、志郎が両親から受け継いだ特殊な癒しのフェロモンのことだ。志郎が手がけるハーブ食品とは別に、志郎自身が相手に直接触れることによって、多少の体調不良や軽い傷程度なら治せることがわかった。ガジュや子どもたちにも協力してもらい検証済みだ。

とはいえ、ガジュたち以外で初対面の相手に対して力を使うことは初めてだ。

そもそも、ガジュがわざわざこの屋敷に招くような『患者』とは一体どんな人物なのだろう。表立ってこの力を貸してほしいと頼まれたのも初めてのことだった。

ギンが「がじゅ、がじゅ」とズボンの裾を引っ張った。

何だと見下ろすガジュに両手を伸ばして甘える。「だっちょ！」

ガジュが苦笑する。だっこしてくれとの要求通りにガジュはギンを抱き上げた。

「お前、また重くなったんじゃないか？」

「あうー、ないない。がじゅ、だいしゅき、しゅる」

そう言って、ギンはもみじのような手でガジュの両頬をぎゅっと挟むと、自らの口をガジュのそれにぶちゅっと押し付けた。ギンのちょっと過激なかわいらしい愛情表現だ。

微笑ましく見守っていると、テンションの上がったギンが「あうー」と志郎を指さした。

ガジュがギンを連れて志郎の前にやって来る。ギンは身を乗り出すようにして今度は志郎の顔を両手で挟んだ。そうしてぶちゅっと志郎の口に自分の口を押し付ける。

「――っ」

これは、もしかしてもしかすると、ガジュと間接キスになるのでは……⁉

志郎の脳裏に一瞬邪な考えが過ぎる。条件反射のように顔を熱くする志郎をよそに、更に興奮したギンがはしゃいで言った。「がじゅ、しりょ、だいしゅき、しゅる！」

ギンがガジュの頬を摘まんで引っ張る。同時に志郎のシャツの襟《えり》も引っ張った。赤ちゃんとは思えないくらいの馬鹿力で、志郎とガジュはつんのめるように一歩踏み出す。ごつんと額がぶつかった。はっと顔を上げると、同じく前傾姿勢になったガジュの顔が目の前にあってぎょっとする。ギンが無邪気に言った。「だいしゅき、しゅる！」

「え？」と、思わず志郎とガジュは顔を見合わせた。たちまち頬が火照りだす。

ガジュがやれやれと困ったように息をついた。「俺たちもだいしゅきとやらをするのか？」と訊き返すと、ギンが満面の笑みでこくこくと頷く。苦笑したガジュが志郎を見やった。

目が合って、どきりとする。きっと、ガジュにとっては何てことのないただの戯《たわむ》れにすぎないのだろう。現に彼は戸惑った様子もなく、冗談じみた仕草で肩を竦《すく》めてみせた。そうしてギンを腕に抱きながらゆっくりと顔を近づけてくる。

志郎は咄嗟にぎゅっと目を瞑った。

ガジュのスキンシップの程度を自分はよく知っている。こういう時には無邪気な子どものリクエストに付き合うノリのよさを持ち合わせていることも。

心臓がばくばくと音を立てる。

本当に志郎にキスをするつもりだろうか。これだとまるで、あの時の続きみたいだ……！

ところが、ちゅっと軽い感触が押し当てられたのは唇ではなく、なぜか額《ひたい》だった。

すぐにガジュが遠退《とおの》く気配があった。志郎は恐る恐る目を開ける。ガジュはすでに踵を返し、ギンを連れて階段へ向かおうとしていた。

「今は手が空いているから、こいつの世話は任せておけ。午後のことは頼んだぞ」

「……はい」

志郎は拍子抜けした気分だった。別に何か特別な展開を期待したわけではないが、少し予想外の反応だった。冗談で流すにしても、それにしてはガジュの態度がいつになく素っ気無い気がして、胸にもやもやとしたものが広がる。なんだか急に突き放されたような気分だ。

腑に落ちず、志郎はしばらくその場に立ち尽くしていた。

午後になり、予定通りに客人がやってきた。

「やあやあ、シロくん。会うのは半月ぶりだね。あれから調子はどう？」

「トキさん！」

眼鏡《めがね》の奥の目をにこにこと細めて玄関ホールに立っていたのはトキだった。今日は白衣の代わりに濃茶のジャケットを羽織っている。

「なんだ、お客さんってトキさんのことだったんですね」

志郎は笑顔で迎える。トキが目をきらっと輝かせた。

「おおっ、話には聞いてたけど、本当に耳と尻尾が生えたんだねえ。キミがこちら側の住人だったと聞いてびっくりしたけど、うんうん、よく似合ってるよ。あー、もう毛染め式を終えちゃったんだねえ……残念。シロくんの美しい白毛を拝みたかったのに」

そう言いつつ、トキは薄茶色に染まった志郎の耳と尻尾を興味深そうにつついてくる。

「相変わらずシロ印の商品は売れ行き絶好調だよ。新規の患者さんも増えてね。また追加で注文を頼めるかな。ここに書いてあるから」

折り畳んだ紙片を渡されて、志郎は「了解しました」と頷いた。丹精込めて作った商品を多くの人に喜んでもらえるのは本当に嬉しいことだ。

「シロくんのおかげで、うちもかつてないくらいの恩恵を受けてるよ」

にんまりと頬を緩めたトキが「本当にありがたい」と、志郎の頭を撫で回す。

ふいに頭上にさっと影が差した。

二人の間に割って入ったのはガジュだった。トキの手を容赦なくパシッとはたき落としたかと思うと、同時に志郎の腕を摑んで素早く自分の背後へと押しやった。

「やけに騒がしいと思えば、お前が来るなんて聞いてないぞ。何をしに来た」

「何って、案内役だよ。大事なお客様のね」

ガジュに睨まれて、トキがやれやれと肩を竦めてみせる。その時、彼の背後で玄関ドアが外から開いた。顔を覗かせたのはヒジリだった。そして、もう一人。ヒジリが若い女性をエスコートして中に入ってくる。ベールを被ったその女性がホールに姿を現すと、ふと眉を顰《ひそ》めたガジュが訝《いぶか》しむように口を開いた。

「アヤ……か？」

アヤと呼ばれた彼女がベールを脱ぐ。ガジュと視線を交わしてにっこりと微笑んだ。

無機質なホールにたちまちふわっと一輪の可憐な白い花が咲いた。そんな錯覚を起こすぐらいに、透明感のある清楚《せいそ》で美しい女性だった。若々しい外見は志郎よりも年下のように見えるが、狼族の実年齢はよくわからない。

じろじろと不躾《ぶしつけ》な視線を感じ取ったのだろう。彼女は少し伏し目がちに志郎の方をちらっと見ると、恥ずかしそうに再びベールを被ってしまった。

トキが言った。

「こんなところじゃなんだから部屋に移動しよう。アヤ様もお疲れでしょう。シロくん、お茶を頼めるかな。こちらのお客様には何か気分が落ち着くようなものがいいんだけど」

志郎は「わかりました」と頷く。視界の端で、ガジュがヒジリに代わって彼女の手を取るのが見えた。ホールを歩く彼女がふいにふらっとバランスを崩す。よろめいた彼女を素早くガジュが脇から支えた。心配そうに何やら話しかけ、彼女がそれに言葉を返す。はにかむように微笑むと、少し面食らった表情をしたガジュもすぐにふっと頬を和ませた。いつになく優しい笑顔だった。

その瞬間、もやっとした気分が志郎の中にひろがる。

思えば、女性がこの屋敷を訪ねて来たのは、志郎がここに来てから初めてのことだ。ガジュは患者だと言っていたが、彼女とは一体どういう関係なのだろう。傍《はた》から見ても二人の親しい様子が伝わってくる。

胸の奥がちくりと疼く。志郎はゆっくりと深呼吸をして、厨房へ急いだ。

お茶の準備をしながら、「アヤ」という名前に聞き覚えがあることを思い出した。

志郎が注文を間違えてトキの医院まで直接届けに行った時のことだ。あの時もガジュから相談を受けて、体の不調に悩む彼の知人にお勧めの品物を渡したのだ。それをガジュはトキに預けていたはずだ。その時、確かにガジュはこう言っていた。「アヤに渡してくれ」と。

あの時の「アヤ」と、今この屋敷にいる彼女は同一人物だろう。

志郎はずっとガジュからアヤの相談を受けていたのだと、今更ながら気がついた。

部屋をノックすると、四人は穏やかな雰囲気で談笑していた。

「レモンバームティーです。レモンバームは不安や緊張を和らげて気持ちを安定させる効果があるんです。リラックスしたい時におすすめのハーブティーです」

アヤの前にカップを置く。淡いイエローグリーンの水色《すいしょく》を見て、アヤが軽く目を瞠った。

「……綺麗な色。それに、いい匂い」

「庭で摘んだばかりのフレッシュハーブを使用してるので、色も香りもドライのものとはまた違った楽しみ方ができるんです。よろしければこちらもどうぞ。数種類のハーブを生地に混ぜて焼いたカップケーキです」

ハーブティーを上品に啜《すす》ったアヤがほっとしたような表情を浮かべた。甘いものが好きなのか、カップケーキにも手を伸ばす。「おいしい」と、花が綻《ほころ》ぶように微笑んだ。

志郎もほっとする。気に入ってもらえてよかった。ふと視線を移動させると、頬杖《ほおづえ》をついたガジュが嬉しそうに目を細めていた。視線の先には美味しそうにケーキを食べるアヤがいて、それに気づくと志郎は再び胸がざわつくのを感じた。

ガジュが志郎に癒しの力を貸してほしいと頼んだ相手は、やはりアヤだった。

彼女はもともとの虚弱体質に加えて、ここ数年の大きな環境の変化によるストレスで体を壊し、一時は起き上がれないほどに体調が悪化していたのだそうだ。

主治医のトキの話では精神的な病は治療が難しく、様子見の状態が続いていたらしい。

そんな時、一度試してみてはどうかとガジュが彼女に勧めたのが、志郎から教えられたお菓子とハーブティーだったのだ。

藁《わら》にも縋《すが》る思いでそれらを口にした彼女の体調に、少しずつ改善の兆しが見られるようになったのは、それからまもなくしてのことだった。

今日のこの訪問は、彼女たっての希望だという。彼女が志郎に直接会いたがったそうだ。

「シロ、お前の力でこいつを少し癒してやってくれるか」

ガジュが言った。志郎が頷くと、ガジュたちは志郎とアヤを残して別室に移動する。志郎の気が散らないように配慮してくれたのだろう。

二人きりになり、志郎はさっそくアヤと向き合って座った。

ベールを脱いだ彼女の肩に長い亜麻色《あまいろ》の美しい髪がかかっていた。狼の耳と尻尾も志郎が染めてもらった薄茶色よりも更に淡く、光の加減によっては金色にも見える。それがまた雪のような色白の肌とほっそりとした儚《はかな》げな印象の彼女によく似合っていた。血色はすぐれず、化粧気もあまりないのに、けぶるように長い睫毛にはどきっとするような色気が宿り、伏し目がちな目と視線が合うと妙に緊張する。彼女が動くたびにゆったりとした袖が揺れ、いい匂いがした。

「え、えっと、そのまま、カップを持った状態でいてください。それじゃあ、失礼します」

志郎は断って、おずおずと自分の手を差し出す。ティーカップごと彼女の両手を包み込んだ。ガジュは直接相手の手を握って自分の気を送るのが一番手っ取り早いと言っていたが、初心者の志郎はその感覚がまだ上手く摑めない。なので、こうして相手と自分との間に何か目に見える媒体を設けるようにしている。特に自分が作ったお茶やお菓子だと、作る段階で無意識にフェロモンを練りこんでいるようなので、より気の流れがイメージしやすい。

イエローグリーンの水面をじっと見つめた後、志郎は静かに目を瞑った。意識を集中させて、彼女の体調がよくなりますようにと念じる。ふとその時、微かな引っ掛かりを覚えた。しかしすぐに、こぽっとカップの水面が鳴って、志郎は目を開ける。風もないのにハーブティーが小さく波立っていた。

「どうぞ、飲んでみてください」

勧めると、アヤは不思議そうに水面を覗きながら、恐る恐る口をつける。味に変化はないので、彼女も安心したようだ。見惚れるほど優雅な仕草でゆっくりと飲み干す。

「……体が、とてもぽかぽかして、気持ちがいい」

ほうと彼女が息をついた。心なしか血の気のなかった頰がうっすらと色づいているように見える。志郎は「よかったです」と微笑んだ。

彼女がカップを置くのを待って、志郎は思い切って訊ねた。

「あの、できればもう少しだけ、手を握らせてもらってもいいですか」

唐突な申し出に、アヤが小首を傾げる。だがにっこりと微笑むと、両腕を差し出した。

「ありがとうございます。失礼します」

志郎はさっそく彼女の手を握った。意識を集中させる。――やはりそうだ。彼女の体内に何か異物があるように感じるのだ。ギンが食べられない木の実を飲み込んでしまった時の違和感と似ている。あの時は対象物がはっきりしていたのですぐに吐き出させたが、彼女の中のそれはもやもやとした霞《かすみ》のような摑み所のない物体が、体の奥にうっすらと沈殿しているみたいなイメージだ。と、その時、彼女が纏《まと》う上品な甘さの香りに雑《ま》じって、ツンと鼻をつく薬草のような匂いを嗅いだ気がした。

「何かお薬って飲んでますか？」

訊ねると、彼女は少し考えて、「トキ先生にいつも処方してもらっているお薬を」と、か細い声で答える。

「何か問題でも？」と、彼女が不安げに訊いてきた。

一人で物思いに耽《ふけ》っていた志郎は慌てて首を横に振った。

「いえ、ちょっと気になっただけで。でも、俺の気のせいだと思います」

そもそも経験値が少ないので、この違和感が何を示しているのか自分でもよくわかっていなかった。ただの思い過ごしということも十分ありうる。下手なことを言って、むやみに彼女の不安を煽るわけにはいかない。

志郎は彼女の手を握りながら、体に障るようなものなら消えてくださいと念じておいた。

三人を見送った後、ガジュに改めて礼を言われた。

「あいつをお前に会わせてよかった。俺からも感謝する」

そう言って、志郎の頭を優しく撫でてきた。ガジュの役に立てたことが嬉しかった。

「あ、あの、実はアヤさんの体に……」

「あいつもすごく喜んでいた。体が軽くなったとあんなに嬉しそうに笑って、お前にとても感謝していた。ここに来た時と比べて、一目でわかるほどに顔色がよくなっていたからな」

まるで自分のことのように話すガジュこそ、嬉しそうに顔を綻ばせていることに気がついているのだろうか。咄嗟に口を噤《つぐ》んだ志郎は、自分の心が瞬く間に冷えていくのを感じた。

「お前も慣れないことをして疲れただろ。力を使ったんだ、体調に変わりはないか」

だが心配そうに顔を覗き込まれると、志郎の心拍はたちまち妖《あや》しく跳ね上がってしまう。

「お、俺は平気です。このとおり……」

調子に乗って胸を叩こうとした途端、階段を踏み外した。がくっと仰《の》け反《ぞ》った志郎をガジュの逞しい腕が摑んで引き寄せる。志郎はガジュの胸元に飛び込む形で抱きとめられた。

「まったく、相変わらず危なっかしいヤツだな。おい、足は大丈夫か？　捻ってないな」

「す、すみません。平気です」

羞恥で顔が真っ赤に染まっているのが自分でもわかる。間近で目が合い、瞬時に鼓動が早鐘を打ち始める。何とも言えない沈黙が二人の間に降り注ぐ。

ふいにガジュが唇を動かした。

「――、……っ」

ところが、出かかった言葉を寸前で飲み込むようにして再び口を閉ざしてしまう。すっとよそよそしく視線が逸らされた。

「気をつけろ」と素っ気無く言って、ガジュは志郎の体をやんわりと自分から遠ざける。すぐに背を向け、「仕事の続きをする」と、さっさと階段を上っていった。

志郎は茫然と佇《たたず》む。

やはりガジュの様子がおかしい。どことなく避けられているような感じがしていたが、気のせいではなさそうだ。

物言いたげな表情をしてみせるくせに、何も言わない。そんな彼の態度にもやもやする。

アヤの前ではあんなに楽しそうに、終始笑顔を見せていたのに。

また胸に疼痛が走る。

二人が気心知れた関係なのはわかった。だがそれにしても、ガジュの態度はあからさますぎた。あまりにも彼女のことを気にかけているのが傍から見ていても伝わってきて、居ても立ってもいられない志郎はトキに探りを入れてみたのだ。

――あの二人って、仲がいいんですね。

――うん？　ああ、そうだね。まあ、久々の再会を果たして、お互いこう盛り上がってる感じ？　ガジュもずっと心配していたからねえ。なにしろガジュにとっては大事な……。

そこで会話は断ち切られた。トキがガジュに呼ばれたからだ。こそこそと部屋の隅で内緒話をしていたのが勘に障ったのか、久しぶりにガジュに睨みつけられた気がする。殊更トキは凄まれていて、余計なことを喋《しゃべ》るなと釘《くぎ》を刺されているようだった。

ガジュがトキを乱暴に馬車に押し込んでいるのを遠目に眺めながら、志郎の中のもやもやはますます大きくなりつつあった。ガジュはそんなにアヤのことを志郎に探られたくないのだろうか。彼女はガジュにとってどういう存在なのだろう。

ふと思い出したのは、以前に子どもたちから聞いたガジュの想い人のことだ。

ガジュには過去に、愛を語らい、将来を誓い合った相手がいたという。だが、その相手とはもう二度と逢うことはないのだと、彼は寂しげに語っていたそうだ。

「もしかして、その相手がアヤさん……？」

たとえば、当時は何らかの事情で別れを選択したが、時が経ち、偶然にも彼らは再会を果たしてしまった。かつては深く愛した女性が病に苦しんでいることを知ったガジュは、彼女の力になりたいと思った。そう考えると、トキの意味深に途切れた話ともつじつまが合う。

ガジュが独り身でい続けたのは、心の中にずっとアヤの存在があったからだとしたら。

「そんな人と再会して、お互いにまだ気があるってわかったら、よりを戻すのも時間の問題なんじゃ……」

胸の奥がぎゅっと潰れる。志郎の気持ちは秘めたものでなければならず、ガジュに伝えるつもりもなかったが、仲睦《なかむつ》まじい二人の様子を目の当たりにするのは胸にこたえた。彼らの未来を想像して、心臓を抉《えぐ》られたような気分になる。

もし、彼女がこの屋敷に新しい家族としてやって来たとしたら。志郎はそれを笑って受け入れることができるだろうか。

無理かもしれない。そう、志郎は思った。たぶん、今まで通りに過ごすことはできない。その時は、志郎も覚悟を決めなくてはいけないだろう。

それから夜まで、ガジュはアトリエに籠《こ》もって出てこなかった。

志郎たちはいつものように食事をとり、先に湯浴みを終えた子どもたちはすでにベッドの中だ。ギンを寝かしつけた後、志郎は一人湯浴みをしてから厨房に戻った。

夕食を運んだ際に、ガジュから今夜は夜食はいらないので先に休むようにと言われていた。来客に付き合わせたので疲れているだろうと気を使ってくれたようだった。だが、彼自身は遅くまで仕事をするつもりのようだし、小腹がすくだろう。

志郎は瑞々《みずみず》しい果物をふんだんに使ったフルーツサンドを作ると、アトリエに向かった。

廊下の窓から月が見えた。今夜はとても綺麗な満月だ。この世界では地球とは違って満月の周期が不規則なので、割と頻繁に目にする。その時々で満月の色が異なるのが特徴だ。

今日の月はふかふかのパンケーキのようなキツネ色をしている。

美味しそうだなと考えつつ、ドアの前に立った。しかしノックをするも返事がない。「失礼します」と、そっとドアを開けると、アトリエに人影はなかった。ふいに階下から物音が聞こえてくる。どうやらガジュは気分転換に湯を浴びにいったようだ。志郎は厨房にいたので行き違いになったのだろう。

志郎は室内に入り、テーブルに皿を置いた。

周囲を見渡して、そういえばこの部屋に入るのはいつぶりだろうと考える。最近は絵のモデルを頼まれることもなく、おやつや食事を運んでも戸口での受け渡しがほとんどだ。仕事に集中したいからと、ガジュに招き入れてもらえない。

湯浴みにしてもそうだ。以前のガジュなら、わざわざ志郎が入浴中のところを狙って強引に押し入り、半ば強制的に思い出話を聞かせるのを楽しみにしているふうでもあったのに。

考えれば考えるほど、志郎を避けているとしか思えない行動ばかりが思い浮かぶ。

だが、理由がわからなかった。ガジュがこんなふうによそよそしくなってしまったのは、いつからだったろうか。志郎は何かガジュの気に障るようなことをしたのだろうか。

記憶を手繰《たぐ》り寄せていると、ふいにごとんと窓辺で音がした。

振り向くと、製作中のキャンバスの前の椅子《いす》に置いてあったスケッチブックが床に滑り落ちていた。

椅子には数冊のスケッチブックが重ねてあり、そのうちの一冊が、ワイヤーリングを下にして椅子にもたれかかるようにして立っている。志郎は落ちたスケッチブックに手を伸ばす。拾おうとして目測を誤り、指先が表紙を引っ掛けた。表紙が捲れる。

志郎は思わずその場にしゃがみ込み、スケッチブックを凝視した。

そこに描かれていたのは、赤ちゃんの絵だった。

いつものキャンバスで見る抽象的なそれらとは違って、やわらかで繊細なタッチのデッサンだ。まだ生まれて間もないぐらいだろうか。オムツ姿の赤ちゃんは小さな体を丸めるようにして眠っていて、頭と尻には狼の耳と尻尾が生えていた。

紙面の下の走り書きが目に留まる。当時の日付に『シロと名付ける』の一文が添えてあった。志郎は大きく目を瞠った。

急いでスケッチブックを拾い上げてページを捲る。

次のページも、その次も、またその先も。すべて赤ん坊の志郎を描き写した絵だった。絵を見ただけでわかる。これを描いた人物が被写体にどれほどの愛情を注いでいるのか。

ふいに志郎の脳裏に舌足らずな声が蘇った。『がじゅ、がじゅ、なにしてる？』『うん？お前を描いているんだよ。ほら、かわいく描けているだろ。尻丸出しのチビシロだ』

ガジュの声も同時に蘇り、次のページを捲った途端、志郎の目は動かなくなった。

素っ裸の志郎の絵だ。小さな桃のような尻をこちらに向けて四つん這いになり、振り向いた顔はこれ以上ないくらいの笑顔。視線の先にガジュがいて、優しい笑顔で見守ってくれているのが想像できてしまう。

絵の志郎の尻にははっきりと蝶の形の蒙古斑《もうこはん》が描かれていた。

ふいに志郎の中に閃《ひらめ》くものがあった。一度見せてもらった蝶の痣の絵。ガジュは光一郎から受け取ったものだと言って見せてくれたが、あれはガジュ本人が描いたものに違いない。

彼が実物《志郎》を実際にその目で見て描いた絵だったのだ。

紙面から愛が溢れている。胸がいっぱいになり、喉奥に熱いものが込み上げてくる。

引き寄せられるようにして、椅子に重ねてあった一番上のスケッチブックを手に取った。

他の表紙は年月を感じるくらいに色褪《いろあ》せているのに、これだけはまだ新しい。

表紙を捲ろうとしたその時だった。

「ここで何をしている」

唐突に背後から低い声がして、志郎はびくっと体を大きく震わせた。反射的に立ち上がって振り返る。戸口から厳しい目を向けていたのは、湯上がりで半裸姿のガジュだった。

ガジュがちらっと志郎の手元に視線を移す。たちまち険しい顔をした彼は、大股で歩み寄ってくると志郎からスケッチブックを取り上げた。

「あ、すっ、すみません。夜食を作ってきたんです。そうしたら、スケッチブックが落ちていて、拾おうと思って……」

「夜食はいらないと伝えたはずだ」

ぴしゃりと冷ややかな声に遮られる。志郎は思わず息を呑んだ。

「あの、でも、せっかく作ってきたんで、お風呂上がりだし、水分補給がてらにお茶を淹れます。フルーツサンドを作ったんですよ。そうだ、今夜はすごく月が綺麗ですよ。パンケーキみたいな月で、美味しそうだなって。月を見ながら食べませんか……」

志郎は急いでキャンバスの前を通り抜けて、カーテンを開けた。

「やめろ、開けるな！」

物凄い形相で駆け寄ってきたガジュが、志郎の手からカーテンを引っ手繰る。突き飛ばされるようにして志郎はその場に尻餅をついた。

志郎は茫然と見上げる。後ろ手にカーテンを閉めたガジュは青褪めて見えた。

「ガジュさん？　大丈夫ですか、顔色が……」

ガジュがはっと我に返って志郎を見やる。明らかに動揺しているのが見て取れた。

「……悪い。今日は具合がよくないんだ。一人にしてくれないか」

「大丈夫ですか？　熱があるんじゃ――」

志郎は素早く立ち上がってガジュの額に手を伸ばす。だが寸前で手を摑まれ拒まれた。

「熱はない。一時的なものだ、すぐに治る。お前はもう自分の部屋に戻れ」

突き放すような強い口調で退室を命じられる。志郎もそれ以上は何も言えず、黙って従うしかなかった。気分がすぐれないと言いつつ、ガジュは戸口まで見送ってくれる。

「おやすみなさい。今夜はもう寝てください。何かあったら、すぐに呼んで下さいね」

「ああ。お前こそ今日は無理を聞いてもらって疲れているんだ。ゆっくり休め」

優しさを垣間見せる《かいまみ》彼に、志郎は抱きつきたい衝動に駆られる。心配だから今夜はここにいさせてほしい。そう言ってしまいそうになる本音をぐっと耐えて見つめる志郎に、ガジュが何とも言えない複雑そうな顔を向けた。

数瞬、視線を交わし、ガジュが思わずといったふうに手を掲げる。志郎の頭の位置まで上がったその手で、いつものように撫でてもらえるのではないかと期待する。

だが、淡い期待はすぐに掻き消えた。せっかく持ち上げた手を、ガジュは空中でぎゅっと握り締めたかと思うと、何をすることもなく下ろしてしまった。

「明日も早い。さっさと部屋に戻れ。……おやすみ」

淡々と短い会話で終わらせて背を向ける。空気を遮断するようにすぐに扉が閉められた。

志郎は静まり返った廊下に立ち尽くし、嫌な予感に駆られる。

急に人が変わったみたいな、あの突き放すような態度、素っ気無い口ぶり。志郎とまともに目を合わせようともしない。じわじわと肌で感じる拒絶感。もしかしてと、想像してしまうのを止められなかった。

ガジュは、志郎のやましい下心に気づいてしまったのではないか。

志郎はごくりと喉を鳴らす。さあっと頭の後ろから音を立てて血が引いていくのを感じた。

■9■

それからもガジュとはぎこちない日々が続いた。

子どもたちが一緒の時は以前と変わらず接するくせに、二人きりになると途端に素っ気無くなる。明らかに壁を作られている。そんな自覚があった。

だが、決して冷たいわけではないのだ。

相変わらず志郎のことを気遣ってくれるし、おやつを差し入れると再び部屋に入れてくれるようになった。けれども、志郎を親ばかの如《ごと》く甘やかし、構い倒したい欲求を全面に押し出していた頃とは違って、やはり間に一線を引かれている気がする。入浴中に覗いてこないし、夜のモデル仕事はめっきり減って、ベッドも別々だ。そうかと思えば、志郎が畑仕事や家事の最中にうっかり怪我をしてしまった時には、どこからともなく救急箱を手にしたガジュが誰より先に駆けつけて、手当てをしてくれるのだった。

ガジュに志郎の気持ちがばれているのかはわからない。いっそもっとあからさまに突き放してくれたらこちらも動きようがあるのに。ガジュの態度はどっちつかずの曖昧なもので、気紛《きまぐ》れにみせる優しさがかえって残酷に感じられることもある。

さらに、もう一つ気になることがあった。

一旦減っていたガジュの外出がまた増え始めたのだ。

以前は、志郎を地球に戻すための方法を探るという目的があった。だが、今はもうその必要はない。なのに、仕事の打ち合わせと称しては馬に乗って出かけていくのだ。

本当に仕事ならば問題ない。だが、彼はいまだに志郎をあちらの世界に戻すことを諦めていないのではないかと、嫌な予感が胸を占める。

志郎は一度、実の両親によって記憶や体質を封じられて地球に送られている。もし、ガジュがその方法を使って、志郎を再び地球に送り戻すことを考えているのだとしたら——。

「……さま、……ロ様、シロ様?」

腕を揺さぶられて、志郎ははっと我に返った。

顔を撥ね上げると、作業台を取り囲んでいる子どもたちが心配そうにこちらを見ていた。

ここは厨房だ。納品するハーブとくるみのマフィンを作っている真っ最中だった。

「あ、ごめん。ちょっと考え事をしてた」

「大丈夫ですか? なんだかお疲れのようです」

「平気だよ、ありがとう。それじゃあモモ、そっちのボウルに卵を少しずつ加えていって。アカは混ぜてね。こっちのボウルの卵はベニ、お願い。アオはあの大きいボウルにそこの混ぜ合わせた粉を全部ふるいにかけてくれるかな」

志郎の指示で四人が動き出す。背中に背負ったギンも手足をばたつかせて参加していた。

マフィンが焼き上がるのを待つ間、志郎は「あのさ」とそれとなく切り出した。

「もしガジュさんが、お嫁さんにしたい人がいるって言ったら、みんなどうする?」

子どもたちがぴたっと動きを止めた。きょとんとした顔が一斉に志郎を見てくる。年長者のアカが代表して言った。

「……結婚、されるんですか」

志郎の返事を待たず、四人はぱあっと顔を輝かせた。揃って歓喜の声を上げる。

「「「「おめでとうございます! もちろん、祝福いたします!」」」」

たちまちテンションが上がった彼らは口々に質問しはじめた。

「挙式はいつ頃のご予定ですか?」「そうか、ガジュ様はその準備で毎日お忙しく出かけてらっしゃるんですね」「婚礼衣装はどういたしましょう?」「ヒジリさんに聞いていい仕立屋さんを頼まなくちゃ」「やることが山ほどあります」「これから忙しくなるぞ——」

「いやいや、ちょっと待った!」

あまりの盛り上がりぶりにぎょっとした志郎は、慌ててストップをかけた。

「ごめん、混乱させた。今のはたとえばの話だよ。本当の話じゃなくて、単なるたとえ話」

「たとえ話?」

「そう。ごめんね、完全に俺の作り話。ガジュさんの結婚話は冗談だから、忘れて」

妄想に花を咲かせていた子どもたちを急いで現実に引き戻す。彼らも自分たちのはしゃぎぶりを反省したのだろう、そわそわと戸惑うように顔を見合わせている。

志郎は苦笑いを浮かべながら、自分で切り出した『たとえ話』を激しく後悔していた。

さっきの子どもたちの言葉でふと気がついたのだ。最近のガジュの外出が再び増え出した本当の理由は志郎ではなく、もしかしてアヤなのではないかと。

ガジュが頻繁に出かけるのは、どこかで彼女と逢瀬の約束をしているのかもしれない。

二人が見つめ合い、笑い合っている光景を想像して、胸の奥がぎゅっと潰れる。

思わず唇を噛み締め、邪推が止まらなくなる頭を強引に振って思考を散らす。ふと気づくと、子どもたちは作業台の反対側に集まって何やらひそひそと話し込んでいた。

きっとこの子たちは、相手が誰であれ、ガジュが自分でこの人だと決めた伴侶なら、大喜びで受け入れるのだろう。そして盛大に祝福し、二人の幸せを願うに違いない。

だが、志郎はとてもそんなふうに心からガジュを祝福できる自信がなかった。

もしガジュが誰か別の相手をこの屋敷に連れてきたら、志郎はもうここにはいられない。

その時はガジュへの想いをきっぱり断ち切ってここを出て行こう。できればトキの医院で雇ってもらえるよう、商品と一緒に自分のことも売り込んでおいた方がいいかもしれない。

鬱々《うつうつ》と考えているうちに、マフィンが焼き上がった。

冷ましてみんなで手分けして袋詰めをする。すると、玄関に商品を運び出していたベニが血相を変えて「大変です！」と厨房に駆け込んできた。注文書を改めて確認したところ、ハーブティーを一杯分ずつ小分けにした包みを三個で一セットとなっているものが、こちらの手違いで五個を一セットにして袋詰めしていたというのだ。

「本当だ。五個を三個に変更って書いてある」

「すみません。私が見落としちゃったんです。てっきりいつもと同じだと思い込んでいて」

モモが涙を浮かべて謝る。志郎は小刻みに震える彼女の肩を宥めるようにさすって、大丈夫だからと微笑んだ。

「俺がこの前ミスした時はみんなが助けてくれたじゃない。あの時と比べたら、今回はもう商品が出来上がってるんだから、詰め直せばいいだけだよ」

「でも、もう引き取りの馬車が来ますよ」

「ああ、そっか。今からここで中身を詰め直してたら間に合わないな……」

その時、来客を知らせるベルが鳴った。トキのところの専属御者《ぎょしゃ》だ。志郎たちは顔を見合わせると、とりあえず急いで荷物を厨房から玄関へ移動させた。

顔見知りの御者に事情を説明し、馬車の中で包装作業を行うことで話をつける。

医院には一度足を運んでいるし、今回は耳も尻尾も本物で外れる心配はない。それらもガジュ特製の染液で染めているし、問題はないだろう。

「じゃあ、俺とアカで行ってくるから。留守番を頼むね。ギンもいい子にしてるんだよ」

志郎たちは薄手の長衣を羽織って馬車に乗り込む。ガジュが自らのフェロモンをたっぷり染み込ませたもので、外出時には必ず着用するよう言い聞かせられているものだ。

四人に手を振って見送られながら、さっそく詰め直しの作業に取り掛かった。馬車が揺れて手間取ったものの、どうにか医院に到着する頃にはすべて詰め替えることができた。

荷物と一緒に馬車から降りてきた志郎たちを見て、コンが目を丸くした。

「どうしたんですか、お二人とも。そういえばつい先ほど、買い出し中にガジュ様とお会いしましたよ。もしかして、こちらで落ち合う約束でもしてました？」

「え、ガジュさんが？」

志郎は咄嗟に訊き返した。「一人だった？　それとも、誰かと一緒だった……？」

コンがきっぱりと首を横に振った。「お一人でしたよ。トキ先生への言付け物を渡されてすぐに行ってしまわれました。なんだか険しいお顔で、ひどく急いでいたようでしたけど」

志郎はすぐに戻るからと告げて、ガジュを見かけたというこの先の大通りに走った。

「はあ、はあ、はあ、さすがに、もういないか……」

人で賑わう大通りを捜したが、ガジュの姿はどこにも見当たらなかった。

今日街に来たのはトキに用があったのだろうか。少なくともアヤと逢っていたわけではなさそうだ。

それがわかっただけで、志郎はほっとした。胸のもやもやが少し晴れる。

急いで医院に戻ると、コンとアカがすでに馬車から荷物を運び込んでくれていた。

院内は今日も忙しそうだった。診察を待つ患者と並行して、ハーブ商品を求める人の列ができている。相変わらず人手は足りず、数少ないスタッフはてんてこ舞いだ。

せっかく来たのだから、志郎たちも商品の仕分け作業を手伝うことにした。

棚の商品を補充していると、どこからか微かにツンと鼻をつくようなにおいがした。

「あれ、このにおい……」

志郎は鼻をひくつかせる。ちらっと振り返ると、アカは特に気にした様子もなく作業に没頭していた。狼化してからというもの、他は変わりないが、鼻だけが妙に敏感になっている自覚があった。何となく気になって、志郎は鼻をひくつかせつつにおいの元を辿《たど》る。

独特のにおいは、カーテンで仕切られた奥の部屋から漂ってきているようだった。

そっとカーテンを開ける。三畳ほどの狭い部屋は書類を保管している事務室だ。事務机の上には仕切りのある箱に保存用の袋がいくつも詰めて置いてあった。

志郎は歩を進めながら顔を顰める。机に近づくにつれて、鼻をつくにおいが一層強まる。

透明な保存袋の中には、それぞれにさまざまな色形の植物が入っていた。

志郎は箱の上で鼻をひくつかせながら、その中の一つを選んで抜き出した。

袋には番号を書いた紫色のタグがついていて、中には緑色の植物が入っていた。全長二十センチほどの長細い葉だ。それが数枚。

志郎は袋に顔を近づけてにおいを嗅ぎ、確信した。間違いない。この独特の薬草臭は、以前にも嗅いだことがあるものだ。

「何だ。アヤさんのにおいは、やっぱりトキ先生が処方した薬の成分のものだったんだ」

独りごちて、内心ほっとする。アヤの体内から感じ取った違和も、志郎の思い過ごしだったのだろう。悪いものでなくてよかった。胸のつかえが取れて安堵したその時だった。

「それに触ったら駄目だ！」

突然背後から放たれた声に、志郎はびくっと飛び上がった。振り返ると、血相を変えたトキが立っていた。

いつも笑っている印象の彼が珍しく眼鏡の奥の目をカッと見開き、靴音を立てて近寄ってきた。白衣を翻し、志郎の手から素早く保存袋を取り上げる。袋の口が開いていないのを確かめて、ほっと息を吐いた。

「中身には触ってないだろうね？」

「……は、はい。袋を持っただけで、開けてません」

「直《じか》に触ってないのなら、とりあえずは大丈夫。これは取り扱い注意の危険物だから」

物騒な言葉にぎょっとする。

「でもこれって、薬草ですよね？　そんなに危険なものなんですか？　ちょっとにおいが気になって、袋の上から嗅がせてもらったんですけど」

「におい？」

トキが怪訝そうな顔をした。

「この植物はほとんどにおいがしないんだけど。実際、雑草に紛れていたら僕の鼻ではほぼ区別がつかない。狼族のすぐれた嗅覚にも引っ掛からない厄介な代物《しろもの》なんだ。乾燥したものを粉砕すれば無味無臭になるし、これがまた厄介でね」

「薬って苦いですし、味がしないのなら飲みやすくていいんじゃないんですか？」

「薬としてならね。でもこれは諸刃《もろは》の剣《つるぎ》。少量なら他の生薬《しょうやく》と調合すれば胃腸薬として高い薬効が認められているけど、量を間違えたり単独で服用したりするとたちまち毒になる。生のものは知らずに素手で触っただけでかぶれるくらいだからね。だからこうやって持ち運びは慎重にしないといけないんだけど……シロくん？」

志郎の中に衝撃が走った。目を見開いたまま動かなくなった志郎を、不審に思ったトキが肩を摑んで揺らしてくる。志郎はトキと目を合わせると、からからに乾いた口で訊ねた。

「トキ先生、この薬草をアヤさんのお薬に入れましたか？」

「アヤ様？」トキが眉を顰めた。「いや、入れてないね。どうしてだい？」

志郎はごくりと喉を鳴らした。すっと体中の血の気が引いていくのがわかる。

「この前、アヤさんと会った時に、彼女からこの薬草のにおいがしたんです。俺が感じたイメージですけど、彼女の体の奥に何か黒いもやもやとしたものが溜まっていて、そこからこれと同じにおいがしました。何て言ったらいいのかな、不純物というか、異物感？　アヤさんに訊いたら、服用しているのはトキ先生が処方した薬だけだって言うから、てっきり薬の成分が溶け残ったのかと思ったんですけど、何だか妙に引っ掛かりを覚えてしまって……」

その時は、志郎の癒しの能力で彼女の中に溜まっていた異物を浄化したはずだ。黒いもやもやが霧散する瞬間、あの鼻をつく独特な臭気も一緒に立ち上ってきたのを覚えている。間違いない、この毒草と同じものだ。

それが彼女の体内からにおったということは、つまり――。

嫌な想像が頭を掠めて、志郎はぞっとした。

「あの、アヤさんって今……」

「シロくん。確認だけど、君はこの毒草のにおいを本当に嗅ぎ分けられるんだね？」

遮るように真顔のトキに問われ、志郎は頷いた。むしろこの独特の刺激臭がわからない方が不思議だった。保存袋に入れていても隣の部屋まで漂ってくるぐらいなのに。

ちょっと待っていてくれと、トキが一旦部屋を出る。すぐに戻ってきた彼は、小さな保存袋を二つ持っていた。それぞれに薬包が一つずつ入っている。薬包には異なる日付が記入してあった。

「先ほどガジュから預かったものだ」

「ガジュさんが？」

志郎は目を瞠った。コンが言っていた言付け物とはこれのことだろう。

「この二つを嗅ぎ比べてみてくれないかな」

「？　構いませんけど……」

さっそくトキが保存袋を開けて中身を取り出す。まずは日付が古い方の薬包を開けて志郎に差し出してきた。白い粉薬だ。

志郎は顔を近づけてにおいを嗅いだ。割と強めの薬独特のにおいがした。

「俺は専門家じゃないんで、これがどの薬剤のにおいなのか見当がつかないんですけど」

「うん、わかってるよ。とりあえず記憶しておいて。それじゃ、次はこっちね」

今度は日付が新しい方の薬包を開いて置かれる。見た目は白い粉薬で一緒だ。志郎は同様に顔を近づけてにおいを嗅いだ。

「ん？　……うっ」

思わず鼻をつまんで言った。

「これ、あの毒草のにおいが混じってます」

最初は薬本来の強いにおいに紛れてよくわからなかったが、微かにあの刺激臭がする。

「お手柄だよ、シロくん」

トキがぽんと志郎の肩を叩いた。

「実は無味無臭の毒草というのは何種類かあって、この薬の中にどの毒草が混入しているのか特定するだけでも時間がかかるんだ。それがシロくんのおかげで手間が省けたよ。ありがとう、助かった。おっと、こうしちゃいられない。早くこのことをガジュに知らせないと」

志郎は不安になって訊ねた。

「あの、この薬って、もしかしてガジュさんのものなんですか？　どこか悪いんですか？」

「いや」とトキはかぶりを振った。「これはアヤ様に僕が処方したものだよ。それをガジュが預かってここへ持ってきた」

「アヤさんの？」

どくんと心臓が嫌な音を立てた。頷いたトキが薬包を入れた保存袋を両手に掲げる。

「ただし、僕が処方したのはこっちだけどね」

日付が古い方を軽く振ってみせる。そうして、もう片方を冷ややかに見据えた。

「この毒入りの包みは僕には身に覚えのないものだ。おそらく混ぜられた毒はごく微量ですぐに命がどうこうというものではない。でも体内に少しずつ溜まった毒は年月をかけて体を蝕《むしば》んでいくだろうね」

「じゃあ、アヤさんがずっと体調がすぐれないって言ってたのは、やっぱり……」

その時、俄に部屋の外が騒がしくなった。

「何だ？　患者さんに何かトラブルでもあったかな」

診察を中断して抜けてきたトキが慌てて戻って行く。志郎も急いで作業部屋に戻ると、アカが不安そうに廊下の先を覗き込んでいた。

「アカ、何かあったの？」

訊ねると、びくっとしたアカが振り返った。

「シロ様、どこにいらっしゃったんですか」

「ごめん、隣の部屋でトキ先生と話していたんだ。何だか急に騒がしくなったから」

「そうだったんですか。こっちもさっき怒鳴り声みたいなのが聞こえてきて、コンが様子を見てくるって……」

そこへ、コンが転がるようにして部屋に飛び込んできた。

息を乱した彼は血相を変えて志郎を見上げた。

「シロ様、早くここから出てください。裏に荷馬車が待機してますから」

「え？」

話が見えず困惑する志郎とアカを、コンが「急いで」と必死に押しやってくる。

カーテンの先の資料部屋に押し戻されて、床に隠し通路があることを知った。コンはそこから二人を逃がし、初めて通る裏道に誘導する。走りながら、コンは言った。

「シロ様のお菓子から白狼のフェロモンが検出されたと、今衛兵が来ているんです。見つかったら、シロ様もガジュ様もアカたちもみんな危険です。早く逃げてください！」

ことの発端は、前回、受注ミスをした志郎が医院に直接足を運んだあの日に遡《さかのぼ》る。

体に異変を覚えて、咄嗟に飛び込んだ手洗い場でのことだ。そこで遭遇した患者らしき男二人が志郎に絡んできた。

志郎を助けてくれたのはガジュだった。ガジュを恐れた二人は逃げるように去って行ったし、志郎も自分の体の変化に混乱していたから、彼らのことなどすぐに忘れてしまった。

だがあの時、三人でもみ合ううちに、志郎の白毛が男たちに付着してしまったらしい。フードが脱げた記憶はないし、彼らも当時は志郎の耳に気がつかなかったはずだ。

ところが後になって上着に付着している白毛に気づき、不審に思ったのだろう。更に最近街で噂のハーブ商品を志郎が手がけていることを知った彼らは、医院で入手した菓子と共に例の白毛を衛兵に渡したのだ。白毛種がかかわっているかもしれないから調べてほしいと。

密告を受けて、衛兵たちはここ数日医院の付近を張り込んでいた。

志郎が出入りするところを狙っていたのだろう。馬車から降りてすぐに医院に入っていれば、ガジュのフェロモンに護《まも》られている志郎たちは何とか言い逃れができたかもしれない。だが、志郎がガジュを追って大通りに出てしまったために、偶然通りかかった件《くだん》の男たちに姿を見られてしまった。

ちょうどその頃、運悪く鑑定にまわされた菓子からも白毛種のフェロモンが検出されたところだった。男たちの目撃証言と鑑定の結果報告を受けて、衛兵たちは満を持して医院に乗り込んできたのである。

――こっちはトキ先生が何とかしますから、とにかく今は一刻も早くここから離れてください。それから、王宮関係者がこの付近でガジュ様の姿を見かけたという噂があります。その情報も衛兵にはすでに届いている可能性が高いです。森のお屋敷にももしかしたら追っ手が行くかもしれません。どうか、どうかお気をつけて……！

コンに送り出されて、志郎とアカは急いで荷馬車に乗り込んで街を後にした。

ガジュは今どこにいるのだろう。騒動を聞きつけて、森へ戻る最中だろうか。それとも、すでに別の場所に移動して、こちらの動向に気づいていない可能性もある。

屋敷はどうなっているだろう。みんなは無事だろうか。

密告した男たちは自分たちをいなしたガジュにも恨みをもっているはずだ。志郎をかばったガジュについても当然報告しているだろう。すでに亡くなったことになっているガジュの正体がばれたら大事だ。

トキやコンたちも志郎との関係を疑われるだろう。

志郎のせいでみんなが危険に晒される。恐れていたことが今まさに起こりつつある現実に心臓が凍りつくようだった。

とにかく早く屋敷に戻らなければ。志郎は両手を組んで祈った。どうか、子どもたちに何も異変が起きていませんように。志郎たちが帰宅したら、いつものように全員が揃って出迎えてくれるはずだ。「おかえりなさい」と、とびきりの笑顔で――。

「……うそだろ」

志郎とアカは誰もいない荒れた厨房を前にして愕然となった。

明らかに何者かが侵入した形跡があちこちに残されていた。おそらく子どもたちはここで作業をしていたのだろう。作業台からなぎ払われた調理道具が床に散乱している。撒き散らされた粉を踏み荒らしたいくつもの靴跡。窯の蓋は開けっ放しになっていて、壁に投げつけた皿が粉々に砕け散っていた。

「間に合わなかった。四人とも連れて行かれたのか……」

その時、どこからか微かな物音が聞こえた。顔面蒼白《そうはく》のアカと顔を見合わせる。

「アカはここにいて。俺が様子を見てくる」

志郎は一人で厨房を出た。まだ屋敷に侵入者が潜んでいるのだろうか。それとも――。

再び物音が聞こえた。二階だ。志郎はピンと耳を立てて意識を集中させる。人間の耳と比べて狼の聴覚は何倍も鋭い。誰かが動いている。二階のつきあたりだ。足音は一つ。それもかなり軽い。子どもだ……っ！

志郎は急いで階段を駆け上がった。廊下を走り、一直線にアトリエに向かう。

ドアを開けると、小さな人影がびくっと震えた。

「モモ！　ギン！」

ギンを庇《かば》うように抱き締めたモモが、志郎の顔を見た瞬間、ぽろぽろと涙を溢《こぼ》した。

「シ、シロ様……ふえっ、シロさまぁ、ううっ、ふ、ふたりが……っ」

張り詰めたものが一気に溢れたモモを抱き締める。ギンはモモの腕の中で何事もなかったかのようにすやすやと眠っていた。

ちょうどミルクを飲んで眠ってしまったギンを寝かせるために、モモは二階に連れて上がったところだったという。突然、数人の兵士が屋敷に乗り込んできたのはその直後だった。

様子がおかしいことに気づいたモモは、ギンを連れてアトリエに逃げ込んだ。この屋敷にはいざという時のための隠し部屋がいくつか存在する。ガジュが作り、志郎と子どもたちはそれらの場所をすべて教えられていた。モモはギンを連れてアトリエの隠し部屋に隠れていたのだ。

二重壁になっている場所の前には、描きかけのキャンバスが何者かになぎ倒されていた。兵士たちはこの部屋にも踏み入り、荒らしていったのだろう。

「お前たちは白毛種だろうと、男たちの声が聞こえたんです。あっという間に二人が捕まって連れて行かれるのが見えて、恐ろしくて……私、ギンを連れてどうか起きないでって、ずっと祈りながらここにいて……そうしたら、シロ様とアカの声が聞こえたから……」

「怖かったよな。ごめん、全部俺のせいなんだ」

志郎はモモとギンを抱き締めながら、医院で起こったことを話した。ガジュとどこかで合流できることを期待していたが、屋敷にもまだ戻っていないようだ。

「っ、何でこんなことに……っ」

何も悪いことをしていないのに、ただ毛色が他の者と異なるだけで処罰の対象となってしまう。この国の民として受け入れてもらえない。そんな理不尽《りふじん》な仕組みに吐き気がする。

「ベニとアオは何としてでも助け出すから。とりあえずここから出よう。俺を追ってまた別の奴らが来るかもしれない。伝書鳩を飛ばして早くガジュさんと連絡をとって――」

その時、窓がコツコツと鳴った。志郎は立ち上がり、慎重に出窓を開ける。身を乗り出した直後、外の異変に気づいて即座に体を引いた。心臓が早鐘を打つ。落ち着けと自分に言い聞かせながら、そっと首を伸ばす。窓から顔だけ出して眼下を覗き込むと、ここまで送り届けてくれた馬車の傍らに御者が倒れていた。近くには見慣れない馬が二頭。

志郎は息を呑んだ。つけられていたのだ。

「モモ、ギンと一緒にすぐに隠し部屋に戻って」

鋭い声に、モモがびくっと反応した。志郎はキャビネットに並べられた幾つかの小瓶の中から一つを手に取ると、中のオイルを数滴ハンカチに垂らした。ガジュが気に入った香りのハーブを選び、志郎が熱した蒸気を当てて抽出した手作りのアロマオイルだ。ラベンダーの香りはギンのお気に入りで、これを嗅ぐとすぐに眠ってしまう。万が一ギンが目を覚ました時のために、香りを染み込ませたハンカチをモモに渡す。ここから絶対に出ないように言い聞かせて扉を閉めた。壁で塞ぎ、窓も閉める。

急いでアトリエを出る。アカが心配だ。

階下でガタンと何かが倒れる音がした。一気に階段を駆け下り、厨房に戻ってすぐに違和感を覚えた。記憶にない椅子が倒れているのを目にして、肝が冷えるのを感じた。

中央に据えられた長方形の作業台を用心深く迂回する。志郎はぎくりと足を止めた。

「アカ！」

小麦粉の散った床にアカが倒れていた。手足を縛られ、口には布で猿ぐつわを嚙まされている。アカは志郎に気づくと目を丸くした。よかった、意識はあるようだ。ほっとした志郎は急いで彼の拘束を解こうとした。アカが「んんーっ」と何かを訴えてくる。

「ちょっと待って、今外すから。そんなに暴れたら余計に結び目がきつくなる……」

「んーっ、んんーっ」

背後から布のようなもので口元を覆われたのはその時だった。

「お前があの怪しい食い物を作ったという白毛種だな」

しまった！　志郎は咄嗟に振り返ろうとしたが強い力でねじ伏せられる。

「汚らわしい忌み種め」

耳元でそう罵る言葉が吐き捨てられると共に、鳩尾《みぞおち》に強烈な拳《こぶし》が叩きこまれる。「んんーっ！」アカのくぐもった叫びを聞いた気がしたが、そこで志郎の意識は深い闇に落ちた。

「おい、またこんなところで寝て。寝るならちゃんと寝床に入って寝ろ」

ふにふにと幼い頬をつつかれて、志郎は寝ぼけまなこを擦りつつ見上げた。

大好きな顔が覗きこんでくる。目が合って、志郎はふにゃと笑った。

「まぬけな面《つら》をしやがって。ほら、そんなにくっつくな。暑いだろうが」

引き剝《は》がされそうになって、必死に筋肉質の足にしがみつく。

「やー、がじゅがいい」

「俺はよくない。お前がそこにいると俺が眠れないだろうが。踏み潰すぞ」

「うー、やー、がじゅがいいの」

「まったく、四六時中べたべたとくっつきやがって。俺はお前のツガイじゃないぞ」

「ちゅがい？」

「ツガイ。お前の父親と母親のことだ。シュカはミズキのことが好きで、ミズキもシュカのことが好きだ。そういう関係のことだ」

「しりょ、がじゅ、だいしゅきよ」

「ああ、知ってる。俺も好きだぞ」

「しりょ、がじゅ、ちゅがい？」

「……それは違う」

「ちゅがい、ちゅがい！　がじゅ、しゅきしゅき！　ちゅがい！」

「あー、わかった、わかった。よし、ツガイの誓いの代わりにこいつをお前にやろう」

そう言って、ガジュがどこからともなくそれを取り出す。小さな手に受け取った志郎はじっとそれを見つめた。

「ちゅがい？」

「そうだ、ツガイのしるしだ。愛してるぞ、シロ」

冗談めかした軽い口調とともにガジュがにやりと笑う。それが何だかとても嬉しくて、志郎はきゃっきゃと笑った。

「ちゅがい、ちゅがい！　だいしゅき、がじゅ。あいちてりゅっ」

「……まったく、お前はどうでもいい言葉ばかり覚えるな。困ったおチビめ。なあ、シロ」

ガジュが愛しそうに微笑んだ。

◇◆◇

「――ろ……ま、……ろさま、目を開けてください、シロ様！」

はっと気がつくと、志郎は冷たい石床の上に横たわっていた。

薄暗い中、心配そうに志郎の顔を覗き込んでいる影が三つ。みんな揃って今にも泣き出しそうな顔をしている。

「……アカ？　それに、ベニとアオも」

「シロ様！　よかった、気がつかれて」

志郎は体を起こす。

「いっ」腹筋に力を入れた瞬間、強烈な痛みに襲われた。咄嗟に腹部を押さえて呻《うめ》く。「大丈夫ですか！」すぐさま両脇から支えてくれる三人に、志郎は苦笑いを浮かべて平気だと告げる。おかげでぼんやりしていた頭が冴《さ》えた。自分の身に何が起きたのか、瞬時に悟る。

「みんなは何もされてない？　怪我は？」

三人が揃ってかぶりを振った。志郎はほっと胸を撫で下ろし、改めて辺りを見回した。

冷たい石造りの独特な四角い部屋は、映画などで観た記憶があった。壁の一面が鉄格子になっていて、外から鍵《かぎ》がかけてある。牢屋《ろうや》だ。

鉄格子をそっと覗くと、狭い通路の先に座っている牢番の姿が見えた。

「俺たち捕まったんだな」

「王宮内の外れにある地下牢だそうです。屋敷に乗り込んできた男たちに連れてこられました。騒いだところで誰も来ないからおとなしくしていろと」

「王宮？」

「ガジュ様との繋《つな》がりも調べ上げられているようです。先に、ベニとアオがここに囚われていて、後から連れてこられたぼくたちも一緒に入れられたんです」

アカがしっかりとした口調で答えた。彼らの中では一番の年長者とはいえ、まだ八歳の子どもだ。頼るべき大人《志郎》は意識を失っていて、一人で心細かったに違いない。そんな思いをさせてしまった自分が情けなかった。

不幸中の幸いで、ここにモモとギンの姿はなかった。三人は屋敷で暮らしているのは自分たちだけだと言い張り、衛兵たちも他に子どもを見つけられず信じたようだ。本命の志郎を捕らえたことで彼らの任務は完了したのだろう。

志郎は二人の無事を祈りつつ、目の前の三人には申し訳ない思いでいっぱいになった。

「ごめん、みんな。俺のせいでみんなを酷い目にあわせてしまって」

すべては志郎が件の密告者の男たちともめたことが原因だ。偶然とはいえ、まさか自分の白毛を彼らが手にしているとは思いもよらなかったし、そこからこんな事態に発展するとは想像の範疇《はんちゅう》を超えていた。自分の甘さが招いたことだ。

通路から差し込むほのかな明かりに子どもたちの姿が浮かび上がる。志郎は目を瞠った。

「その耳と尻尾、どうしたの」

綺麗な薄茶色に染まっていたはずの彼らの獣毛は、一部が色落ちしてまだら模様になっていた。ところどころ本来の白い毛が剝き出しになり、いつも丁寧にブラッシングしている毛並みはぼさぼさだ。

「染液を落とす薬剤をつけて擦られたんです。シロ様の尻尾も……」

アカに教えられて志郎も初めて気がつく。ふさふさだった自分の尻尾は見るからにごわついていて、色もところどころ抜け落ちていた。

志郎のことは別にいいのだ。だが、子どもたちの痛々しい姿を目の当たりにしては悔しくて仕方がない。

志郎がいなければ、おそらくこんなことは起こらなかった。志郎がこちらの世界にやって来るまでは、この子たちはあの森の奥の屋敷でガジュと共にひっそりと平穏に暮らしていたのだから。

自分がでしゃばったばかりに、その平和な日々を壊してしまったのだ。ガジュが大事に守ってきた家族を危険に晒してしまった。

後悔の念に胸が締め付けられる。志郎は三人を抱き締めた。

「怖い思いをさせて、本当にごめん。やっぱり、何が何でも方法を見つけだして、さっさと地球に戻ってればよかった……」

「それはダメですよ！」

子どもたちが口々に遮った。

「シロ様はもう僕たちの家族なんです」「私たちは大丈夫ですよ。だから、地球に戻るなんて言わないで下さい」「みんなで一緒に暮らすって約束したじゃないですか」「それに」と、必死な面持ちで彼らが言った。「ガジュ様だってシロ様がいなくなったら悲しみます。だって、シロ様はガジュ様の――」

その時、カツンカツンと靴音が響き渡った。四人ははっと顔を見合わせる。志郎は咄嗟に自分の背後に子どもたちを押しやった。立ち上がった牢番が言った。

「アギド殿下、こちらです」

石畳の通路を数人分の靴音が近づいてくる。志郎たちはごくりと唾を飲み込む。

靴音がぴたりと止《や》み、鉄格子の前に黒毛の耳と尻尾を生やした恰幅《かっぷく》のいい男が立った。背後には茶毛の軍服姿の部下を二人従えている。

アギド殿下と呼ばれた男は口周りに蓄えた髭《ひげ》を扱《しご》きつつ、露骨に蔑《さげす》む目つきで志郎たちを見下ろしてきた。年齢は六十前後。頭髪は少し寂しいものの、眼光は鋭くぎらついている。

捕らえた獲物を品定めするように、牢の中の四人を順に眺める。

そのうちの三人がまだ年端《としは》もいかない子どもだと見て取ると、彼は志郎に視線を据えた。目が合って、思わず息を呑む。しかしアギドはすぐに視線を逸らした。まだら模様の尻尾を一瞥し、心底嫌そうに舌を打つ。

「奴の姿を街で見かけたと聞いた時は幽霊でも見たのだろうと笑ったが、まさか本当にあのガジュが生きていたとはな。その上、また忌み種をかくまっていたというからほとほと呆れる。何でも里親まがいのことをしていたとか。これだけの白毛をよくもまあ好きこのんで集めたものだ。あの恥知らずめ」

吐き捨てるように言う。

「しかも、忌み種のフェロモンを混ぜ込んだ食物を民に食べさせていただと？　想像するだけで汚らわしいわっ」

苛立《いらだ》ちを露わにダンッと足を踏み鳴らした。志郎の背後でベニとアオがびくっと小さな体を震わせた。

この男の口からガジュの名が出たことに驚く。右脇からアカがこっそり耳打ちした。

「アギド殿下という名前に聞き覚えがあります。確か、ガジュ様の叔父上《おじうえ》にあたられる方のはずです」

ガジュの叔父？　志郎は視線を前に向けたまま小さく頷く。

アギドが顎を扱《こ》きながら呆れ返った口調で言った。

「それにしても、あやつも懲りない男だな。シュカと揃って王族きっての恥さらしだ。あの馬鹿《シュカ》と汚らわしい人間の女とその忌み子がどんな最期を遂げたか忘れたわけでもなかろうに。最後まで奴らをかばっていたガジュも、結局は後を追って自害したと聞いたが、まさか生きていたとはなあ。てっきり、忌み子の禍《わざわい》を受けたものとばかり思っていたわ。恥さらしが二人纏めて消えてくれて、これ幸いと喜んだのに残念――」

志郎は反射的に立ち上がった。言葉にならない獣のような唸《うな》り声を上げて、鉄格子に飛びかかる。カシャーンッと甲高い金属音が鳴り響く。まさか、志郎がそんな行動を取るとは思いもしなかったのだろう。完全に油断していたアギドがぎょっとしたように飛び退《すさ》った。入れ替わるようにして軍服が素早く前に出る。鉄格子越しに志郎に鋭い剣先が向けられた。

「ちっ、脅かしやがって……っ」

我に返ったアギドが牢番から警棒を引っ手繰った。その先端で鉄格子の隙間から志郎の腹部を思い切り突く。

「うぐっ」

一瞬、呼吸が止まり、志郎は背中を丸めて床に転がった。「シロ様！」子どもたちが悲鳴を上げる。激しく咳き込む志郎を憎々しげに睨みつけたアギドが、ふんと鼻を鳴らした。

「まあいい。お前たちを餌に奴をおびき寄せて、今度こそ消えてもらうとしよう。あいつが生きていたことが他の者に知られては厄介だ。ここぞと何やら嗅ぎ回っているようだが、馬鹿なことをしでかす前に、こいつらごと纏めて始末しろ。ようやくあと一歩というところまできたというのに、今更死に損ないの現国王《ガジュ》の実兄にでしゃばられて堪《たま》るか……！」

まるで錐《きり》のように鋭くえぐる視線が、床に転がる志郎を容赦なく射抜く。志郎も負けじときつく睨み上げ、激しい嫌悪の塊をぶつけた。

「忌み種のくせに生意気な。すぐにガジュもろともに葬ってくれるわ。おい、奴の屋敷の見張りに行かせた者たちは何をしている。報告はまだなのか？」

「まだです」と、軍服が答える。

「まったく、呑気《のんき》にどこをほっつき歩いているんだ。奴が帰宅したらすぐに捕らえて連れてこい。こっちには人質がいるのだから、あいつもおとなしく従うだろう」

偉そうにアギドが踵を返した。豪奢《ごうしゃ》な上衣が空気を孕んで翻り、志郎は思わず目を瞠る。カツカツと大仰《おおぎょう》に靴音を鳴らして彼らは去っていき、やがて辺りは再び静まり返った。

志郎はゆっくりと体を起こした。

「あいたたた……」

腹部の鈍痛に顔をしかめる。子どもたちが両脇から心配そうに支えてくれる。

「ガジュ様は、まだ戻られていないのでしょうか」

ふいにアカが不安げに呟いた。

「モモとギンは無事かな」

「大丈夫だよ」志郎は自分に言い聞かせるように頷いた。「とりあえず、俺たちはここから逃げ出すことを考えよう」

アギドの狙いははっきりしないが、ガジュを陥れようとしていることはわかる。ここにいれば志郎たちの身も危ない。ガジュをおびき出した後は、全員処罰するつもりだ。

「俺たちが捕まったままだと、ガジュさんまで身動きがとれなくなってしまう。ガジュさんが敵に見つかる前に、脱出しないと」

「でも、どうやって」

「俺に考えがある」

志郎は鉄格子を振り返った。アギドが去って気が抜けたのか、牢番は椅子に座ってうつらうつらと舟をこいでいた。アカの話では牢の鍵は彼が持っている。

志郎はズボンのポケットから小瓶を取り出した。紫色の液体が入ったそれを見つめて、腹をくくる。先ほどギンの安眠を誘うために使ったものだった。


「いたい、いたい」と、子どもたちが口々に叫んだ。

舟をこいでいた牢番が何事かと椅子から立ち上がる。「何だ、どうした」

志郎は突然腹を押さえて苦しみだした三人を焦ったように見回し、言った。

「この子たちが急に腹が痛いと苦しみだしたんです。何か悪いものでも食べたのかも」

「何だと？」と牢番が眉をひそめた。「ここでは何も食べさせてないぞ」

「ここに連れてこられるまでの間に腹がすいてパンをもらったそうです。もしかしたらそれが傷んでいたのかもしれません。どうしよう、みんなの顔がどんどん青褪めていく」

その時、アオが一際《ひときわ》大きな声を上げた。仰向《あおむ》けになった彼は白目を剝いてびくびくっと手足を痙攣《けいれん》させている。「大変だ」と志郎は叫んだ。牢番もただ事ではないと察したのだろう。腰に括《くく》りつけていた鍵の束から一つを選ぶと、それで格子戸を開錠する。

「おい、大丈夫か」と牢番が入ってくる。志郎は素早く牢番の背後から襲いかかった。アロマオイルをぬぐいつけた袖で口を塞ぐと、その手に気を集中させる。もがく牢番に眠れ眠れと必死に念じる。数秒もたたずに牢番はがくりと落ちた。

「よし、行こう」

志郎の掛け声で、床に転がって悶《もだ》え苦しんでいた子どもたちがぱっと起き上がった。

「すごいです、シロ様。こんなに簡単に気絶させてしまうなんて」

「気絶というか、眠ってるだけなんだけどね。俺の力はハーブを介すると効力が増すらしいから。ガジュさんに教えてもらって、気の使い方を練習してたんだよ」

――癒しの力も使いようだ。人を癒す一方で、上手く使えば自分を守る武器にもなる。

そう言って、ガジュは自分の力を持て余す志郎に手取り足取り指導してくれた。今のはラベンダーのアロマオイルに志郎のフェロモンを混ぜて強力な睡眠作用を引き出したものを、相手の体内に送り込んだのだ。甘い香りを嗅いだ牢番はしばらく目を覚まさないだろう。

「アオこそ名演技だったよ。白目を剝いてピクピクしてる姿には、俺もびっくりしたもん」

褒められたアオがえへへと照れ臭そうに笑った。

志郎はシャツの襟元から首に掛けたお守りの紐を引っ張り出した。

白狼の編みぐるみを見つめる。大丈夫、ガジュとつながっている。そう信じる。

「急ごう」

志郎は子どもたちを連れて地下牢を脱出した。


王宮の外れにひっそりとそびえ立つ塔は古く、今は廃墟同然だった。

アギドが城の者たちに極秘で志郎たちを監禁するにはもってこいの場所なのだろう。

おかげで入り口の見張り役も一人しかおらず、志郎たちは隙を見て逃げ出すことに成功した。しかし喜んだのも束《つか》の間《ま》、入れ替わるようにして食事を運んできたアギドの部下に空の牢を発見されたのだ。脱出していくらもしないうちに、背後で「逃げたぞ！」と声がした。

「まずい、見つかった」

予想よりも随分と早い。志郎は広大な庭の敷地内にある森の中を走りながら、何度も振り返って確認する。三人の子どもたちも懸命についてきている。だが、まったく土地勘のない森は迷路のようで、このまま走り続けても追っ手に捕まるのは時間の問題だった。

「いたぞ！」と背後で叫び声がした。

志郎は焦る。その時、幸運にも森に切れ間が訪れ、石造りの城壁が見えた。低めの壁に囲まれた渡り廊下だ。志郎は子どもたちに変化するよう言った。「飛び越えて中に入ろう」

子どもたちが次々と子狼に変化する。この姿の方がヒトガタよりも走りやすいと聞いていたが、あっという間に志郎を追い抜き、彼らは傍の木を踏み台に三角跳びをして渡り廊下に進入する。志郎は子どもたちを追いかけながら頼もしいと思った。志郎が気の使い方をガジュに教わったように、子どもたちもまたガジュから様々なことを学んでいるのだ。

——屋敷に閉じ込めてばかりいるわけにはいかないからな。ゆくゆくは自分の身は自分で守れるように、できる限りのことを教えてやりたい。それが俺の役目だ。

彼らは物心がつく前からガジュに遊び感覚で脚力を鍛えられている。屋敷周辺の森は彼らの庭だ。高い木だって軽々と登れるし、跳躍力も抜群。変化のコントロールもどんどん上達して、もう衣服の再生まで難なくこなせるほどに成長している。一方、志郎は目覚めたのが最近だったとはいえ、狼族の血を引いているのにいまだ変化の一つもできない自分に焦りを覚えた。子どもたちを守る立場の自分が足手まといになっては話にならない。

『シロ様、こっちです』と、アカが呼び寄せた。

一段壁が低くなっている場所があり、そこからなら志郎も登れそうだ。石壁の継ぎ目に指を引っ掛けて必死によじ登る。「おい、待て！」と声がした。びくっと振り返ると、軍服が追いかけてくるのが見えた。「うわっ、来た」焦る志郎に、ヒトガタに戻った三人が手を貸してくれる。最後は引っ張り上げてもらい、渡り廊下に転がり落ちた四人は素早く起き上がって再び走り出す。

城内に入ると、途端に方向感覚を失った。

どちらを目指して進めばいいのかもわからず、直感でひとけのない方を選んで進む。

「あ」とベニが声を上げた。振り返るとアオが転んでいた。志郎は急いで引き返そうとしたその時、軍服が現れる。「いたぞ、こっちだ！」

立ち上がったアオの手を掴んで志郎は引き寄せた。物凄い形相で迫ってきた軍服が腰から警棒を引き抜き、大きく振りかぶる。志郎は咄嗟にアオを自分の背に押しやった。

前面に出た志郎に警棒が振り落とされる。無理だ、避《よ》けられない――！

ガキンッと重たい金属音が響き渡って、志郎は思わず閉じた目をはっと開けた。

どこから現れたのか、別の軍服姿の男が志郎をかばうように立っていた。警棒を剣で受け止めている。その横顔を見て、志郎は驚いた。

「ヒジリさん！」

剣を構えるヒジリは警棒を軽々と弾くと、ちらっと志郎に視線を寄越して言った。

「まさかこちらが救出するより先に脱出されるとは思いませんでした。空の牢屋を見て思わず取り乱しましたよ。ガジュ様から伝言を預かっております。『言の花を受け取った。モモとギンは無事だ――……』」

志郎は目を瞠った。よかった。寸前で伝書鳩に託した言の花が無事ガジュに渡ったのだ。

モモたちを隠れ部屋に避難させた後、志郎はチェストにあった言の花に急いで現状を吹き込み、森の異変を知らせに来てくれた伝書鳩にくくりつけて飛ばしたのだった。

二人の無事を聞いて、志郎はほっと安堵した。汗の滲む手をぎゅっと握り締め、頷く。

「ヒジリ殿？」と、弾き飛ばされた軍服が解せないというふうに言った。「なぜ近衛兵隊長殿がここに？　そこをどかれよ」後から追いついた援護の軍服と二人がかりで向かってくる。

「つきあたりを右に曲がって真っ直ぐ走ってください。外につながる通路があります」

剣を構え直したヒジリが早く行けと背中越しに言った。志郎は頷き、握り締めた拳をポケットに捩《ね》じ込むと、子どもたちを連れて言われた通りの道順を走りだした。

教えてもらった通路まであと少しだ。しかし、その手前の十字路でまた別の軍服の集団に出くわした。志郎たちは急停止し、やむをえず進路を変更する。軍服が追いかけてくる。アギドは極秘と言っていたが、この件にかかわる彼の部下はどれくらいいるのだろう。しつこい追っ手から逃れるために必死に走っているうちに、完全に道順を見失ってしまった。

このままでは追いつかれてしまう。その時だった。

「こっち」

目の前に丈の長いケープを羽織った人影が現れた。若い男のようだったが、息を弾ませながら志郎ははっと立ち止まった。戸惑う志郎の腕を摑み、フードを被ったその人物は強引に傍のドアを開けて薄暗い部屋に押し込む。子どもたちも纏めて連れ込んだ。

ドアを閉めた直後、混乱した話し声が近付いてきたかと思うと、部屋の前を靴音が二人分走りすぎていった。

「……行ったみたいだね」

外の様子を窺っていた彼がほっとしたように言った。

「大丈夫？　急ごう。ここにいたらすぐに見つかってしまう」

青年が促す。志郎も同じ意見だった。子どもたちとも顔を見合わせて、部屋を出る。

ケープ姿の彼は城内を熟知しているようだった。先頭を走る彼について走りながら、志郎は思わず訊ねた。

「あの、アヤさんですよね？」

振り返った彼女――彼は、少し驚いた顔をし、そしてふわっと微笑む。やはりそうだ。フードの下から覗く中性的な美しい顔立ちは、あの時のように華やかな化粧をした顔ではなく、落ち着いた声も耳に残っている女性の声色とは違う。だが、瑞々しい花のような上品な甘さのいい香りを、志郎が忘れるわけがなかった。

「びっくりしました。男性だったんですね」

アヤが意味深に唇を引き上げてみせた。

「あの時は事情があってね。ある人が、あなたのことをとても自慢げに嬉しそうに話して聞かせるから、どうしても会ってみたくなったんだ。だから会わせてほしいと頼んだら、姿がばれないように完璧《かんぺき》な変装をしないと駄目だと、ヒジリがうるさく言うから……」

あのような女装をしていたのだと彼は明かした。王宮にいるということは、彼も相応の身分の者なのだと気づく。そして、もしかして自分はとんでもない勘違いをしていたのではないかと思った。

アヤがけほっと小さく咳づいた。志郎はすぐさま我に返り、声をかけた。

「体は大丈夫ですか？　走っても平気なんですか」

「うん、平気だよ。久々に走ってちょっとむせただけだから」

彼が苦笑する。

「私はあなたのおかげで命拾いしたんだ。あの日、あなたに会ってから自分でも驚くほど体が軽くなってね。ほら、今ではこの通り」

アヤは走りながら半身をこちらに向ける。軽やかなステップと共に両手を広げてみせた。本人の言葉どおり顔色はよく、調子もよさそうだ。

彼の誘導のおかげで敵に遭遇することなく外通路に出た。

闇雲に走り回ったせいで、いつの間にか地上からだいぶ離れたところにいて驚く。

もう日が沈みかけていた。風も出てきて、髪がなびく。志郎は指先で風の向きを確かめながらポケットを探った。石畳に映し出される自分の長い影を追うようにして、鋸壁《のこぎりかべ》に囲まれた回廊を駆け抜ける。

アヤが壁に隠れて先の様子を確認する。志郎は大事な事を思い出した。

「アヤさんに伝えなきゃいけないことがあったんです」

「私に？」

「はい。今、服用している薬についてなんですけど、あの薬はすぐに服用を中止してください。近々トキ先生からもお話があると思います」

アヤがちらとこちらを振り返った。乱れた呼吸を整えながら言う。

「それなら大丈夫。薬はあれからしばらく飲むのを控えているから」

「えっ、そうなんですか」

「うん。さっきも言った通り、あなたに癒してもらって私の体調は随分と回復したからね」

「……あ、そっか。それならよかったです。本当に、よかった……」

志郎はほっと胸を撫で下ろした。それならば例の毒草の影響はないだろう。アヤが目配せをし、再び走り出した。志郎たちも続く。アヤがふいに声を低めて言った。

「やっぱり、あの薬から毒物が検出されたんだね」

志郎はぎょっとした。

「気づいてたんですか」

「なんとなくね。あの時のあなたの質問が気になって。なぜか薬のことを訊いたでしょう」

アヤの言葉にぎくりとした。

「すみません」

「？　どうしてあなたが謝るの」

　不思議そうに訊き返されて、志郎は胸に抱え込んでいた罪悪感を正直に吐露した。

「実はあの時、アヤさんの体に違和感があったんです。正体不明の何かよくない感じのものが見えた気がして、それが毒物によるものだと、俺もついさっき知りました。でも、あの時に俺がそのことをきちんと話していたら、もっと早くに対処できたかもしれない。アヤさんがもしそのまま薬を飲み続けていたら、また体が毒物に侵されて、今度こそ大変なことになっていたかもしれない……っ」

　そのことに気がついた時、志郎は恐ろしさのあまり心臓が凍りついた。

「でも」とアヤが言った。「私はあなたのおかげで、自分の体の不調の原因がどこにあるのか初めて気づかされた。とても感謝しているのだけれど」

　志郎はかぶりを振った。感謝だなんてとんでもない。自分には後ろめたさしかないのだから。

「本当はアヤさんたちを送り出した後で、ガジュさんにそのことを伝えるつもりでいたんです。でも、どうしても言い出せなかった。トキ先生が処方した薬なら、単に経験不足の俺の勘違いかもしれないと考えたのと、もう一つは——ガジュさんが、アヤさんのことをすごく気にかけているのを見せ付けられた気がしたから。アヤさん綺麗だし、ガジュさんともお似合いで、だから俺、アヤさんを大事に想うガジュさんを見ていたくなくて、それでつい、言いそびれてしまって……」

「え？」

ふいにアヤが立ち止まった。

「え？」と、志郎も思わず立ち止まる。背後を走っていたアカたちが急ブレーキをかけたが間に合わず、トントントンとドミノ倒しのように志郎にぶつかってきた。

我に返った志郎は焦った。

「あっ、いや、今のはそういうのじゃなくて、その、俺、何か変なことを口走って……っ」

懸命に横に振る顔がかあっと火照るのを感じる。

振り返ったアヤに真顔でじっと見つめられて、どうにもいたたまれなくなった。妙な圧に思わず一歩下がったその時、視界の端をざっと影が横切る。

「危ない！」

咄嗟にアヤの手を摑んで引っ張った。倒れこんできた彼と共に地面に転がる。ほぼ同時に前方を塞ぐように大型の狼が頭上から飛び降りてきて着地する。狼はすぐさま変化して、ヒトガタになった。軍服だ。

ガジュたち以外の者が変化する様子を初めて目の当たりにして、ぞくっと背筋が冷える。すっと立ち上がった軍服が腰から警棒を引き抜いて構えた。志郎は全身を強張らせて息を呑む。軍服は志郎たちを見据えて、一歩ずつ距離を詰めてくる。

反射的に志郎は握り締めていた小瓶の栓を抜いた。軍服めがけて瓶の半分ほど残っていた中身を思い切りぶちまける。

上手い具合に液体が軍服の目元にかかった。悲鳴を上げた軍服が目を覆って苦悶する。

『シロ様こっちです！』と、敵に対抗するように子狼に変化したアカたちが叫んだ。

志郎は頷き、足元に転がってきた警棒を拾うと、アヤの手を引いて立ち上がらせた。「今のは？」と彼が訊いてくる。志郎は子狼たちの後を追いかけながら答えた。「アロマオイルという薬草から作った香りを楽しむものです。薄めているので適切に使用すれば問題ないのですが、目に入ればひりひりして痛みます。足止めにはなると思うので今のうちに」

「なるほど。先ほどから何かいい匂いがすると思っていたら、あなたが撒いていたんだ」

志郎は微笑する。小瓶は先ほどヒジリから伝言と一緒に受け取ったものだった。

強い風が吹いた。

風上から微かに甘い香りが流れてくる。志郎は無意識に服の上から胸元を押さえた。敵を避けてあちこち走り回ったので、もはやこの場所がヒジリに指示された通りの外通路なのかどうかはわからない。だが、きっと気づいてくれる。そう信じてお守りの白狼をぎゅっと握り締める。

「そこを曲がってその先の塔に入ろう」

アヤが言った。

だが、先に回廊を曲がろうとした子狼たちが突然停止した。次の瞬間、壁の陰から数人の軍服が現れたかと思うと、子狼たちをまるでボールをそうするように次々と蹴り飛ばした。

『キャンッ』と甲高い悲鳴が響き渡る。

「アカ、アオ、ベニ！」

志郎は血相を変えて叫び、壁に叩きつけられた子どもたちの傍に駆け寄った。アヤも白と茶の痛々しいまだら模様の子狼を抱き上げて「なんてことを」と嘆く。

「まったく、白毛種どもが手間をかけさせやがって」

軍服たちの間から横柄な態度で歩み出て来たのはアギドだった。志郎たちを軽蔑しきった眼差しで見下ろし、チッと忌々《いまいま》しげに舌を打つ。ちらっと目線が志郎の背後に流れた。ケープとフード姿の見覚えのない青年が加わっていることに気づいて、盛大に顔を顰める。

「ヒジリの奴といい、やはりこの城の中にはガジュの息がかかった者が潜んでいたか。まあちょうどいい、邪魔者はこの際まとめて始末だ。こいつらは息さえしてれば多少痛めつけても構わない。さっさと捕らえて牢にぶち込んでおけ」

アギドの言葉に警棒を構えた軍服たちがじりじりと詰め寄ってくる。

背後でアヤが咳き込んだ。子どもたちもぐったりとしている。片膝を立てた志郎は四人を背中でかばうようにして軍服と睨み合う。だが、後ろは切り立った鋸壁だ。飛び降りるには地上からあまりにも高すぎる。

背後からアヤが志郎の袖を摑んだ。目深《まぶか》に被ったフードの下で、何度か口が不安そうに開いては閉じるを繰り返す。

「大丈夫です」と志郎は背中越しに告げた。

「必ずガジュさんが助けてくれますから。それまでなんとかして時間を稼いでみます。その子たちのことをお願いします」

「――……」

志郎は意を決して立ち上がった。先ほど拾った警棒を握り締めて構える。竹刀《しない》よりも細くて軽いが、思ったよりも短いせいか距離感がよく摑めない。高校まで祖父の友人が師範を務める道場に通わせてもらっていたが、高校卒業後は一度も竹刀を握っていなかった。

久しぶりの感覚に不安しかない。それでも、この場は自分が守らなくては。

しっかりしろと、小刻みに震える膝を叱咤《しった》し、志郎は軍服と真っ向から対峙《たいじ》した。

じりじりと前に出た軍服が警棒を振りかぶる。目の前に振り下ろされたそれを志郎は咄嗟に自分の警棒で受け止めた。ガキンッと耳を劈《つんざ》くような金属音。とんでもない重量が両手に圧《お》し掛かり、今にも警棒が吹っ飛びそうだ。

毎日重たい小麦粉の袋を抱えて鍛えた腕力も無意味のように思えた。腕が痺《しび》れる。踏ん張った足が力ずくで押し戻される。

「……くっ」

無理な体勢に追い込まれ、どうにか膝を大きく曲げて踏み留《とど》まる。

ふいにシャツの裾から何かがころんと落ちた。激しく動くうちに首の紐が切れてしまったのだろう、お守りが地面に転がる。

だが、それが幸いする。白い編みぐるみに一瞬気を取られた軍服の隙を志郎は見逃さなかった。警棒を払い、体勢を崩した軍服の脇を思い切り突く。軍服が呻き声を上げてその場に頽れた。

しかし、すぐさま反対側から別の軍服が警棒を振り下ろす。受け止めようとしたが間に合わず、志郎の手から呆気なく警棒が弾き飛んだ。「今だ、やれー！」予想外の志郎の反撃に目を怒らせたアギドが罵声を上げる。控えていた数人の軍服たちが志郎を取り囲む。

肩で息をする志郎は、だがその瞬間はっと気がついた。

風に混じって流れてくるこの甘いにおいは、志郎が放ったマートルとジャスミンを混ぜた香りだ。それとは別に、もう一つ。よく知ったにおいが紛れている。全身の産毛が逆立った。体がにおいに反応する。

志郎は顔を撥ね上げた。そこへ距離を詰めた軍服たちが一斉に飛び掛かってくるのが見えた。志郎は反射的に叫んだ。

「ガジュさん！」

目の前を一陣の風が走り抜けたのは次の瞬間だった。気がつくと、軍服たちがなぎ倒されていた。

志郎を守るようにしてそこに立っていたのは漆黒の毛並みが美しい大狼だった。

『シロ、よく頑張った。怪我はないか』

ガジュの頼もしい声に、志郎は強張った体から一気に力が抜けていくのを感じた。

「大丈夫です。ガジュさんが必ず来てくれると信じてましたから」

そうだ、信じていた。ヒジリは志郎にアロマオイルの小瓶を渡してこう言ったのだ。

――ガジュ様もこちらに向かってます。この香りでシロ様の位置を知らせるようにと言付かりました。必ず助けるから、待っていろと……。

マートルとジャスミンの香りは、ガジュの一番のお気に入りだった。志郎の体臭をより際立たせて、何とも言えない芳《かぐわ》しいにおいになるのだと。ガジュは常々そう言って、志郎のブラッシングによくこの香りを使っていたのだ。どんなに雑多なにおいと混ざろうとも、志郎のにおいなら嗅ぎ分けられる自信がある。彼はそんなふうに豪語していた。

「誰か、あの狼を仕留めろ！」

アギドが叫ぶ。後から駆けつけた軍服が剣を抜いて黒狼に切りかかった。しかし、黒狼は剣の軌道を軽やかに交わす。ゆらりと輪郭《りんかく》が崩れてヒトガタに戻ったガジュは一瞬で軍服に拳を叩き込むと、倒れている軍服の中に放り投げた。

瞬く間に数人の部下を地に沈められたアギドが顔を真っ赤にして唸った。

「ガジュ、貴様！　よくもふざけた真似を……」

「それはこちらの科白《せりふ》だ、叔父上。俺の大事なものを二度も奪われてたまるものか！」

腹の底からの咆哮《ほうこう》に、空気がびりっと振動する。

圧倒されたアギドはびくっと押し黙り、思わずといったふうに一歩後退った。僅かに視線を横にずらした彼は、驚愕に目を大きく見開く。

「へ、陛下！」

アギドの裏返った声に、志郎も釣られるようにしてそちらへ目をやる。そこにはガジュと共に駆けつけたヒジリに抱きかかえられたアヤがいた。いつの間にかフードを脱いだ彼の頭には、ガジュと同じ漆黒の耳が生えていることに気づく。

陛下ということは即《すなわ》ち、彼が現国王——ガジュの実弟その人であることにほかならない。

志郎は思わず息を呑んだ。アギドが混乱しきった表情で凝視する。

「そ、そんな……まさか……なぜ陛下がそのような恰好をしてこんな場所に……？　今日も体調がすぐれないと、いつものように部屋から一歩も出ずに過ごされていたはずじゃ……」

自分の足で立ったアヤは両腕に三匹の子狼を抱えていた。

白毛のまだら模様を見やり盛大に顔を顰めたアギドが叫んだ。

「陛下、そのような忌み種に触れてはお体に障ります！　すぐにお放し下さい。ただでさえ体調がすぐれずお部屋にこもりがちですのに……」

「そうさせたのはあなたでしょう、叔父上」

凛《りん》とした声が言った。アヤがアギドを真っ向から見据える。

「トキ先生に処方していただいた薬に微量の毒物を混ぜ、毎日私に飲ませた。そのせいで私は、一時は立ち上がれないほどに体調を悪くして、公務からも遠ざからざるを得ない状況にまで追い込まれた。すべてはあなたが仕組んだことだ」

アギドの顔色が瞬時に変わった。

「……はっ、馬鹿馬鹿しい。何を根拠に——」

「根拠ならあります！」と、志郎はすかさず遮った。「その人からあの毒草のにおいがしました。トキ先生のところで嗅がせてもらった、薬に混ぜられていた毒物と同じにおいです」

弾かれたようにその場にいる全員がこちらを向いた。一瞬の沈黙が落ち、注目の対象が入れ替わる。四人の冷ややかな視線を集めたアギドがたじろいだ。

「ばっ、馬鹿を言え！　そんな忌み種の言うことなんかを信じるというのか……」

「信じますよ」

アヤが有無を言わせぬ口調で言った。

「ベッドから起き上がることもできなかった私を、ここまで回復させてくれたのは彼ですからね。ご存知でしょう？　彼が作る『お菓子』という不思議な食べ物の存在を」

「ま、まさか、陛下もあのおぞましい物体を口にして……っ」

信じられないといったふうにアギドが目を剝く。

「ガジュ、お前の仕業だな！　その汚らわしい白毛たちをかくまっていただけでも重罪だというのに、あろうことか陛下とも接触させていたとは何事だ。陛下のお体を穢《けが》したのだぞ。そうだ、陛下の体調不良もお前のせいではないのか？　お前が陛下にその卑《いや》しい者たちを近づけたからに違いない。まったく、あの時に死んでいればよかったものを。今更我々の前に現れて、どう責任をとるつもりだ！　極刑に値するぞ！」

顔を真っ赤にして怒号を放つ。しかし、ガジュは至極冷静に言った。

「だったら、あんたのしたことはどんな罪になるんだ？」

「何？」

「薬に混ぜられていた毒物は、ここにいる彼のおかげですでに特定済みだ」

ガジュが振り返り、志郎を見やる。僅かに目尻を下げ、すぐに顔を戻した。

「入手先は限られているし、もう調査隊も向かっている。じきにあんたの名が上がってくるだろう。その他にもお前が働いた数々の悪事の証拠が揃っているから覚悟しろ。ここ数年の陛下の体調悪化を理由に、叔父のお前は自ら国王代理を申し出た。前国王が亡くなり、若くして玉座についた弟をあんたは親身になって支えてくれた。弟もそんなあんただから信用して任せたんだ。だが、あんたは弟の信頼を裏切ってとんでもないことを企んでいたわけだ。ゆくゆくは弟を亡き者にして、この国の権力を握るための計画を企てていたのだからな」

「な……っ」

アギドが明らかな動揺を見せる。何か言い返そうとするも、口をパクパクと開閉させるばかりだ。見事なほどに本心をすべて見抜かれて、咄嗟の言い訳が何ひとつ思い浮かばない。そんな彼の心境が傍から見ていても伝わってきた。汗が滝のように吹き出し、虚ろな目は血走っている。

「ち、違う……へ、陛下、違うのです！　私はただ……」

アギドがふらふらとアヤの方に向かって数歩歩み出た。しかし、アヤの凍りつくような冷ややかな視線とぶつかった瞬間、びくっとその場で固まった。

温度のない透き通った声が言った。

「この国の者は、見た目だけで彼らを忌み種だ、白毛だと蔑むが――私は、毛色が同じあなたの方がよほどおぞましい」

鋭い氷柱《つらら》に貫かれたかのように、アギドは膝から崩れ落ちた。

■11■

アギドとその配下の者たちは、駆けつけた近衛兵によって連れて行かれた。後はこちらで引き取るからと、アヤとヒジリに見送られて志郎たちが城を後にしたのは、もうすっかり夜も更けた頃だった。

馬車の手配はガジュが断った。代わりに馬を一頭もらい、ガジュは志郎を自分の前に乗せると手綱《たづな》を握る。志郎は上着のボタンを数個外し、中から顔を覗かせる恰好で子狼のアカを抱き、ベニとアオがちょこんと顔を出して収まった大きな袋はガジュが背負った。

王都を出てしばらく馬を走らせると、志郎の腹部からすうすうと寝息が聞こえてきた。ガジュが背負った袋からも同様に寝息が聞こえだす。

「みんな、本当によく頑張ったから」

「長い一日だったからな。怖い思いもして疲れただろう。ゆっくり休めばいい」

穏やかな月明かりに照らされて、静かな夜の中を駆け抜ける。

紺色の空には数日振りの満月が浮いていた。

今日の満月は淡いピンクがかった幻想的な色をしている。美しい月はじっと眺めていると吸い込まれてしまいそうだった。

モモとギンもすでに夢の中だろうか。

二人は今夜、トキのところで世話になっている。志郎たちが医院を抜け出した後、入れ違いに状況を聞きつけたヒジリが駆けつけ、衛兵たちを言いくるめて追い払ったそうだ。トキもコンも、そして御者もみんな無事だと聞いてほっとした。

一方、志郎が伝書鳩に託した言の花を受け取ったガジュは、すぐさま屋敷に戻り、そしてアギドの命で待ち伏せていた者たちと鉢合わせた。結果は言うまでもない。ガジュの暴れ振りはヒジリが教えてくれた。あれほど烈火の如く怒り狂うガジュを見たのは、シュカたちを失った時以来だと。

その時点で、すでにアギドの悪行の数々に関してはほぼ調べがついており、アヤから相談を受けていた毒物混入の件も志郎のおかげで早々と容疑が固まった。ガジュが度々街へ出かけていた理由は二つあり、アヤの薬の件が一つ。もう一つは、ヒジリがかねてから疑いを持ち、ガジュと共に独自に調べを進めていたアギドの裏の顔について、いよいよ証拠が揃い大詰めを迎えていたからだった。

そんな噂を聞きつけて、大いに焦ったのはアギドだ。死んだと思っていたガジュがまさか生きていて、自分の悪事を暴こうとしていると知った彼は、急いで手を回し、噂に上っていた白毛種《志郎》とガジュが繋がっていることを突き止めた。そうして志郎たちを囮《おとり》にし、邪魔なガジュをおびき寄せた上で、今度こそ始末しようと考えたのだ。あとは何もなかったようにこれまで通り、アヤが衰弱していくのを隣で見張りつつ、自分の思い通りにこの国を動かしていく。体の弱い国王を献身的に支えたとして、国民もアギドを称賛し、王位継承も難なく進むだろう。上手くやればアヤを説得して生前退位にもっていけるかもしれない。そんな筋書きを思い浮かべていたのだ。

だが、彼の知らないところで大きな誤算があった。衰弱するばかりだと思われていたアヤが、志郎の力のおかげで日常生活に支障がないほどまでに体調を回復させていたのである。

その後もアヤは、ガジュとヒジリの指示で病を患っているふりをし続けた。そうして裏切り者のアギドの化けの皮を剝ぐために一肌脱いだのだ。

「シロには本当に感謝していると言っていた。俺も感謝している。お前のおかげで弟はすっかりもとの調子を取り戻すことができたんだ」

「いえ、俺は何もしてないですよ。お菓子を作っていただけだし……」

アヤに対しての罪悪感とガジュへの後ろめたさはまだ胸の奥に残っていて、志郎はかぶりを振った。しかしガジュは、「そのお菓子に救われたんだ」と言った。

「弟に久々に再会した時の、あの弱々しい姿を目にした衝撃は忘れられない。あいつは今にも消えてしまうのではないかと恐ろしくなるほどやせ細り、極限まで生気を失っていた。俺の記憶に残っている弟は生まれつき体が丈夫ではなかったものの、いつも笑顔を絶やさず周りを元気にしてくれる優しい子だった。それが、あんなにも青白く人形のように表情の欠片《かけら》もない姿で現れたから、俺は言葉を失ってしまったんだ」

ガジュがアヤと再会したのはここ最近のことだった。志郎がこちらにやって来たその後の話になる。

ガジュが生きており、辺境のまっくろ森で暮らしていることを知っているのは、ごく限られた者だけだった。王族が人間と通じていることを知られては民に示しがつかないと、怒り狂った前国王は、ガジュに二度と顔を見せないことを約束させて王室から永久追放し、存在ごと葬った。そのことはアギドはもちろん、実弟のアヤにも知らされていなかった。アヤは前国王《父親》から兄は従兄弟のあとを追って自害したと聞かされ、これまでそう信じていたのだ。

一方、アヤの不調をヒジリから聞いて心配したガジュは、志郎が作った癒しの菓子に望みを託し、ヒジリを介してアヤに渡るよう仕向けた。不思議な食べ物によって回復の兆しを確信したアヤは、ひょんなことからそれを渡したのがガジュであり、彼が今も生きていることを知ってしまった。そうして兄に会わせてほしいとヒジリに頼み込んだのだ。

幾年ぶりの再会は、事情を知っているトキの医院になった。徐々に調子を取り戻しつつあったとはいえ、王宮から抜け出してきたアヤはげっそりと痩せていて、ヒジリの支えがないと自力では数歩も歩けない状態だったという。

「そんなあいつがあそこまで回復したんだ。その後も、アヤは周りに内緒で志郎が作った菓子やお茶をこっそり食べ続け、次に屋敷で会った時は見違えるほど元気になっていた。女装には驚かされたが、美味《うま》そうに菓子を食べる姿を見ることができて、本当に嬉しかった」

ガジュの話を聞きながら、志郎はそうかと今更ながらに思った。

ガジュはアヤのことを何か特別な感情を持って見ているように思えて、志郎は胸をひどくざわつかせたが、それはすべて実弟に対する愛情だったのだ。

久々に再会した弟の変わり果てた姿に驚き、大層心を痛めたに違いない。そこには自分のせいで彼に重責を担わせてしまった申し訳なさもあったのだろう。そんなアヤがみるみるうちに元気になり、楽しそうに笑っている姿を目の当たりにした時のガジュの気持ちを想像して、志郎まで感無量になった。

熱くなった目元を冷たい夜気が浚《さら》ってゆく。背後からガジュが心苦しげに言った。

「ただ、お前たちまで巻き込むつもりはなかったんだ。本当に怖い思いをさせた。すまない、許してくれ」

俯いた顔をはっと上げた志郎は急いで首を横に振った。

「そんなふうに言わないで下さい。確かに怖かったですけど、この子が守ってくれましたし」

ポケットから大切なお守りを取り出す。窮地を救ってくれた白狼の編みぐるみは、軍服たちに踏み潰されてぺちゃんこにへしゃげていた。探して拾い上げた時には、靴跡まで付いて見るも無惨な姿に変わり果てていたのだった。

ガジュが志郎の手から編みぐるみをそっと摘まみ上げた。

「そうか。こいつはきっちり自分の役目を全《まっと》うしたんだな。ボロボロになったが本望だろ」

俺の代わりによくシロを守ってくれたと、ガジュが小さな白狼を労《ねぎら》うように微笑んだのがわかって、志郎は心臓をぎゅっと鷲摑みにされた気分になる。

「……それに、ガジュさんが必ず来てくれるって、俺は信じてたから」

一瞬の沈黙が落ちた。

「何があってもお前のことは守ると約束しただろう。もう二度と失いたくないんだよ」

甘さのある低音が耳元で囁いた。熱い息を吹き込まれて、背筋がぞくりと震える。手綱を握るガジュの腕が両脇から志郎の体を強く圧迫してきた。背中に僅かな重みが圧し掛かり、まるでガジュに抱き締められているみたいだ。夜気に冷えた頰が一気に火照りだす。

「……いいにおいだな」

ふいにガジュが言った。陶然とした甘い声音に志郎は俄に全身を緊張させる。

「マ、マートルのオイルです。ジャスミンを混ぜた、ガジュさんが一番好きな香りで……」

ガジュがヒジリに言付けたものだ。童話のヘンゼルとグレーテルみたいに通った道に香りを撒いて走ったのだが、それらが風で散って志郎にも纏わりついたのだろう。

「ああ」と、ガジュが思い出したように頷いた。

「だが、そっちは味付けにすぎないな。花の香りよりももっと甘くて濃厚な――これは、シロ自身のにおいだ。お前は間違って憶えているぞ。俺が一番好きなのはお前のにおいなのだからな。この世で一番俺が愛しいと思うにおいだ。このにおいをずっと探し求めていた」

ガジュがすうっと鼻で息を吸い込んだのがわかった。首筋に鼻先を押し当て、においを嗅がれている。そう実感した瞬間、思わずぶるっと胴震いをした。

「無事でよかった。お前たちが連れ去られたと知って、一瞬心臓が止まった……」

触れるか触れないかの距離で熱を感じ、執拗に体臭を嗅がれる。

志郎は妖しく跳ね上がる心拍に動揺しながら思う。ガジュの様子が今日はまた少しおかしい。このところ感じていた微妙な距離感が、ここにきて一気になくなった。以前のようなスキンシップがもとに戻ったみたいで、何かが前とは決定的に違う。今日のガジュは言葉や仕草の端々に意図的に色香を滲ませているように感じられてドキドキする。

志郎のにおいを嗅ぎながらガジュの顔がゆっくりと移動する。

頭頂まできて一旦動きを止めると、手綱から手を片方離した。志郎の獣の耳にそっと触れ、手触りを確かめるように毛並みを優しく撫でてくる。

「せっかくの美しい毛をよくもこんな乱暴に扱ってくれたものだ。奴らにはもっと痛い目に遭わせてやってもよかったくらいだ」

薬剤でごわついた獣毛を痛々しげに撫でながら、ガジュが悪態をついた。

敏感な耳を触られて、全身の産毛が逆立つ感覚に志郎は思わず首を竦ませる。艶《なまめ》かしい吐息をこっそりとつき、口早に言った。

「も、もとはといえば、俺の正体がばれたのは自分のせいでもあるし、薬の件も俺がアヤさんに嫉妬なんかせずに最初からガジュさんに話してたら、もっと早くに毒物混入を突き止めることができたかもしれなくて……」

「嫉妬？」

ガジュが怪訝そうに繰り返す。我に返った志郎は失言に気づいて慌てて口を噤んだ。

しまった。志郎はたちまち顔が熱くなるのを感じる。これではアヤとの会話の二の舞だ。

アヤはうやむやになってしまった会話の続きを、彼なりに解釈して何かに勘づいたようだった。別れ際、志郎にこっそり耳打ちしてきたのだ。

——私は応援するよ。シロが、兄上は必ず助けに来ると言い切った時、そして本当に兄上が現れてあなたを敵から守った時、この二人は心から信頼しあっているのだと知って羨ましくなった。兄もあなたのことをべた褒めしていたからね。だから私もシロに一度会ってみたくなったんだ。そういう意味では私もシロに嫉妬をしていたのかもしれない。兄は私のことを大切に想ってくれているけれど、それはあくまで弟としてだということ。本当に兄がその手で幸せにしたいと想っているのはきっと——。

「実は俺……っ」

志郎は思い切って、ずっともやもやと抱えていた心の内を正直に明かした。

「女性の恰好をして現れたアヤさんに、嫉妬してたんです……！」

羞恥にかっと血が上る。

「だ、だって、ガジュさんとアヤさん、見るからに他人が入り込めない雰囲気だったし、二人は特別な関係なんじゃないかって誰だって勘繰りたくなりますよ。子どもたちは、ガジュさんがお嫁さんを迎えるのを待ち望んでいて、もしアヤさんがお屋敷に嫁いできたら、俺は出て行くつもりでいたんです。小姑《こじゅうと》がいたらやりにくいじゃないですか。それに、ただでさえ、ここ最近のガジュさんはおかしくて、俺にだけ急に素っ気無くなるし、露骨に避けられているのが伝わってきて、辛《つら》かった。外出もまた増えて、そうやってこそこそされると、やっぱり俺が邪魔になって、地球に帰す方法を探し続けているんじゃないかって、不安にもなります。その合間に隠れてアヤさんと逢ってるかもしれないとか、一人でぐるぐるするしかなくて……だけど結局、今話したことの全部が俺の勘違いだったって……今日、わかったんですけど……」

言いながらひどく決まり悪くなり、最後はごにょごにょと口ごもる。

それまで黙って聞いていたガジュがふいにぼそっと呟いた。「小姑？」次の瞬間、ぷっと吹き出す。すぐに声を上げておかしそうに笑い出した。

静かな夜闇に笑い声が響き渡り、志郎は一層いたたまれなくなった。

「なるほど、アヤが何かおかしなことを言っていたが、そうか、そういうことか。シロは俺たちのことをそんなふうに誤解していたわけだ」

ガジュは心底愉快げに喉を鳴らす。

頭上から星のように降り注ぐ笑い声に項垂れる志郎は、全身火照って真っ赤な茹《ゆ》で蛸《だこ》にでもなった気分だった。すべてが明らかになった今となっては、自分がどれほど滑稽な勘違いをしていたのか恥ずかしいことこの上ない。アヤだって内心では大笑いしていただろう。

雲が流れて月が隠れる。

ひとしきり笑ったガジュが、ふと真面目な声音に戻して言った。

「そうだな。今の話を聞いて、俺の行動が知らないうちにお前を不安にさせていたことがよくわかった。それにしても、こう言葉にされると、自分の迷走ぶりが浮き彫りになってひどく恥ずかしいものだな。素っ気無くしたつもりはまったくないんだが……情けない」

「え?」

思わず振り返る。間近でガジュと目が合った。困ったようにくっと眉を寄せたガジュは、バツが悪そうに口を開く。

「どういう態度をとっていいのかわからなかったんだ。何せ、こんな気持ちになるのは初めてのことで、結果的にシロを傷つけてしまったのだとしたら、本末転倒もいいところだ」

志郎は困惑した。何が言いたいのかよくわからない。上目遣いに首を傾げると、ガジュが弱ったように微笑んで、「そんなかわいい顔で見つめないでくれ」と言った。

「とても、とても愛しいと思ったんだよ。シロのことが、これ以上ないくらい」

真っ直ぐな眼差しが志郎を見つめる。

志郎は息を吞み、目を瞠った。沈黙の狭間《はざま》で視線が絡み合う。ふっとガジュが微笑んだ。

「だが同時に、親愛なる兄貴分の大事な忘れ形見に対してそんな邪な感情を抱いている自分に愕然とした。親代わりだと言っておきながら、一方ではお前に一人の男として見てもらいたい自分がいる。浅ましい欲望と葛藤《かっとう》するうちに、お前とどう接するのが正解なのかわからなくなっていったんだ。最初は、ただお前が生きていてくれたことに感謝するばかりだったのにな……自分の欲深さにほとほと呆れる」

情けないと、ガジュが溜め息を落とす。

シュカとミズキの代わりに今度は自分がシロを守る。そう心に誓ったのだとガジュは話した。自分にできる限りのめいっぱいの愛情をシロに。時折、ふとまた消えてしまうかもしれない喪失感と恐怖心がどこかに残っていて、志郎を可能な限り傍に置いておきたかった。過保護だと言われようと構わない。あんなことさえなければ、ずっと傍にいて、成長を見守ってゆくはずだった白毛の子。失われた時間を取り戻すかのように、ガジュは志郎を構い、執拗に甘やかした。だがそれは、あくまで父性からくる愛情だ。

「それがいつからか、お前に触れたい気持ちの理由が自分の中で変化していることに気がついた。庇護しなくてはいけない子どもとしてではなく、一人の対等な大人として。俺はシロを愛したいと思ってしまったんだ」

けれども、そんなガジュの穢れた想いを知ってしまったら、志郎はこれまでのように自分を慕ってはくれないだろう。軽蔑し、屋敷から出て行ってしまうかもしれない。

「お前が俺から離れていくのは耐えられない。だから、俺は自分の気持ちを隠し、これまで通りにシロを傍で見守ることを選んだんだ。とはいえ、頭で思ったようには体は動いてくれないものだな。近づけば触れたくなるし、下手に触れれば疚《やま》しい気持ちをお前に勘づかれてしまう。距離を置けば、お前を傷つけてしまうし——だがまさか、お前が屋敷を出て行くことまで考えていたとは思いもしなかった。念のため訊くが、もうそんな考えはないよな？」

問われて、志郎はこくこくと頷いた。ほっとしたガジュが「ならいい」と微笑む。

ガジュの腕が志郎をそっと抱き寄せた。

まるで自分のもののように囲い込まれて、志郎の心臓が激しく暴れ回る。ああ、そうかと気がついた。ガジュの仕草のすべてにどうしようもなく色香を感じてしまうのは、彼が志郎を子ども扱いしていないからだ。ガジュの中の志郎はいつまでも幼い子どものままなのだと諦めていた。だが、志郎はちゃんと成長して彼の前に立っていた。

「……最近、少しずつ昔の記憶を思い出すことが増えたんです。子どもの頃の俺の傍には必ずガジュさんがいて、ガジュさんは俺のことを『シロ』って呼んでる。俺もすごく嬉しそうに返事をして、ガジュさんのところに急いでハイハイしていくんです。自分がどれだけ愛されていたのか伝わってきて、嬉しかった」

胸を昂らせながら、脳裏にはいつも夢に見る幸せな映像が蘇っていた。

「今だってガジュさんが俺のことを大切に思ってくれているのは十分伝わっています。記憶が消されちゃってたから、最初に会った時のガジュさんは怖かったけど、子どもたちがガジュさんを心から慕っているのを知って、本当は優しい人なんだと思い直しました。ガジュさんもこの子たちをとても大切にしていたし、もっとこの人のことを知りたいと思った。ガジュさんにお前も大事な家族だと言ってもらえた時は本当に嬉しかったんです。だけど、時々それがすごく苦しくて、申し訳ない気持ちになった。俺は、ガジュさんと一緒に過ごすうちに、家族とは違う関係をガジュさんに求めるようになっていたから。だから、ガジュさんがいつまでも俺を子ども扱いするのを内心不満に思ってました。ちゃんと今の俺を見てほしかった。だって俺はガジュさんのことが――」

ふいにガジュの手が志郎の口を覆った。耳元で「その先は俺から言わせてくれ」と囁く。

「記憶が蘇りつつあると言ったが、この人形をお前にやった時のことを覚えているか？」

唐突に、指先で摘まんだへしゃげた編みぐるみを見せられた。

志郎はじっと見つめる。覚えている。一番新しい夢の記憶だ。夢の中の志郎は相変わらずガジュによちよちまとわりついていて、こんなやりとりをしていた。

――しりょ、がじゅ、だいしゅきよ。

――ああ、知ってる。俺も好きだぞ。

——ちゅがい、ちゅがい！　がじゅ、しゅきしゅき！　ちゅがい！

——あー、わかった、わかった。よし、ツガイの誓いの代わりにこいつをお前にやろう。

そう言って、ガジュから手渡されたもの。それは今まさに彼が手にしている白狼の編みぐるみだった。冗談めかしたガジュの声が脳裏に蘇る。

——ツガイのしるしだ。愛してるぞ、シロ。

「……ツガイのしるし」

志郎の呟きに、ガジュが少し驚いたような顔をしてみせた。

「何だ、しっかり覚えているじゃないか」

ふっと嬉しそうに笑う。

「ツガイとはこの国では一生を添い遂げることを誓った相手を意味する。当時はガキのお前相手にあんなふうに言ったが、これはもともとおチビの遊び道具になればいいと思って作ったものだ。だからお前が、地球にいた間もずっとこれを肌身離さず持ち歩いてくれていたと聞いて驚いた。嬉しかったよ」

甘い視線に搦め捕られて、志郎は急激な体温の上昇を感じた。急に馬の進みが遅くなったのは気のせいだろうか。その一方で心臓は早鐘を打つように激しく高鳴りだす。

雲に隠れていた月が顔を出した。

蠱惑的《こわくてき》な淡いピンク色の月明かりにガジュの真摯な顔が浮かび上がる。

「あれから随分と経って、こいつもこんなにボロボロになってしまったが……」

大きな手のひらにそれを載せて差し出す。ガジュは志郎を見つめると、言った。

「シロ、もう一度これを受け取ってくれないか。今度は冗談や遊び道具ではなく、正真正銘のツガイのしるしとして」

「……っ」

ふいにぐっと熱いものがこみ上げてきた。胸の奥がぎゅっと詰まり、切ないほど甘く痺れる。諦めたつもりでいたのに、心の底ではずっとその言葉を待っていた気がする。感激しすぎて咄嗟に声が出なかった。

喉まで迫《せ》り上がってきた熱の塊を必死に飲み下す。目尻に浮かんだ涙を拭い、志郎はこくこくと何度も頷いた。ガジュから編みぐるみを受け取った瞬間、ぶわっとまた涙腺が緩む。

「おい、泣くな」

「すみません。でも、嬉しくて……」

まったくと言いつつ、ガジュが愛しそうに微笑む。

「泣き虫なところは変わってないな。昔もよく泣きながら抱きついてきた」

志郎の泣き顔に自らの顔を近づけると、そっと目元に唇を寄せて涙を吸い取った。

「シロ、愛している。俺のツガイになってくれるか」

ガジュが覗き込むようにして志郎を見つめてきた。

視線を合わせて、志郎も微笑む。

「俺も愛してます。俺とツガイになってください。不束者《ふつつかもの》ですがよろしくお願いします」

とろけるような甘い笑みを浮かべたガジュが、志郎の濡れた目元にキスを落とす。流れるような手つきで顎を摑まれて上を向かされた。

雲が完全に晴れる。

薄桃色の満月が静かに見守る中、ガジュの熱い眼差しがゆっくりと近づいてくる。

自然と目を閉じると、優しい口づけが降ってきた。


屋敷に到着しても、子どもたちが目を覚ます様子はなさそうだった。

ぐっすりと寝入っている三人を部屋に運ぼうとすると、「お前も大変だったんだ。こっちはいいから、先に疲れを流してこい」と、ガジュが気をきかせてくれた。

優しいガジュに胸を高鳴らせつつ、言葉に甘えて先に湯を浴びる。牢屋に入れられ、城内を走り回った体は埃《ほこり》と汗まみれだ。さっぱりすると、急いでガジュと交代した。

アトリエは、最後に記憶に残っている光景よりも多少荒れていた。

隠し扉の横のキャビネットが倒れて、中身が床に散乱している。言の花で伝えた通り、戻ってきたガジュは真っ先にこの部屋に入り、モモとギンを保護してくれたのだろう。

志郎がキャビネットを起こして片付けていると、床に数冊のスケッチブックを見つけた。

「あ、このスケッチブック……」

見覚えのある表紙が色褪せたそれらを拾って捲る。すべてのページが幼い志郎の絵で埋め尽くされている。別のスケッチブックも同様に被写体は志郎ばかりだ。

これを描くのに、ガジュは一体どれほどの時間を費やしたのだろう。

大量の自分の絵を眺めながら、胸に熱いものが込み上げる。どのページにも愛しかない。

次のページを捲った途端、志郎の目は動かなくなった。

そこには若い夫婦とその子どもの仲睦まじい様子が描かれていた。

志郎と両親のシュカとミズキだ。

初めて見る二人はとても幸せそうで、父親に抱かれた志郎も嬉しそうに笑っていた。優しい微笑みで見守る母。

胸がいっぱいになり、涙が零《こぼ》れた。

「幸せそうな家族だろう」

ふいに声がして振り返ると、すぐ後ろに上半身裸のガジュが立っていた。湯上がりの上気した肌が志郎に寄り添う。

「実際、お前たちはとても幸せだったよ。あの家はいつだって笑顔で溢れていた」

ガジュがスケッチブックのページを捲る。今度は母に抱かれた志郎と、泣きじゃくる我が子を必死にあやす父の姿だ。その先も、数枚に亘《わた》って三人の日常風景が描かれていた。

ガジュが一旦志郎から離れて、壁際の棚を探り始める。奥から小さな四角い箱を取り出して戻ってくると、蓋を開けて差し出された。

中を覗き込んだ志郎は目を瞠る。大切にしまわれていたのは、子ども用の小さな水色の靴だった。泥が跳ねた汚れの痕があちこちに残ったままで、よく見ると蝶々の刺繍《ししゅう》が施されていることに気が付く。あの時はわからなかったが、かなり年数が経っているようだ。

「覚えているか？」と、ガジュに問われて、志郎は大きく頷いた。この屋敷に来てまだ間もない頃、アトリエを掃除しようとしてガジュに大目玉を食らったことがあった。これはその時に見つけた靴だ。

ガジュがおもむろに箱から靴を取り出す。懐かしそうに目を細めて言った。

「これは、お前の靴だ」

「え？」

「姿を消したお前が当時履いていた靴だ。これをシュカとミズキは最期まで大事に抱き締めていたんだ。お前の形見として俺がずっと持っていた」

志郎ははっとし、急いでスケッチブックを捲った。幼い志郎が野原で遊んでいる一枚の絵。履いている靴に注目すると、確かにそこには同じ蝶々の刺繍がある。

「まさか、この靴を本人に返せる日が来ようとは夢にも思わなかった。あの時の俺は、この靴を抱き締めてどれだけ泣いたか知れない」

ガジュが小さな靴を愛おしげに撫でながら言った。

「今、俺は心の底から思っている。お前が生きていてくれて、本当によかったと。お前にまた逢うことができて、俺はこれ以上のない幸せ者だ。シュカとミズキもきっとこうなることを望んでいたのだろう。だからこそ、最期の力を振り絞って光一郎にお前を託したんだ。光一郎もその想いを汲んで受け継いでくれた。彼らの強い想いが廻《めぐ》り廻って、こうして俺たちを出逢わせてくれたのだと信じている」

ぱた、とスケッチブックに水滴が跳ねた。それが自分の目から零れ落ちたものだと気づくと、志郎は涙が溢れて止まらなくなった。彼らの愛情の深さが胸の奥に沁みて、切なくて、嗚咽《おえつ》が漏れる。一目会って感謝を伝えたいのに、もう二度と会えないことが辛かった。

子どものように泣きじゃくる志郎を、ガジュは何も言わずただ優しく抱き締めてくれる。逞しい胸板に顔を埋めてしばらく涙を流した。

濡れた目元を拭い、志郎はすっかり滲んでしまったスケッチを見下ろした。

「……この家は、さすがにもうないですかね」

三人が暮らしていた家だ。ガジュが紙面を覗き込んで僅かに顔を曇らせた。

「そうだな。あの時にすべて壊されてしまった。だが、お前がよく遊んでいた原っぱや川原はまだ残っているはずだ。今度一緒に行ってみるか」

「はい、是非！」

笑って頷くと、ガジュも微笑む。ふいに影が近づき、ガジュはそっと自分の唇を志郎の目尻に寄せると、溜まっていた涙を優しく吸い取った。

たちまち志郎は頬を熱くする。

「こっ、こっちのスケッチブックは何が描いてあるんですか？」

照れた顔を隠すように、急いで床に落ちていた別のスケッチブックを拾い上げる。ふと、表紙の新しいそれが、先日もここで見つけてガジュに取り上げられたものだと気がついた。興味本位で捲る。ガジュが「おい、そっちは開くな……っ」と、珍しく焦って制止してくる。だが、時すでに遅く、志郎は涙の乾ききっていない目を丸くした。

「これって、今の俺……？」

新しいスケッチブックを埋め尽くしていたのは、現在の志郎の姿だったからだ。

モモと洗濯物を干している志郎。アカやアオと窓拭きをしている志郎。ベニと厨房で食事の準備をしている志郎。ギンを抱き上げて笑っている志郎。一瞬一瞬を切り取るように、繊細でやわらかなタッチで描き留めてある。

みんなでお菓子を作ったり、ハーブ畑で水遣りをしたり。気持ちよさそうに眠っている志郎を描いたものも多い。おそらく絵のモデルの最中に寝落ちしてしまった時のものだろう。

人物以外にも、志郎が作ったお菓子を描き写したページもある。

それは、この世界にやって来てからの志郎を記録した絵日記みたいなものだった。

しかも、後半になるにつれて徐々に描線に艶《つや》が増す感じがして、スケッチを通してガジュの志郎に対する想いの変化が伝わってくる。

なんだか、これではまるで、文字のない恋文を見せられているようだ……。

そう考えた途端、志郎はみるみるうちに顔が火照り出すのを感じた。

目が合ったガジュがバツが悪そうに眉根を寄せた。その顔もうっすら赤味を帯びている。

「もういいだろう」

誰にも知られたくない自分の秘密を見られてしまったとでもいうふうに、ガジュが何とも言えない表情をしてスケッチブックを取り上げた。

「あ、もう少しちゃんと見せてください」

「バカ言え、恥ずかしい……っ」

くるりと決まり悪くこちらに向けられた背中がどうしようもなく愛しくて、志郎は今すぐ抱きつきたい衝動に駆られた。動揺気味にふさふさと左右に揺れる黒い尻尾が志郎に構ってほしいと誘っているようにも見える。

「ずっと、俺のことを見ていてくれてたんですね」

思わず手を伸ばし、むき出しの背中にそっと触れる。

しなやかな筋肉がびくっと震えた。

「……あまりくっつくな。今夜は満月だ。そうでなくとも自分を抑えるのに必死なのに」

ガジュの何かに耐えるような声に促されるみたいに、志郎はふと窓の外を見やる。カーテンを閉め忘れたおかげでここから満月がよく見える。

「そういえば、この前の夜もここから見えたのは満月でしたよね。あの時はパンケーキみたいな黄色い月だったけど、今夜はピンク色だ。不思議な色ですね、綺麗だな……」

ガジュが怪訝そうに言った。

「お前は満月を見ても平気なのか？」

「？　何か都合の悪いことでもあるんですか？」

きょとんとして訊き返すと、首だけ振り向いたガジュが困ったような表情を浮かべた。

「狼族にとって満月の夜は特別なんだ。月の満ち欠け、または色によって、俺たちのフェロモン量は増減するからだ。満月に近づけば近づくほど、俺たちの体はフェロモンに満たされる。もちろん、性フェロモンも例外じゃない」

ちらっと志郎と視線を合わせて、気まずそうに続ける。

「かといって、そう毎度毎度箍《たが》が外れたように誰彼構わずがっつくわけじゃない。ある程度年を重ねれば自制の仕方も覚えるし、満月でも平常時と同等の理性が働く。とはいえ、好きな相手が目の前にいれば別だ。無防備に寄ってこられたら、理性なんて簡単にふっとぶぞ」

意味深な流し目に見つめられて、志郎はようやく何を言われているのか理解した。かあっと頭に血が上り、「す、すみませんっ」と慌ててガジュの背中から手を離す。しかし、寸前でガジュがその手を摑んで引きとめた。「シロ」と甘い声が囁く。

ゆっくりと体ごと振り返ったガジュが真摯な面持ちで言った。

「俺は、お前とツガいたいと思っている」

志郎の胸にまたたく間にぶわっと熱が込み上げてきた。心臓も顔も火を噴き、二度目のプロポーズにすっかり舞い上がった志郎は、緩みきった頬を隠すようにしてこくこくと頷く。

「も、もちろん、俺もガジュさんとツガイに……ツガいたいと思ってます」

「本当か？」

「はい、心から……え？　あ、あの、ガジュさん？」

次の瞬間、なぜか志郎はガジュに抱き上げられていた。志郎を軽々と横抱きにした彼は何も言わずに歩き出し、大股でアトリエを抜けて、隣の寝室に入る。

「え、ちょ、ガジュさん……わっ」

わけもわからないまま体を沈められたのは、豪奢なベッドのシーツの中だった。

大きな窓から月明かりが差し込む。薄桃色の月光に浮かび上がるようにして、志郎の上に馬乗りになったガジュが顔を上げた。

薄闇の中、金色に光る双眸《そうぼう》が見下ろしてくる。黒光りする立派な獣の耳と尻尾がぴんと反り返り、ただでさえ逞しい体が更に大きく見えるようだ。

妖しい熱を孕んだ眼差しに捕らわれて、志郎はぶるっと身震いした。ねっとりと絡みつくような視線の中に、獰猛な獣の飢餓のようなものを感じて、瞬間的な恐怖を覚える。

「ガ、ガジュさ……んんっ」

戸惑いながら口を開いたところを一気に狙われた。

いきなり深く口づけられて、肉厚の舌に口腔《こうこう》を執拗に舐《ねぶ》られる。

「ん……っん……ん、ん……んぅ」

奥深くまで入り込んできたガジュの舌が志郎のそれを根元から搦め捕る。強く吸い上げられて、びりっと微電流のような衝撃が全身を駆け巡った。

ガジュのあまりの豹変ぶりに頭も体もついていかない。以前に一度、事故でぶつかっただけのキスで胸をときめかせていた自分が恥ずかしくなった。それほどガジュの本気のくちづけに圧倒される。

性急で荒々しく、だが狂おしいほどの愛にまみれた熱烈なくちづけ。志郎は受け止めるのに精一杯で他に何も考えられない。内側から送り込まれた熱で意識がとろとろにとろかされてしまいそうだ。

「……ふっ……ん……んぅ、は……っ」

ろくに息継ぎもせず喉の奥まで食い尽くすように貪られる。志郎は苦しさのあまりぶ厚い胸板に拳を打ちつけた。ようやく唇が解放されたのも束の間、ガジュは新鮮な空気を求めて喘《あえ》ぐ志郎の顔中を啄《ついば》み、あちこちにキスを落とし始める。

「ん……はぁ……」

首筋をきつく吸われながら、志郎はベッドの上で体を波打たせた。息を荒らげながら困惑を隠せない。確か数分前までアトリエで話をしていたはずだ。それが一体どこからどうなって今のこの状態に辿り着いたのか理解が追いつかなかった。

「何を考えている？　余計なことを考えずに俺に集中しろ」

なけなしの思考を働かせていると、ガジュが嫉妬したように再び激しく唇を貪ってきた。

満月の夜は性フェロモンが活発になる。

そんな狼族の性質をまさに体現するように、ガジュは太くて毛並みの美しい尻尾を振り乱し、志郎をやすやすと組み敷く。

「ふ……んんっ」

口腔をねっとりと舐られ、舌をきつく吸われた。

背筋にぞくっと甘い痺れが走り、志郎は堪らず腰を揺らす。

熱で潤んだ目に、紺碧《こんぺき》の空に妖しく浮かぶピンク色の月が映った。

どくん、と心臓が跳ねた。

すでに火照った肌がますます熱を帯び、体の奥底で灼熱の塊が弾けたような衝撃に襲われる。心臓が燃えるように熱い。視界にチカチカッと火花が飛び散り、志郎は咄嗟に目を瞑って小さく喘ぐ。

短い息継ぎを挟んで、ガジュが再び唇を合わせてきた。

すっかり緩んだ唇の狭間から歯列を割ってガジュの舌が捩じ込まれる。

舌と舌が擦《こす》れ合う。淫《みだ》らに与えられる刺激がとろけるような快感に変換されて、志郎の全身を駆け巡った。

「ん……んぅ……はあ、んっ、ん」

瞼の裏にピンク色の蠱惑的な月の映像が焼き付いている。心臓がどくどくと暴れ出し、脳に直接くっついているかのように頭の中で鼓動が鳴り響く。

志郎は熱に浮かされた意識でそろりと虚空に両手を伸ばした。

美しい月の幻を抱き締めるみたいにして、ガジュの広い背中に手を回す。縦横無尽に動き回る飢えた雄の舌に応えようと、恐る恐る自らも舌を絡ませ動かす。

なめした皮を思わせる張りのある肌の下で、しなやかな筋肉がぴくっと跳ねた。

ガジュの肉厚の舌が応えてみろとばかりに、わざとねっとりとした動きに変えて誘ってくる。志郎はぎこちないながらも懸命に舌を絡ませ、ガジュの動きをなぞるように追いかけた。

「はあ、んっ……んふ……っん、んんっ」

卑猥《ひわい》な水音を響かせながら、次第に自分の動きが大胆になっていくのを抑えられない。

ほしい。もっともっとガジュがほしい……っ。

堪らず咬みつくように唇を深く合わせて、ガジュの舌を強く吸った。

濃厚なくちづけを解き、息を荒らげたガジュが低めた声で言った。

「……唇をぶつけてくることしか知らなかったチビすけが、いつの間にそんないやらしいキスを覚えたんだ。地球では相当遊んでいたのか？」

不満そうに訊かれる。離れてしまったガジュの唇を物足りない気分で眺めていた志郎は、一拍置いて彼の言葉を理解する。キスの仕方がいやらしいと責められて、かあっと羞恥に血が上った。

「ち、ちが……っ」

慌てて首を左右に振る。キスをするのはこれが初めてだとはさすがに言わないが、経験値の低さは自分が一番わかっている。地球での志郎は恋愛よりも菓子作りに夢中だった。どちらかと言えば奥手で、遊びでキスなどできるわけがない。

だが、疑い深いガジュは拗ねた口ぶりで言って寄越した。

「それにしては随分と積極的じゃないか。最初は息の仕方もわからないふうだったのに、途中から人が変わったようにいやらしい舌遣いをしやがって」

思い出したように舌なめずりをしてみせる。その仕草に、志郎の体の奥からまた何か抑えきれない熱い衝動がふつふつと湧き上がってくるのを感じて、咄嗟に下肢に力を入れた。

「ほ、本当に、俺も、よくわからないんです。月が見えて……そしたら急に体が熱くなった気がして、その後は……なんだか体が勝手に動いてしまって……」

無意識に視線が窓の外を向いた。「月？」と、ガジュも釣られるようにして首を巡らせる。

ピンク色の満月が見えた。

周囲よりも色の濃い月の海と呼ばれる部分が一際赤く染まり、まるで血管のように映る。

「なるほど」と、ガジュが薄く笑った。

「大丈夫だ、怖がる必要はない。お前の体もようやく目覚めたというわけだ」

「目覚めたって……？」

「フェロモンが月の満ち欠けに反応し始めたんだ。特に今日はお誂《あつら》え向きの桃色月だ。桃色月は性フェロモンが最も活発になる満月だといわれている。お前の性欲も例外ではないってことだ。そんな顔をするな。俺は嬉しいぞ、今、俺とこうしている時に目覚めてくれて」

体の変化の原因を知って戸惑う志郎の顔を、ガジュが覗き込んでくる。火を噴きそうになる志郎にふっと微笑みかけると、下から掬うようにして唇を優しく啄んできた。

「今夜はただ体が欲するままに快楽を貪ればいい。俺がとことん気持ちよくさせてやる」

艶めいた声とともにくちづけが深まる。

額、こめかみ、頰と、キスを受けるたびに、志郎は小刻みに体を震わせた。ガジュに触れられた箇所はたちまち熱を帯び、先ほどから疼く下肢に直結するようで堪らなくなる。

「……ふ、ぁ……ん」

ガジュが志郎の首筋を啄みながら、寝巻きのボタンをはずしにかかる。指先を器用に動かし、気づくと志郎の白い肌は露わになっていた。

素肌の胸に少し低めの体温が触れた。

「……大きくなったものだな」

頭上でガジュが感慨深そうに呟いた。じっくりと志郎を見下ろし、成長した肌の感触を確かめるかのように撫でてくる。

つーっと脇腹を撫で上げられて、志郎はびくっと薄い肩を撥ね上げた。新鮮な反応を楽しむみたいに、ガジュは指先を志郎の胸の上で躍らせ始める。

くちづけを繰り返しながら、指が動き回る。喘ぐ志郎の胸で、淫らな指がふいに小さな飾りを捕らえた。

そこを強く抓《つま》まれた途端、志郎はびくんと大きく腰を浮かした。更に指先で捻るようにされて、思わず悲鳴を上げる。

「ひっ……痛……っ！」

咄嗟に体を捩《よじ》ろうとして、寸前で押し戻された。志郎に圧し掛かったガジュが胸元に吸い付く。滑《ぬめ》りを帯びた生温かい感触がひりついた突起をねっとりと覆う。

「ん……っ」

粒を舌で転がすように舐られると、ジンジンとした痛みがいくらか和らいだ。卑猥な水音を立てながら執拗に舐めしゃぶられているうちに、次第に痛みが甘い疼きに変わっていくのを感じていた。ついさっきまで痛がっていたのに、もう今はそこを舐められるのが気持ちよくなっている。なんだか自分の体がガジュによってはしたなく変えられていくようで、志郎は戸惑いながらも恍惚《こうこつ》の息を漏らすのをやめられない。

艶の混じった吐息に応えるように、胸を舐める舌の動きが一層加速した。

片方の胸を舌で、もう片方は指で攻められて、薄い胸の中心から生まれた妖しい疼きがじわじわと全身に広がっていく。何とも言えない高揚感に思考が鈍る。

「あ……んっ、や……」

甘い疼きが下肢にまで響きだすと、ふと現実に引き戻された。

ゆったりとしたズボンの中で、自分の欲望が密かに形を変え始めていることに気づいてしまったからだ。直接そこを触ってもいないのに、すでに下着の一部が濡れていた。今まで存在を意識すらしていなかった胸の飾りを弄《いじ》られただけで、もうこんなふうになっているなんて。初めての経験に志郎はかあっと顔を火照らせた。粗相をガジュに気づかれる前にここから逃げたい。自分の急激な体の変化に対する恐怖と羞恥で消えてしまいたくなる。

しかし、そう思う傍ら、更なる快楽を欲している自分がいることにも気づいていた。

ふっくらと色づいた両胸の粒を舐められるのがたまらなく気持ちいい。欲望に抗えない。

無防備に胸を差し出しながら、志郎はそろりと膝を擂り寄せた。胸に刺激を与えられるたびに、股間が切なくなる。張り詰めた先端からとろりと熱い蜜が溢れ出す感覚があった。下着の染みは確実に広がっている。もういっそすべてを取り払ってしまいたい。

ふいにガジュの手が志郎の胸から離れた。

戯れるように脇腹を撫で下ろし、腰骨をなぞって背後へとまわる。体を横に向けるように促されたかと思うと、尻尾の付け根を掴まれた。

途端にびりっと微電流が流れる。志郎は弓形《ゆみなり》になって「ああっ」と嬌声《きょうせい》を上げた。

「どうだ、ここを触られると気持ちがいいだろう」

確信の笑みを浮かべたガジュが熱っぽく囁いた。臀部《でんぶ》を撫で回され、くすぐったさを通り越して愉悦が込み上げてくる。指先で尻尾の付け根をなぞられるとたまらなかった。

鼻にかかった恥ずかしい声を必死に堪えながら、志郎はぎゅっとシーツを握り締める。

「ふ……ぁっ、ん……そこ、いや……っ」

「とても嫌がっているようには聞こえないな。ほら、お前の尻尾はこんなにも気持ちよさそうに揺れている。狼の尻尾は時に言葉よりも雄弁だ」

潤んだ視界の端を白いものが過ぎる。自分の意思とは関係なく、ふさふさの白い尻尾がガジュに向けて物欲しそうにゆらゆらと揺れているのを見て、志郎はかあっと頬を熱くした。

「かわいい尻尾だ」

ガジュが嬉しそうに言って、志郎の尻尾を掴まえる。愛しそうに頬擦《ほおず》りしてくちづけた。

「ん……っ」

胸を弄られた時のように甘い疼きが尻から全身に広がってゆく。

尻尾を優しく揉《も》まれて、思わず腰が揺れた。ガジュの手がゆるゆると尻尾を扱《しご》きだす。

「あっ……ん、ふ……ぁっ」

腰の奥に溜まった熱がたちまち燃え上がった。まるで性器を扱かれているかのような感覚に、志郎は必死に膝を擦り合わせて衝動を耐える。

「ああ、そんなものを身につけていては苦しいだろ。ほら、早く脱いでしまえばいい」

異変に気づいたガジュがおもむろに志郎のズボンをずらした。

「あ、やっ、ダメ……っ」

下着ごと一気に膝まで下ろされて、ぶるんと反り返ったものが勢いよく飛び出す。

志郎はひっと喉を鳴らした。恥ずかしい。ガジュにすべて見られてしまった。情けない自分の姿に泣きたくなる。

腿《もも》の間で痛いほど張り詰めていた欲望からは、透明な蜜がとめどなく滴《したた》りシーツへと糸を垂らしている。ガジュが再び尻尾を扱き始めた。巧みな手淫に抗えず、淫らに腰が揺れ動く。

根元をぎゅっと握られて一際強く扱かれた瞬間、志郎の股間はあっけなく弾けた。

嬌声を上げ、白濁を放つ。

シーツを汚した生々しい体液を目の当たりにして、志郎は今度こそ消えたくなった。

「……ぅうっ」

恥ずかしくて目も当てられない。背中を丸めて両手で顔を覆う志郎を、ガジュは強引に肩を掴んで仰向けにした。そっと優しく手をどけられて、涙越しに目が合う。

「あの乳臭かったチビすけが、すっかり大人の体になったものだな」

志郎の体を感慨深そうに見下ろしたガジュが、口もとに淡い笑みを刻んだ。

「その上、どんな香草《ハーブ》も敵《かな》わない、この世に二つとない最高に淫らなにおいを纏って俺を誘惑するのだから、まったく困ったことだ。俺の鍛えた理性もお前はあっさり崩してしまう。なあ、シロ。本当にお前は昔から、俺を振り回すのが得意だった。今も昔も、俺を振り回すのはお前ぐらいだぞ」

憎まれ口を叩きつつ、ガジュは愛しげに微笑んで、志郎に甘いくちづけを落とす。

「ん……」

「昔はどこもかしこもまるまるふくふくとしていたのに、随分と背が伸びて、余分な肉も落ち、しなやかで美しい体になった。きめ細かい肌は手に吸い付くように滑らかだ」

啄むようなキスを繰り返しつつ、ガジュは志郎の肌を撫でる。首筋に鼻先を擦りつけるみたいにして顔を埋め、時折くんくんとにおいを嗅いだ。

「……っ」

肌をきつく吸われて、志郎は小さく肩を震わせながら爪先《つまさき》をきゅっと丸めた。これは自分のものだとでも言うように、ガジュは志郎の白い肌に次々と唇の痕を残してゆく。鬱血《うっけつ》した赤いそれはまるで花びらのようで、ガジュの独占欲に彩られていく自分の体に興奮した。

「ここも、生まれた頃は無垢《むく》でかわいらしい果実のようだったが——」

ガジュの手がゆっくりと志郎の下肢にかかる。

「今ではこんなに熟して、甘い蜜を垂れ流しているんだからな。実に感慨深い」

そう言って両膝を摑まれたかと思うと、いきなり大きく割られた。

突然のことに志郎は息を吞む。無防備な股間がガジュの眼前に晒されている。精を放ってまだ間もない志郎の中心は、ガジュの巧みな愛撫《あいぶ》で再び兆しをみせていた。

物欲しげに首を擡《もた》げる己のはしたないそこを、ガジュにまじまじと見られているのだと思うと、再び激しい羞恥がぶり返してくる。

「やっ、見ないで……っ」

咄嗟に膝を閉じようとしたが、その前にガジュが自らの体を割り込ませてきた。更に大胆に足を広げられ、隠しようもないそこにガジュがおもむろに顔を近づけてくる。反射的に腰を捻ろうとした次の瞬間、濡れそぼった先端がぬるりとした生温かい感触に包まれた。

志郎はびくんと腰を撥ね上げた。残滓《ざんし》を搾《しぼ》り取るようにじゅっと強く吸い上げられて、言い知れない快感に眩暈がする。

「ンあ……っ！」

敏感な中心に一気に熱が集中するのがわかった。ひくひくと震える屹立《きつりつ》はすでに体液まみれだ。蜜が滴るそこにガジュは何の躊躇いもなく舌を這わせたかと思うと、まるで溶けかけたアイスバーを舐めるみたいに、幹を伝い落ちる雫《しずく》を根元から丁寧に舐め取ってゆく。

「あ、やっ、ガジュさん、やめてっ……そんなとこ、汚い……っ」

志郎は必死にやめてくれと訴えるが、ガジュの舌使いはますます淫らに加速する。

「安心しろ、この体はどこもかしこも綺麗だ。いまにそんなことも言えないくらい気持ちよくさせてやるから、素直に感じていろ」

そう言って、舌全体を使って屹立をねっとりと舐め上げる。大きな口の中にすっぽりと飲み込まれ、喉の奥で締めつけられるともうたまらなかった。あっという間に羞恥を快感が上回り、志郎はガジュが言ったとおりに思考を放棄し、素直にただ快楽に溺れていった。

涙の浮かんだ目の端をピンク色の満月が過ぎる。

どくんと、また体の奥で妖しい熱が弾ける。

全身が燃えるように熱い。この体のすべての細胞がガジュを欲しているのがわかる。こんな飢餓感は初めてで、怖いと思う気持ちと眠っていた自分の情熱を解放してしまいたい欲望が体内でせめぎ合う。

敏感な裏筋を舐め上げられて、志郎はその気持ちよさに腰を揺らめかせた。

舌先で先端をつついたガジュが口を開き、ゆっくりと奥深くまで銜《くわ》え込む。窄《すぼ》めた唇で激しく扱くようにされて、志郎は大きく体をのけぞらせた。途轍《とてつ》もない快感の波が襲い掛かってきて、ひっきりなしに喘ぐ。

「あ……っ……っああ、っぁ……あぁ……あっ……あっ……」

無意識に手を伸ばし、ガジュの頭部を触る。手探りでふさふさとした獣の耳を捉えると付け根をなぞるように指を這わせた。

ガジュが一瞬びくっと震える。直後、口淫の激しさが一気に増す。いやらしい水音を立てながら彼の頭部が荒々しく上下し、志郎はたちまち高みへと押し上げられる。

ところが、あと少しというところで、ふいにガジュが頭を上げた。

「っん、ぁ……?」

生温かい唾液にまみれて痛いほどに張り詰めた劣情が冷気に晒される。寸前で放り出された志郎は困惑した。

「あ……なんでっ……?」

志郎は思わず恨みがましい気持ちでガジュを見上げた。

薄闇で金色の目と視線がかち合う。ガジュが恍惚と唇を引き上げた。

「そんなかわいい顔をして煽《あお》るな。これでも我慢をしているんだ」

ふいに志郎の背に手を差し込むと、体をくるりと反転させた。両脇から腰骨を摑むようにしてぐっと引き上げられ、腰だけ高く突き上げる恰好で腹這いにさせられる。

背後で膝立ちになったガジュに尻尾を払われた。見え隠れしていた臀部が露わになる。

「な……に……ぁっ」

ぐっと双丘の狭間を指で割り開かれた。志郎の秘部を眺めて、ガジュが言った。

「確認だが、ここを使ったことは？」

「ん……ぁっ、な、ない……っ」

必死に首を横に振る。だから早く指をどけてほしい。そう続けようとして、ガジュのなぜか嬉しげな声に遮られた。

「そうか。……ああ、確かに綺麗なピンク色だ。今夜の満月みたいにな」

志郎はたちまち全身から火を噴いた。いたたまれず、腰が落ちそうになったところをすかさずガジュに抱きかかえられて持ち上げられる。再び尻を割られ、すぐさま滑った感触に後ろを突《つつ》かれた。

それが舌だと気づいた途端、半ばパニックになった志郎は腰をどうにか逃がそうとするも、ガジュがそうさせてはくれない。

狭間に舌を捩じ込み、ぴちゃ、ぴちゃ、とくぐもった水音が響き始めた。

「あっ……う……そ、やっ……ぁ、んっ」

熱い舌がねっとりとそこを舐る。こんな行為を想像するだけで、血の上った頭がぐらぐらするが、今度もまた羞恥を凌駕《りょうが》する快感の波が押し寄せてきた。尖らせた舌を中まで差し入れられ、襞《ひだ》の一つ一つまで舐められる。唾液を絡めるように丁寧に粘膜をほぐされていく感覚に、もはや何も考えられない。自分のものではないような甘ったるい声が鼻から抜けた。何もかもが恥ずかしくて仕方ないのに、ガジュから与えられる気持ちよさには抗えない。

自然と腰を突き出していた。ネコのように背を反らし、高く掲げた腰を自ら揺らす。体勢がどんどん淫らになっていくのを自分でも止められない。

舌が指に替わり、更に後ろが拡張される。

普段は筆を操る長い指が志郎の中をいやらしく捏《こ》ね繰《く》り回す。思考が霧散する中、快感だけは体が拾い上げて、志郎はとめどなく湧き上がる欲望のままに腰を振った。

数本の指を銜え込まされた入り口がじんじんと熱く痺れた頃、切羽詰まった声が言った。

「そろそろいいか」

ずるっと一気に指を引き抜いたガジュが、急くように志郎の腰を抱え直す。

潤みきった後孔に、驚くほど硬く張り詰めた切《き》っ先《さき》を宛てがわれた。粘膜に触れたあまりの熱さに思わずぶるっと胴震いした次の瞬間、

「シロ、力を抜け」

凶暴なほど猛《たけ》ったガジュの劣情がぐうっと志郎の中に押し込まれた。

「――っ！　はっ、んんっ……う、あ、ああ……っ」

想像を絶する苦痛に目の前に激しい火花が散る。体が引き裂かれる感覚に恐怖を覚えた志郎は反射的に逃げを打つも、すぐさま腰を摑まれ引き戻された。その反動を利用して、ガジ

ュが一気に腰を突き上げてくる。灼熱の逞しい肉棒が狭い壁を強引に抉《こ》じ開け、奥深くまで捩じ込まれる。

一息に最奥まで貫かれて、志郎は悲鳴とともに汗の滴る喉を大きく反らせた。

「……っ、シロ、大丈夫か？」

腰を密着させたまま、ガジュが背後から覆い被さってきた。それまでの荒々しさが嘘のように、ぐったりとする志郎の頭を優しい手つきで撫でてくる。白い耳まで撫でられて、ぞくっと甘美な痺れが全身を駆け抜けた。

もはや凶器に近い剛直を飲み込まされ、呼吸すらまともにできなかった志郎は、思わず息を呑む。じわりと体の奥が熱く濡れるような妖しい感覚。その熱はみるみるうちに広がって志郎の中の苦痛を取り除き、甘い痺れに塗り替えてゆく。

背後のガジュが伸び上がるようにして獣の耳を甘咬みしてきた。

「んっ……ぁふ……っ」

同時に尻尾も摑まれて体に微電流が走る。背骨が熱を加えた飴のようにぐにゃりと溶けて体中の力が抜けた。シーツに投げ出した志郎の体を繋がったままのガジュが引き上げる。途端に繋がりの角度が変わって、最奥を抉るようにガジュのものが志郎の中で蠢《うごめ》いた。

「あっ……んんっ」

ガジュが志郎の尻尾を引き寄せて、「美しい白毛だ」と、くちづけを落とす。

「お前が変化したところを早く見てみたいものだな。どれほど美しいか、想像しただけでも興奮する」

尻尾に頬擦りしつつ、志郎に埋め込んだ剛直が更に膨らんだ気がした。

ただでさえ大きなそれはまだ膨張するのかと恐ろしくなる。その一方で、志郎自身も下腹部に溜まった熱がまたふつふつと滾《たぎ》り出すのを感じていた。何ともいえない切なさが込み上げてくる。

「あ……ガジュさん……っ」

膝に力を入れて耐えつつ、口から鼻にかかった甘えるような声が出た。

尻尾を弄りながら、志郎が落ち着くのを待っていたガジュが不満げに言った。

「その呼び方はそろそろやめないか。ガジュでいい。昔はそう呼んでいただろ」

かぷっと耳を甘咬みされて、志郎は小さく喘ぐ。

「お前にガジュさんと呼ばれるたびに、なんだか他人行儀で寂しく思っていたんだ。以前のようにガジュと呼んでくれると嬉しいんだがな」

甘く乞うように囁かれる。

たちまち志郎の中に愛しさが募った。夢の中の自分がいつも嬉しそうに口にしていたように、本当は志郎もその呼び名で呼んでみたいと思っていたのだ。

甘酸っぱい鼓動を感じながら、ずっと心の中で呼び続けていた名を口にする。

「っ、……ガ、ガジュ……大好き……っ」

次の瞬間、背後から顎を捕らわれた。無理な姿勢のまま咬みつくようなキスをされる。

「んんっ……んぅ」

激しいくちづけを解くと、すぐさまガジュは志郎の腰を抱え直した。息を荒らげて性急な動きで腰を引く。体ごと引き摺られそうになって、志郎は咄嗟にシーツを摑む。ガジュは抜け落ちる寸前まで自身を引き抜いたかと思うと、そのまま一気に最奥まで捩じ込んだ。

「ひっ、あ……ああ——っ」

衝撃が全身を貫く。限界まで仰け反った志郎の喉から嬌声が迸《ほとばし》った。それが更に彼を煽ったのか、ガジュは箍が外れたように激しく腰を打ちつけてきた。

ベッドが軋《きし》み、がくがくと揺さぶられる。弄られ続けた粘膜は感覚が麻痺《まひ》してしまったのか痛みはなかった。痛みどころか、中を擦り上げられるたびに新たな快感に襲われる。

「あっ……ぁんっ、んっ、い……いいっ、ぁっ、奥、もっと……っ」

これも満月の仕業なのだろうか。

思考は完全に遠ざかり、本能が体を支配する。

もっと、もっと、ガジュが欲しい。

後ろから志郎を突き上げながら、ガジュが息を弾ませて言った。

「いいぞ、もっと甘えろ。聞き分けのいいお前も悪くないが、昔のようにかわいくおねだりするお前がもっと見たい。俺もめいっぱい甘やかしたくなる」

先をねだるように志郎の尻尾が彼の腕に絡みつく。ガジュはそれを嬉しそうに受け止めてくちづけると、一層淫らな抽挿《ちゅうそう》を与えて寄越す。

肌のぶつかり合う音が鳴り響く激しさで何度も繰り返し敏感な最奥を貫かれた。

「あ……ああ……ふ、ンんっ、あぁ、ああっ」

快楽の渦に飲み込まれる。腹につくほど反り返った屹立からだらだらと蜜が垂れ下がり、皺《しわ》の寄ったシーツに卑猥な糸を引いていた。もう二度目の限界も近い。

「ぁ、あっ……ガジュ、大好き……っ！」

感極まって思わず叫んだ。蠕動《ぜんどう》する媚肉に締め付けられたガジュが低く喘ぐ。

「……くっ、ああ、俺もだ。お前とこんなふうに繋がっていることが、まだ夢を見ているみたいだ。この手に抱き締めることは、もう二度とないのだと思っていたのに」

「夢、じゃな、い……っ、俺は、生きて、ちゃんとガジュの前にいるから……」

ガジュが一瞬動きを止めた。

「俺も、ガジュと……こんなふうに、抱き合いたいって思ってた……これから先も、ずっと一緒にいて、もっと、もっといっぱい、抱き合いたい……たくさん抱き締めて……っ」

背中越しに、ふっとガジュが微笑むのがわかった。きっと甘くとろけそうな笑みを浮かべている。想像して、志郎の胸も最高潮に高鳴る。

「ああ、もちろんだ。もう二度とお前を離さない。幾度となく抱き締めてやる。この先も、ずっとこんなふうに、互いが離れられなくなるくらいに何度でも何度でも――」

ぐんと力強い腰つきで突き上げられた。志郎の嬌声とともに、ガジュの荒々しい律動が再開される。

激しく腰を動かしながら、ガジュが眩暈がするほど甘く掠れた声で言った。

「シロ、愛している」

最愛の男の大きな愛を貪欲に受け止めながら、志郎も懸命に応える。

「あン……んぅ、俺も……っ、ガジュを、愛して、る……大好…ぁ…もう、あぁぁ……っ」

目の前にピンク色の火花が散った。

志郎は嬌声を上げて二度目の精を放つ。ほぼ同時に最奥で熱い飛沫《しぶき》が迸る。ガジュの快楽にまみれた喘ぎを耳にしながら、志郎は幸せに身を震わせて長い射精を受け止めた。

ツガう、という動詞に交尾するという意味があることを志郎が知ったのは、ガジュに散々喘がされた後のことである。

■12■

「それじゃあ、よろしくお願いします」

志郎は手を振って荷馬車を見送った。御者が会釈して馬を走らせる。本日分の出荷を無事に終えて、ようやく一息つく。

シロ印商品の噂が広がり、街が一時騒然となったのは、つい数週間前の話だ。

白毛種が作った食べ物を売りつけていたと、当時はトキの医院も相当な批判を受けたのだが、騒動は思いもよらない形で一転した。

国王《アヤ》が民に自らの体験談を語り、身をもって志郎の菓子の効能を証明したからだ。

更に、自分に白狼の友人がいること、その友人に命を助けられたことを明かし、能力値が高く勇気ある彼らを尊敬すると共に、長い歴史の中で繰り返されてきた白狼の迫害を今後は一切禁ずることを公言したのである。異世界から渡ってきた人間の保護も検討中だそうだ。

国王陛下の影響は絶大なものだった。

一夜にして多くの民が白毛種に対する見方を一変させたのだ。

シロ印商品に対する問い合わせも急増し、風評被害で一時生産をストップしていたのが嘘のように見事なV字回復を果たした。もともと評判がよかった上に、国王陛下のお墨付きとあれば民が傾くのはあっという間だった。

先日には、トキが医院の横にシロ印商品専門の販売店をオープンさせて、店は志郎たちも助っ人に借り出されるほどの大盛況ぶりだ。その上、アヤの希望で王宮に献上する菓子まで任されるようになった。そのため、志郎は以前に増して忙しい日々を送っている。この国にもお菓子文化が定着しつつあり、喜ばしい限りだった。

とは言っても、すべての民が白毛種に対して好意的、友好的に見ているわけではない。

そう簡単な話でないことは志郎も重々理解していた。国王の勅令の裏では、白い耳と尻尾を隠すことをやめた志郎たちに心無い言葉を浴びせたり、目の前で商品を踏み付けて見せたりする者も少なからずいる。覚悟はしていたが、そのたびに自分も含めて子どもたちが傷つくのは辛かった。だがそれ以上に、志郎たちを支援する声が多いことに驚かされたのだ。志郎が作った菓子を食べて、幸せそうな笑顔を見せてくれる彼らに、志郎は心から救われた。希望の光は確実に芽生え始めている。きっとこの国は変わっていくだろう。

「うーん。今日もいい天気だな」

志郎は雲一つない青空を見上げて大きく伸びをした。絶好の洗濯日和だ。

息を吸うと、真新しい布のにおいがした。昨日まで使っていたエプロンは洗って、今はガジュが新しく作ってくれたエプロンを着けている。今朝起きたら枕元に置いてあったのだ。

爽やかな新緑の色で、胸ポケットにはかわいらしい紫の蝶と狼の肉球の刺繍《ししゅう》。一針一針縫っているガジュを想像するだけで胸が幸せでいっぱいになる。

ふいに志郎はひくっと鼻を動かした。何だろう、どこからかいい香りが漂ってくる。くんくんと鼻をひくつかせてにおいのもとをたどっていくと、裏庭に出た。途端にむせ返るほどの芳香が押し寄せてきて、志郎は目をぱちくりとさせた。

そこではガジュとギンが調子外れな鼻歌を口ずさみながら大量の花に囲まれていたのだ。

「ど、どうしたの、この花……！」

振り返ったガジュと目が合い、彼は少し驚いた顔をしてみせた。

「なんだ、もう気づいてしまったのか。準備ができたら呼びにいこうと思ってたんだが」

「気づくよ、これだけの花のにおい。玄関先までいい香りが漂ってたよ」

「鼻が利きすぎるのも問題だな。なあ、ギン」

「あーい。しりょ、ぶぅ」

不満そうに唇を尖らせるガジュに倣《なら》って、ギンまで真似して愛らしい口をつき出す。ふわふわしたプラチナブロンドには何本も花が挿さっていて、花の妖精みたいになっている。

それにしても物凄い量の花だ。白い丸テーブルを中心に、色とりどりの花で庭一面が埋め尽くされている。よく見ると手作りの飾りつけもあちこちに施してあって、これからパーティーでも始まるみたいな雰囲気だ。

不思議に思いながらまじまじと眺めていると、ガジュが一番大きな花器から花を一本引き抜いた。それをそっと志郎の髪に挿す。

「ああ、やはりいいな。よく似合っている。美しい花の精みたいだ」

甘い視線に搦め捕られて、志郎はたちまちふわっと体温が上がるのを感じた。照れ臭くてはにかむと、愛しげに微笑んだガジュが「今日もかわいいな」と、チュッと音を立てて唇を掠め取る。花の甘い香りとガジュのとろけるような愛情にくらくらと酔ってしまいそうだ。

何のスイッチが入ったのか、ガジュのキス攻撃が止まらず志郎は焦った。

「も、もう、ほらギンが見てる……っ！　そ、それで、この大量の花は一体どうしたの？」

ぐいと胸元を押しやると、ガジュが名残惜《なごり》しそうに顔を離して言った。

「……この花か？　これはアヤからの祝いだ」

「祝い？　アヤさんに何かあったの？」

あの騒動の後、首謀者のアギドと彼の配下の者たちには然《しか》るべき処分が下り、城内は早々に落ち着きを取り戻したと聞いていた。後日、改めてアヤがわざわざ報告と謝罪をしに自ら屋敷に出向いてくれたのだ。その時に彼はガジュにこう伝えた。王宮に戻って傍で自分を支えてほしい。一緒にこの国を変えていこうと。

だが、ガジュはきっぱりと断った。

――悪いが、それはできない。俺の居場所はここにしかない。ここで大切な者たちを守り、共に生きていくと決めたんだ。それが俺の求める幸せだ。それに、俺がいなくても、お前は俺が変えたかったこの国の在り方を自分の力で変えようとしている。大丈夫だ、お前はいい王になる。王宮には戻れないが、俺にできることなら何でもするつもりだ。

アヤも大方予想していたのだろう。隣に座っていた志郎と目を合わせた時の、彼のあの少し寂しげな、それでいて清々《すがすが》しいほど納得した微笑みが妙に印象的だった。

あの時には何も言っていなかったが、彼に何か祝い事があったのだろうか。

「いや、あいつ自身のことじゃない。これは全部俺たちへの祝いの花だそうだ。まったく、飾る花を適当に見繕ってくれと頼んだら、こんなに大量の花を贈って寄越したんだよ」

そういえば今朝早くにヒジリがやって来た。二人で庭に出て何やらこそこそとしていたようだったが、なるほどこれを運び込んでいたに違いない。

「じゃあ、この花は俺たちのために？　でもお祝いって言われても、何のことなのか……」

突然、ガジュが振り返って声をかけた。

「よし、お前たち。準備ができたから始めるぞ」

「「「はーい！」」」と、壁の向こう側から元気な返事をして現れたのは子どもたちだった。

四人は慎重に歩調を合わせて何やら大きな器を運んでくる。

志郎は目を丸くした。

「クロカンブッシュ！」

志郎の前に運ばれてきたのは、小さなシュークリームを山のように積み上げたケーキだ。

「すごい、みんながこれを作ったの?」

子どもたちが照れ臭そうに頷いた。

「シロ様に教えてもらった通りに作りました。ちょっと積み上げるのに手間取って、不恰好になっちゃいましたけど」

「何言ってんだよ、十分立派だよ。それにしても、四人でよくこれだけの数を作ったね」

感動していると、ふいに頭上に影が差した。

顔を上げると横にガジュが立っていた。微笑む彼は志郎の髪に触れ、なぜか先ほど挿した花をすっと取り除いてしまう。同時に、脇からベニが何かを差し出し、ガジュがそれを受け取った。瑞々しい生花を編んで作った美しい花冠だ。

向き合ったガジュが、どこか緊張した面持ちで花冠を志郎の頭にそっと載せた。

「シロ様、これを」と、今度は志郎に花冠が渡される。

志郎は戸惑いがちに受け取ると、ガジュがおもむろにその場で膝を折った。いつもは見えないガジュの頭頂が目の前に差し出される。志郎はひとつ息を吸い、ガジュがそうしたように彼の頭に花冠をそっと載せた。

次の瞬間、子どもたちがわあっと歓喜に湧いた。

「「「ガジュ様、シロ様、ご結婚おめでとうございます!」」」「まーしゅ!」

アカもベニもアオもモモも、そしてギンまでもが盛大に拍手をしだす。

志郎だけがいまだに状況が飲み込めずきょとんとしていた。

そんな志郎の様子を面白おかしく見守っていたガジュが笑いを堪えながら言った。

「実はこんなものを拾ったんだ」

こっそり折り畳んだ紙片を渡される。志郎たちが攫《さら》われたあの日、踏み荒らされた厨房でガジュが見つけたものだという。そこには拙《つたな》い文字でこう書かれていた。

『ガジュさまとシロさま　おめでとう！　ご結婚パーティー計画‼』

タイトルの下には当日までに準備するものやケーキのイメージ図が記してある。

遅れ馳《ば》せながら彼らの選んだケーキがクロカンブッシュであった理由を悟って、志郎ははっと顔を上げた。目が合ったガジュが苦笑する。

「どうやら、お前が話して聞かせた見当外れな結婚話を真に受けて、ひそかに準備を始めていたらしいぞ。まったく、こいつらの方がよほど俺のことをわかっている」

にやりと唇を引き上げてみせられると、志郎はもう返す言葉もなかった。

ガジュとアヤの関係を疑ってつい余計なことを口走ってしまった志郎だったが、そんな的外れの妄想話を聞かされた子どもたちはというと、ガジュと志郎がなかなか二人の結婚報告を自分たちに切り出せずにいるようだと思い込んだらしい。

彼らの秘密の計画を知ったガジュも途中から加わって、この日のために着々と準備を進めてきたという。何も知らなかったのは志郎だけだったのだ。

頬を赤らめた志郎はいたたまれず、観念して渋々明かした。

「前に、あの子たちから聞いてたんだ。その……ガジュには昔、将来を誓い合った相手がいたんだって。それでちょっと、俺の妄想が行き過ぎちゃったところがあって……」

ガジュがちらっと視線を志郎へ流す。少し考えて言った。

「ああ、そういえばそんな話をしたかもしれないな。ちょうどその時は、バカみたいに俺の傍をくっついて離れなかった、かわいくて仕方ないその子のことを思い出しでもしたんだろう。冗談のつもりだったんだが、まさかあいつらが覚えていたとは俺も計算外だった」

「冗談だったんですか」

思わず切り返すと、ガジュが軽く肩を竦めた。

「当時は、だ。いくらかわいいとはいえ、赤ん坊相手にまさか本気でプロポーズをしたとは言えないだろうが。俺にとってのかけがえのない思い出のつもりだったんだ。だが、今なら胸を張って言えるぞ。その『将来を誓い合った相手』とやらに」

目が合って、ガジュがにやりと笑う。そうして、いきなり志郎のズボンのポケットに手を突っ込んだかと思うと、薄汚れた編みぐるみを取りだした。摘まんだそれを、わざとらしく志郎の眼前で振ってみせながら嘯《うそぶ》く。

「その相手が誰なのか、お前が一番わかっているはずだが？」

たちまち首筋に血が上る。肌をうっすらと染める志郎の様子を見て、ガジュが満足そうに笑った。テーブルでは子どもたちがクロカンブッシュのまわりに花を散らしている。微笑ましげに眺めながら、ガジュが口を開いた。

「あいつらに言われたぞ。俺とツガイになる相手はお前以外に考えられないそうだ」

志郎は思わずガジュを見た。すぐに視線を子どもたちに移す。ケーキに興奮したギンがぽんっと子狼に変化したところだった。うずうずしながら花の中に飛び込んだ末っ子を、兄姉たちが声を上げげて捕まえている。子どもたちの弾ける笑顔が眩しく、志郎の胸は込み上げてきた熱いものでいっぱいになった。

「……っ、あ、あれ？　みんなの髪飾りや蝶ネクタイが新しくなってる」

滲んだ目頭《めがしら》を拭いながらふと気がつく。志郎が身につけている真新しいエプロンを嬉しそうに眺めながら、ガジュが言った。

「いい機会だから、この記念日に新調することにしたんだよ。お前にはそれとこれ《エプロン》だ」

まるで手品のようにどこからともなく差し出されたそれを見て、志郎は大きく目を瞠る。

真新しい白狼の編みぐるみだった。旧式よりも少し顔つきが凛々《りり》しくなっているが、つぶらな瞳は健在だ。そして、別にもう一つ、黒狼の編みぐるみまである。ちょっと目が吊り上がり気味のその子は誰かさんにそっくりだ。

「地球ではこういう時は指輪の交換をするんだろう？　こちらではそういう決まった風習はないが、せっかくだからと考えた」

ガジュはまず白狼の方を志郎に渡してきた。

「この『ツガイのしるし』である俺とお前の分身を、二人で交換しないか」

自分そっくりの黒狼を掲げて、ガジュが気恥ずかしげに笑う。

志郎は一瞬きょとんとした。そうしてすぐさま破顔する。

何て素敵な愛の誓いだろう。二人には指輪よりも、こちらの方がずっと意味がある。

「うん！」

満面の笑みで頷くと、志郎とガジュは向かい合って白と黒の編みぐるみを交換した。

まるで本物の結婚式みたいで緊張する。白い狼を受け取ったガジュが告げた。

「どの世界の誰よりも、俺がお前を幸せにすることを約束する」

誓いの言葉ごと小さな黒狼を胸に抱き締め、志郎はまた目元を熱くした。

――よかったな、おめでとう。

ふいに祖父母の声が聞こえた気がした。おめでとうと、夢の中で聞いた父と母の声までもが重なる。

父さん、母さん。俺を生んでくれて、そして命をかけて守ってくれてありがとう。

じいちゃん、ばあちゃん。愛情いっぱいに育ててくれてありがとう。

天に向かって感謝し、今ここにいる幸せを嚙み締める。逢うべくしてめぐり逢い、もう二度と離れないと誓い合った二人を彼らも祝福してくれている。そう思えた。

志郎はガジュを見つめて伝えた。

「ガジュ、幸せになろう。あの子たち家族みんなで一緒に」

きっとガジュとならどんな困難も乗り越えられるだろう。長い年月をかけて結ばれた絆《きずな》は何にも負けないほどに強いのだ。そうして、かけがえのない家族と共に、この第二の人生を歩んでいけるのなら、これほど幸福なことはない。

「ああ、もちろんだ。みんなで幸せになろう」

ガジュが力強く頷き、嬉しそうに微笑む。

「ところで、お前の初変化をあいつらにお披露目しなくていいのか？」

ふいに話題が変わって、志郎は面食らった。

「せっかくだから見せてやればいいじゃないか。今日の祝いはその意味もあったんだがな」

ガジュがにやにやと意味深な流し目で見てくる。途端に志郎はうっと言葉を詰まらせた。

実は先日、志郎は狼化して初めて、ヒトガタではなく狼の姿になることができたのだ。

志郎がかつて両親と暮らしていた家の跡地へ、ガジュに連れて行ってもらった時のことである。子どもの頃に遊んだ原っぱや川原を一緒にめぐり、思い出話を聞いているうちに感極まって、なぜかいきなり狼に変化してしまったのだった。しかし、まだ気のコントロールが不十分なため、一度変化すると元の姿に戻った時が大変なのだ。

思い出して、志郎はぶんぶんと首を横に振った。

「……もう少し練習してからにする。中途半端で恥ずかしいし」

ガジュが軽く目を瞠り、わけ知り顔で頷いた。

「そうだな。毎回変化するたびに素っ裸になられては、俺もあいつらからお前の美しい裸体を隠すのに骨が折れる」

真顔で返されて、志郎はかあっと頬を紅潮させる。

「まあ、練習なら毎晩付き合ってやるぞ。俺の前で素っ裸になって、その後どうなるかは保証しないが」

にやっと笑ったガジュにするんと尻を撫でられた。ますます赤面した志郎は「エロ狼！」と、咄嗟に肘で彼の脇腹を突く。ガジュが「うっ」と呻いた。

「あっ、ダメだってば、ギン！」と、アカの叫び声が聞こえてきた。

見ると、いつの間にかテーブルの上にちょこんと座っていた子狼のギンが、興味津々にクロカンブッシュを凝視している。やんちゃな末っ子が兄姉の制止を聞くわけもなく、「あーい！」と、心底楽しそうにシュークリームの山に手を突っ込んだ。

「相変わらず賑やかだな」と、ガジュが半ば呆れたように苦笑する。志郎も笑う。

「けえき、おいちいねえ。にいちゃ、ねえちゃ、ちゅっちゅ」

クリームまみれのギンが、手摑みで一個ずつシュークリームを兄姉たちに渡しながらほっぺたにぶちゅっとキスをしだす。

それを眺めていたガジュが急にそわそわしはじめた。

「お前は言わないのか？」

志郎はきょとんとした。少し考えて、わざと舌足らずな声を作って試しに言ってみる。

「ガジュ、チューして……って？」

冗談めかしたつもりだが、なぜかガジュはにやりと唇を引き上げた。待ってましたとばかりに、神業《かみわざ》のような素早さで唇を奪われる。

ガジュが悪戯《いたずら》っぽく微笑みかけてくる。たちまち志郎の顔は火を噴く。

「……もう、子どもたちがいるのに」

「別にいいだろう。俺たちの仲がいいと、あいつらも幸せなんだ。ほら、見てみろ」

ガジュが顎でしゃくった方向に目を向ける。ギンを取り囲むふりをしていた子どもたち全員と目が合った。みんな揃って顔がほんのりピンク色だ。

一人だけ顔中クリームで真っ白になっているギンがうきうきと声を上げた。

「がじゅ、しりょ、だいしゅき、しゅる！　ちゅっちゅっ！」

ギンがシュークリームの山から一つをもぎ取って「どうじょ！」と、差し出してくる。テーブルに飾ったマートルの花までくっついてきた。苦笑して受け取ったガジュは、甘い花の香りを嗅いで「お前の花だ」と、志郎のエプロンの胸ポケットに挿す。そうして小さなシュークリームを器用に半分だけ頬張った。

「なかなか美味いぞ。ほら、お前も」

残りの半分を志郎の口に放り込む。

「……うん、すごく美味しい！」

「だろ？　お前の味を忠実に受け継いでる。そうだ、これからは毎年この日だけはあいつらにこのケーキを作ってもらうのはどうだ？　子どもたちの成長ぶりを楽しみに、俺たちは記念日のケーキを食べるんだ。来年も再来年も十年後も、そのずっと先まで」

とろけるような笑みとともにガジュが幸せな未来を語る。志郎は胸の奥までじわりと熱が広がるのを感じた。これ以上ないくらいの多幸感に包まれる。

シロ、とガジュが言った。

「生涯をかけて守ることを誓おう。今も昔も、そしてこれからも、世界で一番愛している」

「俺もだよ。この先もずっとガジュの傍にいて、愛し続けることを誓うよ」

志郎は小さな黒狼を差し出す。ガジュがくちづけるように白狼をくっつけて応える。

やわらかな風が吹いた。

マートルの爽やかな香りと共に色とりどりの花びらが一斉に舞い上がる。

花の雨に降られてガジュが愛を囁く。志郎も顔を綻ばせて応える。

むせ返るような甘い芳香に包まれながら、二人は互いの唇を重ね合わせた。

あとがき

はじめまして、または大変ご無沙汰しております、榛名悠です。

このたびは『黒狼とスイーツ子育てしませんか』をお手に取っていただき、ありがとうございます。

久々のお話はファンタジーになりました。が、こんなに分厚くなってしまって、手に持ってびっくりされた方も多いかと思います。これでもだいぶ削ったのですが……すみません、ずしっと重たいです。その分、書きたいものを詰め込みました。皆様にも楽しんでいただけますように。

攻めのキャラクターをどうしようかと考えた時、獣人キャラは以前に白虎様を書いたので、今回は黒毛がいいなと思いました。そうすると、強そうなのは豹？　ビジュアルが虎と被るかな？　狼も神秘的で素敵だな。黒狼の尻尾はもふもふとあったかそうで主人公や子どもたちを癒してくれそうだ……ということで、ガジュは黒狼の元王子になりました。

主人公の志郎もパティシエですので、甘いお菓子と一緒に糖分多めで味わっていただけたら嬉しいです。

今回、この本を皆様にお届けできますこと、大変嬉しく思っております。

本の制作に携わって下さった各関係者の方々に心より御礼申し上げます。

素敵なイラストで飾って下さった三廼先生。前回の白虎様にも身悶えましたが、今回もまた惚れ惚れする黒狼を描いていただき感激です。志郎のエプロン姿にもにやにや。耳と尻尾がつけばまた別のかわいらしさと色気が出てますますにやにや。赤ちゃんの頃の志郎とガジュも見ることができて幸せです。子どもたちや赤ちゃんもみんなとても愛らしく、隅々まで堪能させていただきました。お忙しい中、引き受けて下さりありがとうございました。

そして担当様。ご迷惑をたくさんかけた上にいろいろとご無理を聞いていただきました。いつもご配慮いただき本当にどうもありがとうございます。長らくお休みをいただいておりましたが、こんなふうにまた書く場をいただけたこと、心より感謝しております。今後も精進しますので、どうぞよろしくお願いいたします。

最後になりましたが、ここまで読んでくださった読者の皆様。本当にどうもありがとうございました。キャラクターたちと一緒に甘いスイーツを摘まみながら、少しでも楽しい時間を過ごしていただけたら幸いです。

大変な世の中ですが、どうかお体を大切にしてください。そして、安心して生活できる日々が早くきますように。またお会いできることを切に願っております。

榛名　悠

✦初出　黒狼とスイーツ子育てしませんか……………書き下ろし

榛名 悠先生、三廼先生へのお便り、本作品に関するご意見、ご感想などは
〒151-0051 東京都渋谷区千駄ヶ谷 4-9-7
幻冬舎コミックス　ルチル文庫「黒狼とスイーツ子育てしませんか」係まで。

幻冬舎ルチル文庫

黒狼とスイーツ子育てしませんか

2022年2月20日　　第1刷発行

✦著者　榛名 悠　はるな ゆう

✦発行人　石原正康

✦発行元　株式会社 幻冬舎コミックス
〒151-0051 東京都渋谷区千駄ヶ谷 4-9-7
電話 03(5411)6431[編集]

✦発売元　株式会社 幻冬舎
〒151-0051 東京都渋谷区千駄ヶ谷 4-9-7
電話 03(5411)6222[営業]
振替 00120-8-767643

✦印刷・製本所　中央精版印刷株式会社

✦検印廃止

ISBN978-4-344-85006-4　C0193　Printed in Japan